文庫

謎の物語

紀田順一郎 編

筑摩書房

目次

仕組まれた話

たくらんだ話

気になる話

後をひく話

謎の物語

仕組まれた話

恐ろしき、悲惨きわまる中世のロマンス

マーク・トウェイン
大久保博訳

第一章　説き明かされた秘密

夜のことだった。静寂が、クルーゲンシュタインの壮大な古い拝領の館に君臨していた。一二二二年も終わりに差しかかろうとしている頃である。遥か彼方、館のいちばん高い塔に、明りが一つ仄かにともっていた。秘密の会合が行なわれているのだ。いかめしい顔つきの老クルーゲンシュタインは、玉座に腰を据えて物思いに耽っていた。やがて口を開いたが、その声は、優しい調べを帯びていた。

「のう、わが娘よ！」

立派な風采の若者が、頭から足の先までりりしい甲冑姿で、それに応えた。

「はい、父上！」

「のう娘よ、ついに時が訪れた。そなたがこれまで毎日、不思議に思うておったこのナゾを説き明かす時がな。さればよく聴くがよい。こうしたナゾが生まれたのも、実は、これから話すような事があったからなのじゃ。わしの兄ウルリッヒはあの偉大なるブランデンブルク公爵じゃ。われらが父上は、臨終の床でこう申された。もしウルリッヒに男の子が生まれなかった場合は、その世継はわしの家に譲ることにする。ただしそのときは、このわしに男の子が生まれたならば、という条件でじゃ。そして更に申されるには、兄とわしとのどちらにも男の子が生まれず女の子だけの場合は、世継はウルリッヒの娘に譲る。ただしその場合は、その娘が身に汚れのないことを立証したならば、という条件でじゃ。そしてもし立証できない場合は、わしの娘を世継にさせるが、これもまた、汚れなき名を守りつづけるならば、という条件がついておったのじゃ。そこでわしと、ここにおるわしの妻とは、どうか男の子が授かりますようにと一生懸命に祈った。だがその祈りは聞き届けられなかった。女のそなたが生まれたのじゃ。わしはがっかりした。大きな宝物がわしの手から滑り落ちてゆくのを見る思いだった。素晴らしい夢が消えてゆく思いだった！　それまでは実に大きな望みがあったのじゃ！　と申すのは、五年ものあいだウルリッヒは結婚生活を送っていたのに、兄嫁は男の子も産まず女の子も産まず、二人には世継がなかったからなのじゃ。「だが待てよ」とわしは言った。「望みがすべて失くなったわけではないぞ」とな。救いの一計がふとわしの頭を横切った。そなたが生まれたのは、ちょうど真夜中だった。だから医者と、看護婦と、それに六人の侍女だけしか、そなたが女だということは知らなかった。そこでわしはそれらの者を一人残らず吊るし首にしてしまった。一時間と経たぬうちにじゃ。つぎの朝になると、わしの領民たちはみな夢中になって喜んだ。クルーゲンシュタインに男の子が生まれた、との布告を聞かされたからじゃ。ブランデンブルク大公の世継がな！　そしてその秘密は完全に守られてきた。そなたの母の妹が赤児のそなたの面倒を見てくれたからじゃ。それで、その時からわしらは何も心配する必要がなくなったのじゃ。

そなたが一〇歳になったとき、ウルリッヒにも女の子が生まれた。わしらは嘆き悲しんだ。ハシカにでもかかるか、医者の手落ちからか、あるいはそのほか、幼児にとってありがちな何かの差し障りから、首尾よく死んでくれればよいと願った。が、いつの場合も期待外《は》ずれだった。その児は死にもせず、すくすくと育っていった。――あんな娘、くたばってしまえばいい！　だが、そんなことはどうでもよかった。わしらは大丈夫じゃ。なぜと言って、ハッ、ハッ！　わしらには男の子があるのじゃからな。そしてその子は将来の公爵さまなのじゃからな。わしらの愛するコンラットや、そうであろう。――なぜと言って、のう、そなたは二八歳にもなった女の身でありながら、その名前以外の名はそなたに付いたためしがないのじゃからな！

今やわが兄も年をとり、足腰も弱ってまいった。国事もひどく身にこたえておる。それゆえ、そなたを手元に呼んで、名目上はまだとしても、事実上は公爵にさせたいと言ってよこした。供の者たちは待っておる。――そなたは今夜のうちに出発するのじゃ。

だがよいか。わしの言うことを片言たりとも忘れるでないぞ。わがドイツにはこの国始まって以来の法律がある。つまり、女の身である者は、それがいかなる者であろうと、国民の面前で完全に戴冠式を済まさぬうちに、一瞬たりとも、偉大なる公爵の座に即こうものなら、**その者は死刑に処せられる**、ということじゃ！　それゆえ、わしの言葉によく注意いたせ。まずは謙遜を装うのじゃ。そしてそなたの裁決はすべて宰相の席から行なうのじゃ。その席は玉座のすぐ足下にあるからな。そうしているうちには、やがてそなたも戴冠式を済ませ身が安全になる。そなたが女であることは決して露顕するはずはない。とはいえ、何事も出来る限り大事をとるのが賢明というものじゃ。こうした当てにならぬ浮き世のことじゃからな」

「父上、こうしたことの為だったのでございますか、わたしの一生が偽りであったのは！　それは、わたしの罪もない従妹《いとこ》からその権利を騙し取るためのものだったのでございますか？　どうかご容赦ください、父上、わたしにはそのようなことは出来ません！」

「何をタワケたことを申す！　それがわしに対する感謝の言葉か、わしの頭がおまえの為を思うて練りに練った素晴らしい幸運なのじゃぞ？　わが父上のご遺骸にかけて申すが、おまえのその不甲斐ないタワゴトは、全くわしの気性に合わん。すぐに大公のもとへ参れ！　そしてよいか、わしの決めたことに余計な口出しなど、してはならぬぞ！」

二人のやりとりは、このくらいでよかろう。心の優しいこの処女がいくら懇願し哀願し涙ながらに訴えても、それは何の効果もなかった、ということを知ればそれで充分だ。そんなことをいくら繰り返しても、そのほかどんな手段に訴えても、この頑《かたくな》なクルーゲンシュタイン老公を動かすことはできなかった。そこでついに娘は観念して、重い心を抱きながら、背後で締まる館の門を一つ一つ振り返りつつ、いつしかその身は闇の中の馬上の人となっていた。前後左右には甲冑姿の騎士の一隊。そして更にその後に続くのは、見事な装いの従者の列。

クルーゲンシュタイン老公は、娘の去った後も、なおしばらくのあいだ何も言わずに座っていた。やがて、悲しげな妻のほうを向くと、こう言った。

「のう奥、どうやらわしどもの計画は上手く進んでおるようじゃ。わしがあの抜け目のない色男のデッツィン伯に悪魔のような役目を言いつけて、わが兄の娘コンスタンスの所へ送り込んでから、もう優に三月にもなる。もし奴が失敗したら、わしどもは全く安全というわけにはいかぬ。だがもし成功すれば、どんな力をもってしても、わしの娘が女公となることを妨げることは出来ぬはずじゃ、たとえ、悪運が襲いかかって来て娘を公爵にはさせぬとしてもじゃ！」

「わたくしの心は不吉な兆しで一杯でございます。でも、どうかすべてが首尾よく参りますように」

「ふん、女々しいことを！　フクロウなど鳴かしておけばよいわ。さあ、床へ入って、壮大なるブランデンブルクの夢でも見ることにいたそう！」

第二章　祝宴と涙

前章で述べた出来事があってから六日後のこと、ブランデンブルク公爵の華やかな都は居並ぶ将兵たちの列でまばゆいばかりに光り輝き、忠節な領民たちの喜びにざわめいていた。というのも、公爵の年若き世継コンラットが到着したからである。老公爵の胸も幸福感で溢れていた。コンラットの立派な容姿と優雅な物腰とを見て、老公もすぐに心を奪われたのだ。宮殿の大広間には貴族たちが群れ集い、皆んなしてコンラットを華やかに迎えた。何もかもがあまりにも晴れやかに、あまりにも楽しく思えたので、コンラットも自分の抱いていたあの恐れや悲しみがいつしか消えて、慰めの満足に変わっていくのを感じていた。

しかし宮殿の遠い一室では、それとは違った光景が見られた。窓辺にたたずむ姿は、公爵の一人娘コンスタンス姫。その目は赤く腫れていて、涙が溢れていた。彼女は一人ぼっちだった。やがてまた新しく悲しみが込み上げてきたのか、彼女は涙ながらにこう口走った。

「あのつれないデッツィンが行ってしまった。——この国から逃げて行ってしまったんだわ！　そんなこと初めはとても信じられなかったけれど、ああ！　やはりそうだったんだわ。それなのに、わたしはあんなにも愛していた。父上がわたしたちの結婚を許しはしないことは判っていたけれど、それでもわたしはあの人を愛した。わたしはあの人を愛したのよ。——でも、今はあの人が憎いわ！　心の底から憎いわ！　ああ、わたしはどうなるのだろう！　どうすればいいのだろう。どうしよう、どうしよう！　気が狂いそうだわ！」

第三章　込み入る筋書き

数ヶ月が流れ去った。誰も彼もが若いコンラットの行なう政治を讃え、審判の賢さ、判決の情け深さ、大任の職にありながら身を処するときの謙虚な態度、これらを褒め讃えた。老公爵もやがてすべてをコンラットの手に委ねるようになった。そして自分はただ傍らに座って、誇らしげな満足の色を浮かべながら、じっと耳をすましているだけとなった。自分の世継が主権者の裁決を宰相の席から下すときにである。だから誰の心にもはっきりとしていたのは、このコンラットほど皆んなから愛され、褒め讃えられ、尊敬されている者が幸福でないはずはない、ということだった。ところが不思議なことに、彼は幸福ではなかった。というのも、彼はあることを知って狼狽したからだ。それはつまり、コンスタンス姫がいつしか彼に深く思いを寄せはじめていたのだ！　この世の他の人から寄せられる愛ならば、彼にとっても幸福な運命だった。しかし、これぱかりは危険をはらむものだった！　それに、彼にも判っていたのは、喜びの公爵も娘の心のうちに気がついていて、すでに二人の結婚を夢みているということだった。コンスタンス姫は、その顔に宿っていたあの深い悲しみの色も、日を逐《お》うにつれて少しずつ消えていった。日を逐うにつれて、希望と生気の光が彼女の目から輝き出してきた。そしてやがてそのうちに、気紛れな微笑みさえも、あれほど愁いに沈んでいた顔を訪れるようになってきた。

コンラットは度を失った。彼は己が身を激しく呪った。どうしてわたしは自分と同じ女性などを話し相手に選んでしまったのだろう。あの時はまだこの宮廷に来たばかりで、誰も知らない人ばかりだった。——わたしは悲嘆にくれており、女でなければ与えてくれないような、また判ってはくれないようなそんな同情を求めていた時だった。そんな時とは言いながら、なんということをしてしまったのだろう。彼は今や従妹を避けようとしはじめた。しかし、それはただ事態を悪くするばかりだった。というのも、当然のことながら、彼が避ければ避けるほど、彼女のほうはますます彼の前に身を置くようになってきたからだ。彼は初めそれを不思議に思った。そして次にはそれに怯えた。娘は彼に付きまとって来るのだ。追いかけて来るのだ。いつでも、どこでも、昼も夜も、目の前に現われるのだ。妙にせつない様子だった。確かにどこかナゾめいたものがあった。

こんなことがいつまでも続くはずはなかった。世間の人はみなウワサをしていた。公爵も当惑の色を見せはじめた。気の毒にもコンラットは恐れと激しい苦悩とのために、まさしく幽霊そのものといった姿になってきた。ある日のこと、画廊に続く自分だけの控えの間から出て行こうとしたとき、コンスタンスが目の前に立っていた。そして、彼の両の手をしっかりと握りしめながら言った。

「コンラットさま、あなたはどうして、わたくしをお避けになりますの？　わたくしが何をいたしました――何を申しました、あなたのお優しいお心を失うようなことを――以前は確かに、お優しいお心をお示しくださっていたではございませんか？　コンラットさま、どうかわたしを軽蔑なさらず、この苦しい心を哀れと思ってくださいませぬか？　もう、もうこれ以上わたくし、口に出さずにはいられないのでございます。このままでは死んでしまいます――コンラットさま、わたくしは、あなたさまを心の底から**お慕い申し上げているのでございます！**　ああ、とうとう言ってしまいました。さあ、どうしても軽蔑なさるのなら、なさってください。でも、この言葉だけは、わたくし、なんとしても申し上げねばいられなかったのでございます！」

コンラットは黙っていた。コンスタンスは一瞬、ためらった。そしてそれから、相手の沈黙を誤解して、激しい喜びに目を輝かせながら、コンラットの首に両腕を投げかけるとこう言った。

「お心が解けたのね！　そうなのね！　わたくしを愛してくださることが、お、で、き、にな、り、ま、す、の、ね――愛してください、ま、す、の、ね！　さあ、そうだとおっしゃってください、わたしのコンラット、わたしの崇拝するコンラットさま！」

コンラットは声に出して呻いた。顔は真青になった。体はアスペンの葉のように震えていた。やがて、彼は必死になってコンスタンスを突き離すと、こう叫んだ。

「あなたは自分が何を求めているのかご存じないのです！　それは、絶対に、絶対に不可能なことなのです！」そしてそう言い終えると、罪人のように逃げていった。後に残されたコンスタンスは驚きのあまり口をきくことができなかった。しかし次の瞬間には、わっとばかりにその場に泣き崩れた。そして、コンラットのほうも、自分の部屋で泣き崩れていた。二人とも絶望の底にあった。二人とも、身の破滅がじっと自分を見詰めていることを知った。

やがてコンスタンスはゆっくりと身を起こし、その場を立ち去りながら言った。

「あの人はわたしの愛を軽蔑していたんだわ。その愛があの人の酷い心を融かしはじめたとばかり思っていたその瞬間によ！　憎い人だわ！　わたしをはねつけるなんて――あの人が――このわたしを犬のようにはねつけるなんて！」

第四章　恐ろしい新事実

時は流れた。深い悲しみがまたしても公爵の娘の顔に宿った。彼女とコンラットが一緒にいる姿はもう二度と見られなくなった。公爵はそれを知って心を痛めた。しかし何週間か経つうちに、コンラットは顔色も元通りとなり、目にも昔の生気がよみがえってきた。そして彼は、一点の曇りもなくますます円熟してきた叡智によって政治を行なった。

やがてそのうちに、奇妙なウワサが宮廷内でささやかれるようになった。そのささやきは次第に大きくなり、拡がっていった。町のオシャベリどもがそれを聞きつけた。そのため、ウワサは国中に知れ渡ってしまった。そのウワサとは、こういうものだった。

「コンスタンス姫が子供を産んだそうだ！」

クルーゲンシュタイン公はそれを耳にすると、羽根飾りのついたヘルメットを三度、頭上高くうち振って叫んだ。

「コンラット公爵、万歳！——どうだ、これであの子の地位は確実なものとなった、今日のこの日から先はな！　デッツィンの奴、でかしおったぞ。あのしたたか者に褒美をとらせよう！」

そして彼はこの知らせを領内の隅々にまで拡めさせた。そのため領民は四八時間ものあいだ、こぞって踊りをおどり、歌をうたい、酒をのみ、夜空を焦がしてこの慶事を祝った。そしてそれはすべて、この得意満面の嬉しそうな老クルーゲンシュタイン男爵の大盤振る舞いだったのである。

第五章　恐るべき破局

裁判が迫っていた。ブランデンブルクの貴族たちは一人残らず、公爵の宮殿内にある法廷に集められていた。ぎっしりと詰まった法廷は、一人の傍観者の立ち入るすきも、座り込むすきもなかった。コンラットは紫の衣に白テンのガウンをまとった姿で、宰相の席に座っていた。そしてその両側には公国の判事が座っていた。老公は、自分の娘といえどその裁判は情け容赦なく行なうようにと厳しく命令すると、そのまま失意落胆のうちに寝所へと身を退かせていた。彼の余命はいくばくもなかったのだ。哀れなコンラットは、自分の従妹の罪を裁くというようなそんな苦しい役目は免じてほしいと、まるで自分の命乞いでもするように懇願していたのだが、それは聞き届けられなかった。

並居る人々の中で、いちばん悲しい心がコンラットの胸の中にあった。

いちばん嬉しい心は、彼の父親の胸にあった。というのも、彼の娘「コンラット」には気がつかなかったことだが、実はこの老クルーゲンシュタイン男爵も法廷に来ており、貴族たちの群れに混じって、自分の家の高まり行く幸運に意気揚々としていたからであった。

式部官がしかるべき宣言を行ない、その他の手続きが終わると、やがて高等法院長が口を開いた。

「被告人は前に出ますように！」

不幸な姫は立ち上がり、顔を覆うものもなく、大勢の人の前に立った。高等法院長はつづけた。

「姫、この国の裁判官の前に告発され、立証されましたことは、姫が神聖な結婚によらずして、一子をもうけられたということであります。それゆえ、わが国の太古からの法律によれば、その刑罰は死刑であります。ただし一つだけ例外があります。それは公爵代理、すなわち、われらがコンラット公が今その厳かな判決の中で姫に下される万に一つのご裁決であります。それゆえ、心してお聴きください」

コンラットは気の進まぬまま笏杖《しゃくじょう》を差し延べた。するとその瞬間に、彼の衣に包まれた女の心がこの不運な被告人に対して深く憐れみを感じて、思わず涙が目に浮かんだ。彼は口を開き、言いはじめようとした。しかし、そのとき高等法院長が慌てて口を挟んだ。

「そ、そこからではありませぬ、殿下、そこからではありませぬ！　法の定めるところによれば、公爵ご一族の方に判決を申し渡されるときは、公爵の玉座から致さねばならぬことになっております！」

戦慄が哀れなコンラットの胸に走った。そして同じように震えが彼の年老いた父親の鉄の体を揺すった。コンラットはまだ戴冠式を挙げていなかった。――わたしは敢えて玉座を汚すべきなのか？　コンラットはためらった。顔は恐怖のあまり真青になった。しかし、それはどうしても、しなければならぬことであった。人々のいぶかる目が、すでに彼に注がれていた。これ以上ぐずぐずしていれば、その目は疑いの目と変わるだろう。彼は玉座へと、のぼって行った。そして、やがて再び笏杖を差し延べると、こう言った。

「被告人に申す。われらが君主ブランデンブルク公爵、ウルリッヒ殿の名において、余は自分に委譲されたこの厳粛なる義務を執り行なう。心して余の言葉を聴くがよい。この国の太古からの定めによって、そなたが己れの罪の共犯者の名を明かし、その者を死刑執行人に引き渡さぬ限り、そなたの死を避けることはできぬ。この機会を逸してはならぬ――できる間に己が身を救うがよい。そなたの子の父親の名を言うがよい！」

厳粛な沈黙が大法廷を包んだ。――あまりにも深い沈黙のゆえに、その場に居並ぶ人々は自分の心臓の鼓動をさえ聞くことができるほどだった。やがて姫はゆっくりと向き直った。その眼は憎しみにきらめいていた。そして、指を真直ぐコンラットに向けると、言った。

「父親は、あなたです！」

恐るべきこの危機感、もはや手を施す術もなく望みも絶えてしまったこの危機感が、コンラットの胸に冷気を打ち込んだ。それは死そのもののような冷気だった。この世のどんな力が彼を救うことができたろう！　彼女のこの主張に対して反証を挙げるためには、彼は自分が女であることを打ち明けねばならぬ。しかも、まだ戴冠式を挙げていない女が公爵の玉座に座れば、それは死刑だったのだ！　一瞬のうちに、そして同じ瞬間に、彼と彼の残酷な老父とは気を失って、その場に倒れた。

（この身の毛もよだつ波瀾に富んだ物語のこれから先の話は、この書物の中には、そして他のいかなる書物の中にも、今もこれから後の時代にも、決して見出すことはできないだろう。）

実は、わたしはこの物語の主人公を（つまり女主人公を）殊のほか厳しい窮地に追い込んでしまったので、一体どのようにすれば彼を（つまり彼女を）そこから救い出せるか判らないのだ。――そしてそれゆえ、わたしはこの仕事から全く手を引いてしまって、当人に、これはと思う方法を考え出させることにしたいと思う。――さもなければ、このままそこに留まらせておくことにしよう。わたしは、こんな小さな問題はごく簡単に解決できるものと考えていた。しかしどうやら今は、なかなか難しいようだ。

（もし『ハーパーズ・ウイークリー』誌や、ニューヨーク『トリビューン』紙がこの物語の初めの数章を、その価値ある刊行物の小説欄に載せたいと望むならば、つまり彼らが

『レジャー』誌や『ニューヨーク・ウイークリー』誌の小説の最初の数章を載せるのとちょうど同じようにして載せたいと望むならば、その時はどうか遠慮なく、並の料金で、転載してくださって結構である。ただし、それは彼らが「トラスト」するという条件つきでだが。）

マーク・トウェイン

女か虎か

F・R・ストックトン
紀田順一郎訳

〈1〉

いまを去る遠い昔のこと、ある国を半ば未開な王が統治していた。その王の頭脳といえば、ラテン系に属する遠い隣国の先進性のおかげで、ほんのちょっぴり洗練され、賢明な部分も認められはしたものの、半分以上は未開の王にふさわしく、傍若無人でけばけばしい行動に支配されていた。常に突飛な空想をもてあそぶ癖がある上、それを権力のままに行使する誘惑に抗しきれなかった。じっと思いにふけっているかと思えば、自分勝手な結論に到達し、それをただちに実行してしまう。その線に沿って侍従や役人たちが円滑に動いている限りは、寛仁大度な様子を示していたが、ちょっとした障害で彼の整然たる宇宙の運行が乱されると、より一層度量が広くなるように見えた。なぜなら、この王にとって、歪みを是正したり、凸凹道を平らにすることほど大きな楽しみはなかったからだ。

この王の未開性は、隣国から借りた概念によって進化を見たが、その一つに公開闘技場というものがあった。闘技場で剣闘士たちに武勇や獣性を発揮させることは、臣民の教化と進歩に大いに役立つと考えたのである。

ただし、この場合でさえ、王は野蛮で突飛な思いつきを発揮させることを忘れなかった。闘技場の目的は、単に瀕死の剣闘士による語り節を耳にしたり、厚い信仰と野獣の牙との闘いの、必然的な決着を見るにとどまらなかった。それは臣民の知的エネルギーを拡大し、発展させるためにも、きわめて有効と考えられた。大桟敷に囲まれ、神秘的な丸天井や隠された通路の入り組んだ広大な闘技場の一切は、天の定める公平かつ公正な機会《チャンス》により罰せらるべきは罰し、徳は必ず報いられるという、ロマンチックな正義遂行のための装置にほかならなかった。

いま臣民の一人が、王の関心を惹くほどの重大な罪で告発されると、闘技場における運命の日時が告示される。王の闘技場とはよくいったもので、建物の外観や設計こそ遠い隣国のものに似せてあるが、じつは伝統よりも自分の我がまま勝手な権力者ぶりを押し通すことばかりを考え、既成の人間的なアイディアや行為の一切に、自分の野蛮な理想を当てはめることしか念頭になかったのである。

〈2〉

すべての臣民が桟敷に集まり、廷臣を従えた王が闘技場の一方にしつらえられた、玉座から合図を送ると、その真下にある扉が開いて、被告が闘技場へと足を踏み入れる。彼の向こう正面には、広い空間を隔てて、まったく同じ形の扉が二つ並んでいる。そこまで歩いて扉の一つを選んで開くことが、被告に課せられた義務であり、かつ特権なのであった。どちらの扉を選ぶかはまったく被告の自由で、前述のようにいかなるヒントも与えられることなく、天の定める公平かつ公正な機会《チャンス》に頼るほかはなかった。一方の扉を開くと、この上なく凶暴にして餌に飢えた虎が現れ、たちまちにして被告にとびかかり、罪に対する刑罰として、ズタズタに引き裂いてしまう。刑が執行された瞬間、鉄の鐘が悲しげに響きわたると、闘技場の外に配置されたお雇いの泣き男たちはもとより、民の間からも一斉に慟哭の叫びがあがる。そして一同ひとしく頭を垂れながら、かくも若くて美しい、あるいは年老いて敬愛を集めていた人物の悲惨な運命を哀れみながら、重い足取りで家路につくのであった。

しかし、被告がもう一つの別の扉を開けると、そこから立ち現れるのは、王が被告の年齢や地位に最もふさわしいようにと、臣民の中から選び抜いた女性であり、被告は無罪の報償として、ただちにこの女性と結婚することになっていた。万一、被告が妻帯者で子どもがいようと、あるいは言い交わした恋人がいようとも、偉大な勧善懲悪のシステムの前には一顧の余地もなかった。この手続きは、ほかの行事と同様、速やかに闘技場内で執り行われた。玉座の下にあるもう一つの扉が開かれると、一人の祭司が合唱隊と舞姫の一団を引き連れて現れ、黄金の角笛から発せられる華やかな祝婚歌や舞踊とともに新郎新婦の前に進み出ると、その場において陽気な中にも厳粛な挙式をとり行う。祝福の鐘が鳴り響き、人々が歓声をあげたところで、無罪放免となった男は、花を撒く少年たちに先導されながら、花嫁を自分の家へと伴うのであった。

〈3〉

以上が正義を実現するための、半未開的な方法であった。それは完璧なまでの公平さという点で、疑いようがなかった。被告にはどちらの扉から女が現れるのか、知る手だてはまったくないし、次の瞬間に虎の餌食になるか、それとも女と結婚するか、皆目見当がつかずに、自分の意志に従って扉を開くのであった。虎はある一つの扉から出現することもあれば、別の扉から現れる場合もある。この判決は公正であるばかりでなく、およそ仮借がなかった。なぜなら被告は自分が有罪であると決したら、即座に処罰を受けるわけだし、逆に無罪ならばその場で報償を受ける。王の闘技場におけるこの判決から、逃れ出る途はなかった。

この制度は非常に人気があった。裁判の日に蝟集する人々は、無残にも食い殺された死体を見るのか、それとも華やかな結婚式を目にするのか、まったく予断を許されず、こうした不確実な要素こそが、得がたい興趣をそそるのだった。臣民はただ喜び、満足し、いくらか考え深い人々も、不公正だといって批判することはできなかった。なぜなれば、被告は是非の判断を、一切自分の責任において遂行するのであったから。

さて、この半未開な王には一人の娘があって、彼の最も華麗な幻想から生まれ出たかとも疑われる、花も恥じらうような女性であると同時に、情熱的ではげしい気象を備えていた。こんな場合によくあることだが、父王からは掌中の珠のごとく愛《め》で慈しまれていた。片や王の廷臣には一人の若き美丈夫がいた。由緒ある家柄にして地位は低かったものの、月並みな小説のごとくに、このような男が王家の女性を恋するのは自然の成り行きなのであった。王女は、その恋人が国じゅうで評判の美男である上に、剣をとっては並ぶ者のない勇士であることに満足し、灼熱の愛情を注いだ。それは未開の血統にふさわしく、愛情の限りを尽くした。この情事は幸いにも何か月かは持続したのだが、ある日偶然のことから父王に嗅ぎつかれてしまった。王は宮廷内の法律に照らした義務を果たすことに、一瞬のためらいも示さなかった。若者はただちに捕えられ、牢獄に投げ込まれ、闘技場への召喚日が決定された。この事件は特別に重大なものであったため、王はすべての民と同様に、裁判の進行に関心を示した。王の娘に手を出すような不届き至極な事件は、いまだかつて生じたことはなかった。後世から見れば至極ありふれた俗事でも、当時にあっては驚天動地の出来事だったのである。

〈4〉

最も凶暴かつ残忍な虎を選びだそうと、国じゅうの檻が調査され、なかでも血に飢えた闘技用の怪物が選び出された。逆に、万一若者が虎以外の運命の扉を選んだときのために、最適な花嫁候補として、国じゅうの淑女の中から、最も若く美しい、高貴な淑女が、適格な審査官によって慎重に選び抜かれた。もちろん、この訴えられた若者が告発された行為を犯していることについては、だれもが承知していた。彼は王女を愛したのであって、その事実は彼にしても、王女にしても、ほかの誰にしても否定のしようがなかった。しかし、だからといって、王は自らが最高の喜びと満足を得ている裁判を省略しようとは考えもしなかった。裁判の結果如何にかかわらず、若者は処置されるのだ。王としては、若者の行為の是非を決定すべき一連の動きを見守ることに、一種の美的な快楽を見出そうとしていたのである。

裁きの日がやってきた。遠近を問わず集まってきた民は、闘技場の大桟敷を埋め尽くした。入りきれなかった人々は、外壁の周囲に群がった。王とその廷臣らは所定の位置についた。その正面には二つ並びの、恐ろしいほど酷似する運命の扉が見えた。

すべての準備は整った。合図は発せられた。玉座の下にあるドアが開いて、王女の恋人である若者が闘技場へと歩み出た。長身で、美しい、金髪の青年の姿に、大向こうから賛嘆と不安まじりのどよめきが起こった。半数の人々は、このようなすばらしい青年がいるとは知らなかった。これならば、王女に愛されるのも無理はない！　こんな場所に引っ張り出されるとは、若者にしてみればどんなに恐ろしいことだろう！

若者は闘技場に進み出る際に振り返ると、慣習通りに玉座に一礼したものの、実は王など眼中になかった。彼の視線は、王の右隣に座っている王女の姿に注がれた。もし、彼女の性格中に未開の血が流れていなかったら、こんな席に出てくるはずもなかったのだが、かくも恐ろしい興味を呼び起こす場に顔を出さないことなど、激しく情熱的な魂が到底許すものではなかった。布告が発せられ、恋人が闘技場で運命を決せざるを余儀なくされて以来、昼も夜も、彼女の頭の中は裁判に関わることで一杯だった。いままでこの種の出来事に巻き込まれた者の誰よりも権力と影響力があり、強い性格を備えていた彼女は、ほかの何者も把握できない秘密——どちらの扉の背後に虎の檻が設置されているのか、いずれの扉の背後に女が待っているのかを摑んだのである。分厚い扉は、内側に革のカーテンを垂らしてあるので、扉に近づいて掛けがねを外さなければならない者に、物音で合図をしたり暗示を与えることは不可能だった。しかし、黄金と女の意志の力が、ついにこの秘密を明らかにしたのであった。

〈5〉

その上に王女は、どちらの部屋に女がいるのか——華麗な衣装をまとい、上気した表情を輝かせながら、扉の開くのを今や遅しと待ち構えているのかということを知っただけではなかった。その女の名をも知ってしまったのだ。まことと宮廷内でも最も美しく、愛らしい未婚の乙女であり、まったく身分違いの女性に野心を抱いた被告への、無実の報償として選び出されたものには相違ないが、王女はこの女を憎悪していた。しばしばこの女が青年に憧れの視線を投げかけるのを見たか、あるいは見たように思った。そして、どうやらそれに気づいた青年が、合図を投げ返したようにも思われた。そのうちに、王女は乙女と青年が話を交わしている場を目撃するようになった。ほんの瞬間的な、行きずりの立ち話程度だったにせよ、ことばというものは短くとも多くのことを語り得るのだ。話題も他愛ないものだったにせよ、王女にそんなことがわかるはずもない。愛くるしい乙女が、大胆にも王女の恋人に対して色目を使っている。はるか昔の先祖から享けつがれた凶暴な血を煮えたぎらせた王女は、静まりかえった扉の背後で頬を赤らめつつ期待に身を震わせているであろう女に、はげしい憎悪の念を抱いたのである。

青年は闘技場で振り向き、そこに座している王女を見た。周囲の人々の不安そうな顔、顔、顔の大波の中に、王女の顔色は誰よりも青白く見えた。たちまち彼は見てとった。

王女はどちらの扉に虎がうずくまっているか、どちらに女が控えているかを知っていると。それは魂を一つにしたことのある者同士にしかわからない、直感であった。もともと王女の性格を知りつくしていた彼は、このまま王女が座視するはずがなく、だれにも知られずに、たとえ王の目であろうと欺いて、秘密を探り出すことを確信していた。ほかに誰一人頼るものとてない青年のわずかな希望は、一に秘密を発見しようとする王女の努力にかかっていた。果然、彼は彼女を一目見ただけで、期待通りの結果が得られたことを確信した。

彼は素早く、不安な視線を投げかけた。「どちらの扉だ?」と。それは王女にとっては、彼が大声で叫んだのと同じであった。瞬時の遅滞も許されなかった。質問は閃光のように発せられ、答えが返されなければならなかった。

〈6〉

王女の右腕は、目の前のクッションをしいた手摺の上に置かれていた。彼女はその手を上げると、素早く、ほんのわずかに右手を指した。その動きは、恋人の外には目につかなかった。満場のすべての視線は、闘技場の彼に注がれていたのである。

彼は向き直って、しっかりとした早足で広い闘技場を横切った。いまや満場のすべての心臓は鼓動を止め、呼吸は停止した。すべての視線が、じっと青年に注がれた。いささかのためらいもなく彼は扉に近づき、そして開け放った。

さて、この物語の眼目は、扉から現れたのが虎か？　それとも女か？　ということだ。この問題は、考えれば考えるほど難しい。それは私たちを一筋縄では解決できない錯綜した迷路のような、人間の情熱に関する研究に巻き込むおそれがある。読者諸賢よ、この難問に対する断案があなた方に委ねられているとは考えずに、絶望と嫉妬の劫火に焼かれている未開の王女の立場から考えていただきたい。彼女は恋人を失ったが、しかし、誰が彼を得るというのだろうか？

寝ても覚めても、夢うつつの間でも、絶えることなく王女を悩ませたものは、自分の恋人が虎の潜む扉を開けてしまうことだった。自分の恋人が無慈悲な牙に引き裂かれる図を想像し、耐えられずに顔を覆ったことが何遍あったことか！

けれども、それより頻繁に彼女を悩ませたのは、恋人がもう一つの扉を開ける場面だった！　女のいる方の扉を開いたときの、彼の歓喜の表情を思いうかべただけでも、歯ぎしりし、髪を掻きむしるのであった。女が頰を赤らめ、キラキラする両の目に勝利の喜びを表しているところへ、彼が復活の喜びを全身に表しながら駆け寄って行く。そして群衆の歓呼の声や祝福の鐘の音、祝福の花束を手にした祭司が新郎新婦に歩み寄り、王女の眼前で宣誓を行う様子、そして彼女の絶望の悲鳴などかき消してしまうような大群衆の歓呼の声に送られ、両人が用意された花道を寄り添うように去っていくさまを想像するだけでも、嫉妬の炎でじりじりと身を焦がすのだった！

〈7〉

いっそ、彼が一思いに死んで、半未開の天国で彼女を待っていてもらうほうが、彼のためにもよいのではあるまいか？

しかし、かの戦慄すべき虎は、あの悲鳴は、そして血の色は！

王女の決定は一瞬のうちに伝えられたが、それは何日もの懊悩の果ての決断にほかならなかった。彼女は青年から、いずれの扉が安全かを問われることがわかっており、それに対しての答えも心に決めていた。従って、いささかのためらいもなく、右のほうを指したのである。

彼女がいずれを決意したかは、軽々しく扱うべき問題ではないし、作者である私がそれに答え得る唯一の人間であるとも思ってはいない。そこで私はすべての読者に解答を預けることにした。——果たして右手の扉から現れ出たものは、女であったか、それとも虎であったか？

三日月刀の督励官

F・R・ストックトン
紀田順一郎訳

女か虎かという、半未開の王の闘技場における出来事があってから、一年ほどを経たある日のこと、この独裁者の宮殿に、遠い異国から五人の使節団が訪れた。堂々たる風格の、物腰も柔らかにして、品位に富んだ使節であったから、宮廷では高官が応対にあたった。使節は高官に、訪問の目的を伝えた。

「親愛なる閣下」と、代表が切り出した。「かの重大なる裁判の場に、たまたまわが国の民の一人がご当地に居合わせておりました。すなわち、ある青年が恐れ多くも王女に懸想したため、闘技場へと出廷を命ぜられ、衆人環視の中、二つの扉のいずれか一方より、凶暴なる虎が飛び出すか、美しい花嫁候補が出現するか、全く予断を許されぬまま、扉の一方を選んだという出来事でござった。したが、その場に居合わせたるわが民は、まこと神経のか細き人物にて、青年が扉を開ける瞬間を見届ける勇気なく、突然闘技場より立ち去るや、駱駝にうちまたがり、脇目もふらずに一路わが国への道を逃げ帰ったのでござる。

身どもはこの一件を男から聞き知り、いたく興味をそそられしものの、遺憾千万、残念至極、男は肝心の結末までを見届けておりませせぬゆえ、せめて貴国からの旅客よりその顚末を伺えぬものかと鶴首しておりましたるところが、案に相違してお一人も姿を見かけませぬ。かくなる上はと、われら一同、あえて以下の設問を行わんがため、貴国に派遣されたる次第。すなわち、開いた扉から立ち現れたのは、果たして女だったか、はたまた虎であったか、とな」

この訪問目的を代表団の長老から告げられた宮廷の高官は、五人を奥の間へと招き入れ、柔らかいクッションをすすめ、コーヒーや煙草、冷たい飲み物など、半ば未開の国らしい饗応を行った。その上で、正面の席に座した高官は、使節団に話しかけた。

「高貴なる客人がたよ。遠路はるばるご来駕いただいてのお尋ねでありまするが、それに先立ちて、女か虎かの一件後、間もなく生じたある出来事についてお話し申しあげることに致そう。私どもの国王が、宮廷内に美女を置くことに甚だご熱心なることは、近国でご承知と存じまするが、まこと王妃や王家にお仕え申す侍女たちは、国中より選び抜かれた最も美しい女たちであり、かつ他国との比較においても並ぶものなきことは周知の事実でござろう。もし、王の峻厳なお裁きの制度さえなければ、この地を訪れる外つ国の方々が、より多数にのぼることはたしかでござろう。

ところが、つい先ごろのこと、遥か異国より、たいへんご立派で血筋も申し分なき王子が、わが国をご訪問されたのだ。このような場合には、陛下へのお目通りが許されることになっておるので、陛下おん自ら接待申しあげ、さて、王子に訪問の目的をお伺いしたところ、なんとこの王子は、当国が美人揃いと聞いて、その一人を妻に所望したくて来訪したとの仰せであった。

この途方もなき申し出に、陛下の満面は朱を注いだごとく、いたくご気分を害された様子であった。身どもらは陛下の打ち震える唇から、いまにも峻厳なるお言葉が発せられんものと、恐懼恐惶の思いでござったが、陛下はよくご自分を制せられ、少時の沈黙の後、王子に向かって、「よろしい、承知した。明日の正午、貴下に宮廷第一の美人を妻にとらせよう！」と仰せになると、廷臣たちに向かって命を下された。「明日正午、この場で結婚の儀を執り行う。滞りなく支度を整えよ。殿下をしかるべき客室にお連れ申せ。仕立屋、靴屋、帽子屋、宝石屋、武具師を遣わせ、王子の必要とされるものはすべて、ご不自由なきようとり計らえ。皆のもの、明日はうち揃うて挙式を祝おうではないか」

「いや、しばらく待たれい！」と王子は叫んだ。「その準備の前に、わがほうでも――」

「それ以上は、仰せなきよう！」と、陛下は声を荒げた。「わしの命は発せられた。これ以上付け加うべきものはない。殿下は予に恩恵を求められた。予はそれに応じた。本件に関しては、これ以上耳にしとうない。では殿下よ、明日の正午まで、さらばじゃ」

陛下は座を立つや、接見の間から去ってしまわれた。一方の王子も用意された客舎へと大急ぎで引き取った。そこへ仕立屋、帽子屋、宝石商らがゾロゾロとやってきて、式の支度を整えはじめた。しかし、王子は意外な成り行きに心乱され、いまだに呆然とするばかりだった。

「われにはさっぱり理解できぬが」と、王子は宮廷の侍従にたずねた。「なにゆえ、このように急ぐのだ。われは多くの女に目通りし、その中から選ぶ余裕さえないというのか？　女たちの顔や身体つきのみならず、嗜みの深さなども知りたいと願うておるのに」

「何も申しあげることはできませぬ」という答えが返ってきた。「陛下が正しいとお考えのことは、常に実行されるのでございます。それ以上は、私どもは何一つ知りませぬ」

「国王のお考えは、非常に風変わりのようだ」と王子はいった。「私の頭では、到底納得し兼ねるように思うが」

　まさにその瞬間だった。王子は一人の役人が近づいてきて、傍らに立ったのをお気づきになった。肩幅の広い、陽気な表情の役人で、右手に刀の柄を握り、峰を太い左腕の上に横たえている。巨大な三日月刀であった。上を向いた刃は、まるでカミソリのように鋭く光っている。役人はこの凶悪な武器をば、まるで眠った赤子を抱くように、大切に捧げ持ちながら、王子に歩みよると一礼した。

「何者だ？」おどろかれたのは王子で、思わず後ずさりをしながら大声をあげられた。

「私めは」と、その男は丁重に答えた。「督励官でございます。国王のご意志は、すべての方々にご同意いただけないことがございます。しかし、一旦それが伝達されますると、私の役目は、臣下であろうと客人であろうと、その方々の身近に伺候し、方々が陛下のご意向に副うのをお迷いになる場合、私めを一目ご覧いただければ、万事滞りなく進行いたすようにするという次第にございます」

この役人をご覧になった王子は、すぐに仕立屋に上着の寸法をとらせることに同意なさった。

仕立屋についで靴屋、帽子屋など、職人たちが夜通し働いたので、翌朝には万端滞りなく、支度が整ったが、王子は正午が近づくにつれて再びご心配を募らせ、侍従の者に、いつになったら女たちに引き合わせてもらえるのかとお尋ねになった。

「それは、陛下がおきめになることです」というのが、侍従の答えであった。「手前どもは何も存じませぬ」

「殿下」と、このとき督励官がうやうやしく進み出ると、「この刃がいかほどの切れ味か、ご覧いただきまする」と、自分の髪を一本引き抜くや、それを三日月刀の刃の上に落とした。たちまち髪は二本になった。

それを一目見るなり、王子は抗うのをやめられた。

そのとき、王子を式典の執り行われる大広間にご案内すべく、役人たちが入ってきた。

玉座についた国王を、貴族や廷臣や役人などがギッシリ取り巻くように居並んでおる。王子は王の面前に導かれ、恭順の礼をすると、一言仰せになろうとした。

「陛下よ、挙式の前に、一言申しあげたきことが――」

このとき早く、王子に近づいた一人の侍従が、それ以上のご発言を封じるため、手にしていた長い絹スカーフにて、顔の下半分を目にもとまらぬ手早さで覆ってしまわれた。続いて、侍従はおどろくべき器用さでお顔の上半分をも覆ってしまわれたので、完全に周囲をご覧になることができなくなった。さらに侍従は王子の口もとと、耳のあたりに切り込みを入れ、全体をしっかり結わえた上で、その場を退き下がったのである。

王子は衝動的に絹の覆面をむしり取ろうと、両手を動かそうとしたが、その瞬間、傍らにいた督励官の低い囁き声がした。「私めが、ここに伺候しておりまするぞ」。王子は震えあがって、手を脇に下ろした。

いまや王子の耳には、半ば未開国の方式に則って結婚式をとり行う祭司の声が聞こえてきた。傍らには、たおやかな衣擦れの音がする。王子が手を伸ばすと、絹の衣装にふれた。そのとき、淑女の手をとるように促す祭司の声が耳に入った。そっと右手を差し出すと、何者かの手にさわった。彼がもう一方の手の中に受けたものは、小さくて柔らかな、いかにも繊細な手で、ちょっとふれるだけでも心ときめき、魂も天外に飛ぶかと思われるほどだった。祭司はこの国の習慣通り、最初に女に向かい、この男を夫とするやと問いかけた。はい、というその声の響きは、これまで王子が耳にした中でも最も甘美なものだった。

王子の全身に、歓喜の血があふれた。その手の感触、声音に、すっかり魅了されてしまったのである。この宮廷のすべての女性は美しい。督励官はすぐ背後に控えている。王子はスカーフの下から、覚悟の返事をした。「はい、妻といたします」

かくて、祭司は両人が夫婦として結ばれたことを宣言した。

すると、このとき王子の耳にあわただしい物音が聞こえて、長いスカーフが素早く剝ぎ取られた。王子が最初にしたことは、振り返って花嫁の方を見ることだった。ところが、おどろいたことに、そこには花嫁の姿がない。王子は一人でそこに突っ立っていたのである。咄嗟に質問を発することも忘れ、王子は周囲を見回した。

すると、国王がやおら玉座から降りてきて、王子の手をおとりになった。

「私の妻は、どこにおる?」王子は息詰まるような思いで、こう訊ねた。

「こちらにおるわ」と、王は広間の一角にある、帳《とばり》の降りた扉へと王子を案内した。

帳が上げられ、中に入った王子は、正面の細長い壁の前に、四十人もの女たちが立ち並んでいるのを見た。いずれも着飾っていた。いずれも、甲乙がつけ難いほど美しい女たちだった。

王はその美女の列に手を振りながら、王子に向かっていった。「あそこにそなたの花嫁がおるぞよ！　苦しうない、近くに寄って、連れ出すがよかろう！　したが、忘れてはなりませぬぞ。万一、汝が結婚相手ではない、未婚の女を連れだそうものなら、その場で処刑されるということをな。さあ、ぐずぐずしないで、さっさとそなたの花嫁の手をとるがよい」

王子は、あたかも夢をみているかのように、ふらふらと女たちの列に沿って歩き、またふらふらと折り返したが、花嫁を見分ける手がかりは見あたらなかった。みんな似たり寄ったりの衣装をつけているし、揃って顔を赤らめているし、いっせいに王子を見上げては、また俯いたりしている。どの女もきわめて魅力的で、小さな、かわいい手をしている。しかし、口は一言もきかず、指一本上げて合図をするようなこともしない。厳しく禁じられているのは明かだった。

「何を迷っておるのか？」国王は声をあららげた。「もし、予が今日、かくも麗しい女を妻にしたのであれば、一刻たりともぐずぐずしてはおるまいに」

困り果てた王子は、あらためて女の列を端から端まで往復してみた。そして、この度は二人の女性の表情に、かすかな変化を認めた。その中で最も美しい女の一人は、彼が通り過ぎる際にやさしく微笑みかけ、もう一人の負けず劣らず美しい女性は、かすかに眉をひそめたのだ。

「はて、私が娶った女は、二人のうちのいずれかに相違ない。しかし、どちらだろうか？」王子は自問自答した。一人は微笑を浮かべた。女性というものは、こんな場合に、近づいてくる夫に微笑みかけるものではないだろうか？　しかし、その一方、自分を見分けることができない夫に対し、眉をひそめずにはいられないのでは？　心の中で「ここよ！　わからないの？　感じないの？　いらっしゃい！」と叫んでいるのではないだろうか。けれども、もしこの女が結婚相手でないとしたら、近づく男に見つめられて、やはり顔をしかめないだろうか？　彼女は内心で「私のところなんかに立ち止まらないで！　正しいのは一人置いて次の人よ。二人目の女よ、さあ行って！」などと叫んでいるのかもしれない。しかし、もう一度考え直してみよう。私と結婚した女は、私の顔を見ていなかったはずだ。そうであれば、近づいてくる私の様子が気に入って、微笑みかけてきたのではなかろうか？　逆に、結婚相手でありながら眉をひそめた女の理由は、私が気に入らないので、失望感を表に出したということではあるまいか？　微笑みは、真の愛情を招き寄せるためとも取れる。眉をひそめることは、夫の逡巡を非難しているとも取れる。それに、微笑みは――。

「さあ、よく聞くんだ！」王は声高にいった。「十かぞえないうちに、そなたの娶った女を選び出さないと、その女は寡婦になるぞよ」

王の宣告が終わるや否や、王子の背後に迫った督励官がささやいた。「私めが御前におりまするぞ！」

いまや王子は、一瞬のためらいも許されなかった。前へと進み出ると、一方の女の手をとったのである。

祝福の鐘が高らかに鳴りわたり、人々は喜び合い、王は祝意を表しに、王子に歩み寄った。王子は正しい花嫁を選び出したのである」

「ところで」と、宮廷の高官は、遠い異国からやってきた五人の使節に語りかけた。「いったい王子が選んだのは、微笑んだ女か、それともしかめ面をした女か。各々がたご相談のうえ解答を示されよ。もし正しくいい当てたならば、私の口から、かの扉から出たものが女であったか、虎であったか、お答え申そうではないか！」

最近の情報では、五人の使節は、いまだに結論を出しかねているということだ。

女と虎と

J・モフィット
仁賀克雄訳

わたし、チャールズ・セヴィアは、ローマにあるヴァチカン図書館で、司書を務める小太りの四十男だが、二千年も昔に死んだある女性に夢中になっているという現実は、いささか馬鹿げて取られるかもしれない。

この奇妙な惚れこみようは、しごく散文的な代物――フランク・R・ストックトンの短編小説『女か虎か』に触発されたもので、これはわたしが生まれる十六年前、一八八四年に出版された。

今まで、ミスター・ストックトンが文字で提起した謎を解こうとした文学素養のあるアメリカ人は、ひとりもいなかったのかと疑問に思った。そこでまず手みじかに、この物語を紹介しておこう。

「その昔、半ば野蛮なひとりの王が住んでいた。王の頭の中は遠いラテン系隣国の文明開化に影響され、洗練されてはいたが、なお豪胆、派手で自由奔放なものだった。

臣下の一人が罪に問われると、予定された日に王の闘技場で、男の運命は決められた。ここで罪人は左右に並ぶ相似た二つの扉に直面する。これらの扉のひとつを開くことが義務だった。彼にいっさい指図や暗示はなかった。自分の望みのままどちらかを開くことができる。

片方の扉を開けば、そこからは飢えた虎が現れる。

しかし、もう一方の扉を開けば、ひとりのレディが出てくる。王が側近から選んだ身分ある妙齢のレディで、彼はこのレディとふさわしい儀式の下、すぐに婚儀を挙げなければならない。

ときには扉の背後に虎がおり、またあるときはレディがいる。そのめぐり合わせが唯一の判定者だった。

さて、この支配者には、何よりも派手で風変りな、いまをときめくひとり娘がいた。その心根は父に劣らぬ情熱と傲慢さに溢れていた。このような場合、よくあるように王女は王の眼の中に入れても痛くない存在で、父の無上の愛を勝ち得ていた。王の臣下にひとりの若者がいた。この王国でも比類ないほどの美男子で勇士であり、王女は彼に熱愛を捧げたが、それは野蛮さゆえに並外れた愛情と、強烈さを持つものだった。

この恋愛は数カ月は幸せに続いたが、あるときたまたま王に気づかれてしまった。王にはためらいも迷いもなかった。若者は即座に牢獄に放りこまれ、王の闘技場で裁かれる日が決まった。

当日、若者は扉の方に向かいながら、父王の右隣に座る王女から眼を離さなかった。王女はその性格に野蛮さがなかったら、とても腰を落ち着けてなどいられなかったろう。

しかし強烈すぎる情熱を持つ心では席を外すことなど思いもよらなかった。

権力と影響力と性格の強さを持つ彼女は、他のだれにもできないことを成し遂げていた――ひそかに扉の秘密を耳に入れていたのだ。どの部屋に虎が、どちらにレディがいるかを知っていたのである。

王女はまたレディが何者かを知っていた――そしてその女を憎んだ。可愛らしい娘だったが、王女の恋人に向かっても色目を使っていた。王女には先祖伝来の野蛮な血筋が遺伝しており、沈黙の扉のうしろで頬を紅潮させて待つレディを憎んだ。

恋人がふり返り自分を見ると王女は震えた。彼の眼はそこに座っている彼女の眼と合った。彼女の顔色は、心配そうな周囲の顔にも増して蒼白だった。彼は即座に、王女が背後に虎のうずくまっている扉と、レディの立っている扉とを知っていることを覚った。王女がそれを知っていることを、彼は期待していた。

そのとき彼はすばやく気がかりな視線を送って問うた。「どちらか?」それはまるで彼が立っている場所から叫んだかのように、王女にはっきりとわかった。一刻の猶予もならない。その質問は一瞬のものだった。すぐさま答えが要求された。

王女の右手はクッション付きの手すりに置かれていた。王女は手を挙げると、すばやくわずかに右へ動かした。王女を見つめていた恋人以外は、これにだれも気づかなかった。彼を除く全観客の眼は闘技場に注がれていたのだ。

彼は前をふり向くと、しっかりしたすばやい足取りで、まわりにひとけのない空間を横切って行った。全観客は心臓を止め息を殺し、すべての視線は男に釘づけになっていた。

いささかのためらいもなく、彼は右の扉に向かい、それを開いた。

さて、この物語の核心はここにある。その扉から出てきたのは虎だったろうか、それともレディだったのだろうか？」

ストックトンはこの物語のアイデアを、ローマ市のローマン・カトリックの古書研究家から得たと聞いている。わたしは国会図書館の司書として数年すごしたあと、ヴァチカン古文書館に近代的な図書目録システムを導入するため派遣されていたので、この謎を解決する肚を固めたことはさして不思議ではない。わたしの仕事のとりあえずの目的は、ポンティウス・ピラトが書いたという、長い間失われたままの書簡を探すことだった。個人的な調査に費やす時間は充分にあった。

かなり研究を重ねたあと、ストックトンの物語の王とは、ヘロデ・アンティパス以外にないとの結論に達した。ローマ総督ポンティウス・ピラトの監督下でユダヤを支配していた彼は、父親が作ったローマの闘技場に似た闘技場を持つ、唯一の東方君主であり、彼もまた娘——正確にいえば継娘——を持ち、彼女に常識を越えた過度の愛情を抱いていた。

この娘がサロメ王女だった。

これなら理屈に合う。わたしはストックトンの物語の、ふたりの人物を探り当てたと思った。女らしいのたくった筆致のヘブライ文字で書かれ、破れて黄変した羊皮紙文書を見つけたとき、わたしの確信は強くなった。この手紙は扉のうしろで待っていた娘の手で書かれたものだった。

大祭司カヤパへ、娘ミリアムより

愛する父上さま

心よりお慕い申し上げております。わたしがギリシャの若者イアソンを愛していることが、エルサレム中の噂になっていることを恥じておられますね。明日、王の闘技場で大勢の観客を前に、異教の儀式で婚儀を挙げ、彼と結婚するわたしに会うことを——恥じ——屈辱だとお思いですね。しかしその悲嘆と屈辱はともあれ、それでも父上はイアソンを守るため、わたしたちの唯一の神に祈って下さり、わたしがそのうしろで待っている扉に、彼を導くことを神に懇願されているといまでも信じております。

イアソンは浅はかで野心むきだしであり——ヘロデ王の宮廷に幸運を探し求めて、アレクサンドリアから出てきた若者のひとりにすぎないと、父上は見られているでしょう。

彼を嫌悪されていてさえ、やはり公正で慈悲深い父上は、イアソンのために祈って下さることでしょう。

ああ、お父さま！　若さというのは恐れを知らぬものです！　わたしは昨秋、父上とヘロデ王の宮殿に行くのを拒んだことを思い出すと、思いがけない気が致します――そのときわたしは初めてイアソンに出会いました。エホバ神殿を見下ろすアントニア城砦で、数週間も鷲の軍旗を見せびらかせたポンティウス・ピラトの傲慢さを、父上とおじいさまが議論されていたのを耳にしました。もちろんわたしは偶像とは神を冒涜するものとして教えられました。しかし年配者はどうしてこんなつまらないことを議論するのか疑問でした。

ヘロデ王にとりなしを頼むには、家族で行った方がよいと父上が決められますと、わたしは頭痛を装いました。しかし父上を騙したわけではありません。家族ぐるみがより気が利いて和やかな訪問になると、父上はおっしゃいましたね。宮殿に到着すると、わたしが父上を騙したほどには、父上の策略がヘロデ王に通じなかったのをおかしく思いました。王の侍従が父上とおじいさまを謁見室に案内したあと、わたしたちは王専用の中庭で待つことになりました。

すぐに弟たちは宮殿の中央に噴水を見つけると、歓声や笑声をあげて駆け寄りました。わたしは中庭の床絵に弟たちの興味を向けました。それはトロイ陥落のモザイク画でした。わたしは子供たちが楽しめるよう考えながら異教徒の物語を話して聞かせました。

しかしナタンはご存じの通りで、すこしもじっと座っていません。

「ねえ！」彼は叫びました。「ぼくは女の人だけ踏んで、この場所を駆け回るんだ。賭けてもいいよ！」

これは易々とはいきませんでした。モザイク床には女神よりも多くの兵士が描かれています。ナタンは三度目のジャンプに失敗しました。しかしゲームを続けていました。まもなく中庭全体は、ミネルバからアフロディテ、ヘレンなど女神を踏んで跳ね回り、よろめき、ふらつく子供でいっぱいになりました。それは子供っぽいけれど本当に楽しさに溢れていました。わたしはかれらを静かにさせるために、ドレスを膝上までたくし上げ仲間に加わりました。

するとそのとき、だれかの笑い声を耳にしました。

まあ、いやだわ！　わたしは身の置きどころがありませんでした。ひとりの男が中庭に入ってきたのです——背の高い、身体のしなやかな男で、銀革のサンダルにチュニックと、緑絹のマントを付けていました。

彼は笑いながら「きみはだれ？」と尋ねました。

わたしの困惑ぶりはご想像できると思いますが、慌ててスカートを降ろし、眼に覆いかぶさった髪の毛を払いのけようとしました。一人前の女性として、こんなばかげて子供じみたゲームの最中を、ここの家臣に見られるなんて立つ瀬がありません。とりわけもう十四歳にもなるのですから。

「きみはだれ？」彼はくり返しながら近寄ってきました。「名前はあるよね――ダフネ、テティス？　それとも樹木の精、精霊？」

わたしは身分と名前を告げると、この見知らぬ男から笑われるのではないかと心配しました。しかし彼はそうしませんでした。一礼すると丁重に答えました。

「一緒に来てくれないか、ミリアム。王女のもとに連れてくるようにとの命令を受けているんでね」

わたしは従うべきかどうか躊躇しました。しかし若者は笑い続け、これが王命であることをくり返し断言しました――そこでとうとう彼に従って、すばらしい廊下の迷路をついて行きました。

彼の隣を歩きながらも、わたしには話す言葉もなく、ただ彼の他愛のない話に耳を傾けていました。彼の名はイアソン、ローマやアレクサンドリアに住んでいたことがあると語りました。わたしがこれまで出会った中で、もっとも心ひかれる人でした。

やっとより大きな中庭にやってきました。多くの廷臣に囲まれたピンクの天蓋の下には、サロメが手持ち無沙汰でいました。世界中から集めた若者や娘たちがそこに侍っており――ギリシャ人、アラビア人、ローマ駐屯部隊の士官、若いユダヤ人までもいましたが――かれらはいままで出会ったユダヤ人とは似ても似つかぬものでした。頬髭はよく剃られており、ギリシャかローマ風の服装をしていました。

サロメには驚きました。国民が「洗礼者」と呼んだ若き伝道師ヨハネに、死をもたらした娘のようにはまったく見えませんでした。彼女はヴェールも、東洋風な寛衣もつけていません。そのガウンはシンプルなギリシャ風で、スカートには柔らかな襞が無数にあり、それが彼女の小さな人形みたいな姿を隠して、輪郭だけを見せておりました。わたしは彼女の母へロデアスを、かって行列の中に見たことがあります。それで娘も同じ威厳ある姿と、誇り高い眼をもっているものと思いこんでいました。

しかしサロメはまだおてんば娘でした。小さなハート型の顔と、大きな澄んだ褐色の眼を持ち、それをどう使うか心得ていました。

「遅いわね、イアソン」サロメは咎めました。「宝探しはもう終わったわ。おまえだけが空手で帰ってきたの」

「とんでもありません、王女さま」イアソンはそういうと、わたしを前に突き出しました。「ヘブライのダイアナを連れてこいとの仰せでした――このように」

「ばかばかしい！」サロメはピンクの唇を尖らせました。「わたしの命令は彫像だったのよ」

「そうでしょうか、王女さま？　そんなことはありません？　ヘブライ人は黄金の仔牛の時代以来偶像を持ちません。わたしに手の余ることを命じるのは、ご勝手ですが」

「わたしがそうさせたというのは、おまえの思い上がりのせいよ！　いますぐそのおごりに気づくべきだわ！」

「おごり、ですか。でも、うぬぼれてはいません」彼はわたしの手をつかむと、ゆっくり身体を回すのには赤面しました。「プラクシテレスなら、わたしの持参した黄金の少女を誇りに思うでしょう」

「おまえたちギリシャ人は、女性と黄金を結びつけて考えているのね！」乳白色の肌のサロメは、わたしのオリーヴ色の皮膚を不快に思っているようでした。「こんなつまらぬものをダイアナと呼ぶのはばかげているわ」

「放して下さい！」わたしはつかまれた手首を自由にしようともがきました。「あなたたちには虫酸が走ります！」

「大人しくしていなさい！」イアソンは強い手でわたしの肘をつかみ長椅子に立たせました。「きみを辱めるためにここに連れてきたのではない！　この王女は態度も趣味も悪いことがわかるだろう。胸を張りなさい——大祭司の娘——きみはこの連中に劣りはしない！」

彼の声は荒々しく、わたしを武器に決闘しているみたいでした。わたしは震え興奮しすぎていました。しかし顔を上げると、涙をふり切るようにして、サロメを挑戦的に睨み返しました。

「この娘の首筋のしなやかな強さをご覧ください！」彼はそう叫ぶと宝探しの略奪品から、銀の弓をつかみ上げました。「彼女の容姿のたおやかな優美さに気づかれましたか？　ダイアナがふたたび生命を得たのです！」

彼は弓に矢をつがえ、わたしに持たせました。矢はまっすぐにサロメを狙っていました。しかし彼女はたじろぎません。その眼中には恐ろしいほどの憎悪が浮かんでいました。

「ほら！」イアソンはわたしにポーズを取らせながら下がりました。「彼女はダイアナよりも美しくありませんか？　エフェススのダイアナも彼女に比べれば、その美しさは半減されるといえませんか？　どうですか！」

「ですが、わたしには――」ファイロという名のギリシャ人は、心配そうな視線をサロメに向けながら口を開きました。

「ギリシャ人に尋ねているのではありません！　ローマ人に訊いているのです！　あなたならどうですか、ガルバ？」

彼は賢明でした。ローマ人はヘロデ王の粗野な取りまきたちに、自分たちの尊大な気概を見せるのが好きでした。若いガルバの顔にゆるやかな微笑が広がりました。大きな手で短く刈った髪を撫でました。

「ジュピターに誓って、きみは正しい」彼はそう言いました。「エフェススのダイアナの像の前で、香を焚いていたのはむだなことでした。しかしここにいるダイアナのためなら、愛剣と甲冑を捧げますよ」

ローマ人の役人全員が即座に彼に賛意を表しました。廷臣もまた合槌を打ちました。わたしは十数の言語での称賛や賛辞を聞きました。わたしの肌はさきほどのたじろぎや震えにも増して、うれしさで総毛立ちました。それは支持され賛美されたことへの喜びでした。

そのときヘロデ王の穏やかな笑いが聞こえ、王が父上とおじいさまを従えて中庭を横切ってくるのが眼に入りました。「アフロディテに誓って！」王は叫ばれました。「イアソン、そちはわしの貧弱な小国に宝石を見つけてくれたようじゃな。うれしく思うぞ」

その日ののこりのことは、はっきりと思い出せません。憶えているのは帰宅するのが嫌なことでした。わたしがまるであられもないことをしたかのようにアナスおじいさまに責められました。大勢の異教徒の前で、異教の女神もどきの姿を見せることは、大祭司の娘として大いに恥ずべきことでした。

晩餐で乳母アナから食事を勧められましたが、まるで食欲がありませんでした。もう乳母は必要ないことが、アナにはわからないのです。わたしは屋上に出ると、たそがれの中にオリーヴ山を眺めました。急に身を切られるような感情がこみ上げてきました。その痛みにたった独りで耐えていました。そのとき背後から父上の声を耳にしました。

「娘よ」父上はおっしゃいました。「ずっと昔のことだが、わしにも若い時代があったことを、おまえには信じられぬだろう。そのころのことを思い出そうとしているのだ」

「はい、お父さま」神秘的なキデロン谷を眺めながらお答えしました。

父上は床を横切り近づいて、わたしの髪を撫でて下さいました。「わたしたちは我慢しなければならん、ミリアム」そうおっしゃいました。「わが国の英雄たちはつねに勇気を持つ男――啓示と勇気を合わせ持った男だった。わしたちのもっともつらい時代に、かれらはやってくるのだ――神の近くで華々しく生きる男たちだ。いつでもこのような男たちはいるものだ」

「いまはどこに？」わたしは尋ねました。

「わしにはわからん、ミリアム」父上は思いにふけりながら答えられました。「しかしガリラヤには信頼できる男たちがいるとの噂だ――それは昔ながらの偉大な集団だと聞いている」

父上がお話を続ける前に、扉を叩く音と声が聞こえました。「ヘロデ王の命令だ。開けろ！」

体面があるにも拘わらず、父上もわたしと同様に怯えて、通路で身を寄せて立ち尽くしておられましたね。そこで役人からわたしは、サロメの侍女となり、ティベリアスのヘロデ王の冬宮殿に向かうように伝えられました。

わが家を離れるときがきて、どれほど両親を愛しているのか、初めて子供心にもわかりました。王のキャラバンに加わるために、ゲノット門まで連れて行かれたとき、初秋の雨がいかに身に滲みたか、父上はご記憶でしょうか?

あの旅は寂しいものでした。宮女たちはわたしに鼻もひっかけてくれませんでした。そしてイアソンも見当たりません。旅の最後の日、夜明け前のほんのひとときに、わたしはラクダ使いのひとりが叫ぶのを耳にしました。「ティベリアスだ!」。わたしは天幕から顔を出し、初めて目的地を目の当たりにしました。

朝の新鮮な空気の中、眼前に広がる光景は見たこともないすばらしいものでした。タボル山の荘厳なドームのかなたの雲を突き破って、朝日が射しこんでおり、陽光はあたかも銀の盾に反射したようにガリラヤ海——実際は大きな湖です——から照り返していました。

眼を凝らしていますと、やかましい馬蹄音と共に戦車が一台通って行きました——四頭立てで、厚い胸をした黒いたてがみのアラビア馬がひく戦車でした。イアソンが手綱を取っていました。彼はオレンジ色の革製の堅いチュニックを着て、肩からオレンジ色のケープをはおっていました。まだ暗いティベリアスの丘から駆け降りる炎さながらでした。

ヘロデ王の宮殿は父上がかつておられたときほど、暗く陰気でないのにほっとしました。各部屋は豊かな壁掛けと、輸入品の大理石できらびやかに飾られ、わたしには女だけの建物の端にある、きれいな小部屋を与えられました。あとで王自身が侍従を伴い、わたしが満足しているかを見にこられました。唯一の気がかりはバルコニーの窓に、近くのヒマラヤ杉の枝が伸びていることでした。しかしもちろん不満を口にするようなことはありませんでした。王はわたしがまだ幼いと考えられたのかも知れません。

わたしに与えられたドレスは、どれもかなり見苦しいものでした。父上ならおわかりでしょう。厚い生地で、スカートなど膝のずっと上までスリットがありました。幸い乳母アナに裁縫を教えてもらっていたので助かりました。わたしは針セットを持ってきていました。簡単な針仕事で、何着かのドレスをまずまずのものに仕立て上げました。時間は充分にありました。サロメも王妃も呼びにきませんでした。くる日もくる日も、わたしはドレスの針仕事と、髪を梳かすことで暇をつぶしていました。

数週間後、最初の王の宴会で、わたしの隣にイアソンが座りました。「座っている」というのは正しくありません。客たちは宴会テーブルの脇に設えた長椅子に寝そべっているのです。イアソンはわたしのそばにゆったりと身を任せていました。わたしはこの流儀に慣れておらずまごついていました。

しかしイアソンはわたしの頭を冷やしてくれました。彼は微笑を浮かべ、とてもうやうやしい態度でした。七番目の料理のあと、ワインはいくらでも飲め、パーティはかなり騒々しい状態になりました。イアソンはあまり飲まず、わたしには手も触れませんでした。

サロメもあまり飲みませんでした。わたしたちから離れた部屋で、母と義父のあいだに寝そべっていました。王がだんだん酔いしれていくさまを見て、わたしは王や国にあまり敬意を感じなくなりました。王は大声で笑い、王女の耳に何かささやき続けていました。

王妃は王女を庇った方がよいのにとわたしは思いましたが、王妃は王を無視し芸人たちに冷たい視線を向けたきり、挑発的な踊りや卑猥な歌にも平然としていました。しかしヘロデ王と同じ混血氏族なのに、王妃はユダヤの既婚女性のような静かな威厳をもって侍していました。

しばしば部屋からイアソンを誘うサロメの褐色の眼に、わたしは気づきました。彼女はわたしたちを嫉妬しているようでした。わたしを相手にしない態度にも拘わらず、彼女には哀れみを覚えました。

「美女には哀れみなど必要ないよ」これに触れますとイアソンは答えました。「彼女らは自分たちのことをよく心得ているんだ」

「まあ！　なんて学のある皮肉屋ですこと！」わたしは宮廷のレディのひとりみたいな口調で嘲りました。

するとと彼はこちらを向き言いました。「ぼくは奴隷の生まれだが、王子になれたかもしれないんだ——ローマ帝国属下の支配者のひとりのな——こうなったのはサロメよりも美しいある女のせいだ」

「奴隷ですって！　わたしをおからかいなのね！　信じられませんわ！」

「ぼくは奴隷の生まれであっても、まったくのペテン師ではない。おやじは貴族だった。アクティウムの海戦ではマルクス・アントニウスの旗艦にいたんだ」

「あなたが何様であっても構いませんわ、イアソン——何も聞きたくありません！」

彼はワインを空け、不機嫌そうにサロメを睨みつけました。「ある女の虚栄心のためにおやじは奴隷となり、ぼくは奴隷の子として生まれた。あの海戦はクレオパトラのためではなかった。マルクス・アントニウスはクレオパトラに陸に留まるよう懇願した。しかし彼女は敵のガレー船が水平線の彼方に見える限り非常に勇敢だった。自分が甲冑をつけていると美人に見えることを心得ていた。海の女王として男たちを鼓舞することを望んだのだ！」

イアソンは床に唾を吐き叫びました。「こんな虚栄心のために世界の運命が変わるなんて！　海戦の只中にクレオパトラの戦艦は向きを変え逃げ出した――なぜかわかるかい？」

「敵のオクタウィウスがカタパルトを使って、海蛇がいっぱいの巨大なガラス球を投げ、それがクレオパトラの戦艦の甲板で割れると、うじゃうじゃ出てくる海蛇に、彼女が怖じ気をふるったためだと聞いていますわ」

「それは表向きの理由さ。クレオパトラは蛇を恐れなかった。彼女がアントニウスを見捨てたのは、彼を戦場に引き出すよりも、自分の魅力でオクタウィウスをとりこにする方が安全だと、いきなり思いついたからだ。そして彼女の臆病さのために、マルクス・アントニウスは自殺し、ぼくのおやじは捕虜になり奴隷にされた。オクタウィウスはおやじをむりやり剣闘士にしたのだ」

彼はしゃべりすぎたと思ったのか、突然口を閉ざしました。これが一見華やかな男の楽屋裏だったのです。彼は奴隷であり、また剣闘士だった男の息子でした。

王妃は酔いどれた王に付いて部屋を出ました。サロメは泥酔した連中のあいだを抜け、月光の庭園に通じる大門をくぐりました。そして敷居で立ち止まると、わたしたちをふり返りました。そこではじめて笑顔を見せました。

「だいぶ夜もふけた」イアソンはわたしに忠告しました。「部屋に戻った方がいいよ」

彼の言葉に従うしかありませんでした。

そのあとイアソンは王から宮廷のあらゆる行事に、わたしのエスコートを命じられたことは明らかです。しかし彼はしばしばそれに従いませんでした。どたん場で高価な贈り物をよこしては、出席をことわる言いわけをするのはあんまりでした。

あるとき若者たちはピクニック・ランチを持ち、遊覧馬車で小旅行に出かけました。タボル山で大群衆に説教する、ある地方伝道師の話を聞くためです。この伝道師はかなりの売れっ子でした。その驚くべき話が伝わっています。宮廷人は彼を新たな感動を起こす人と見なしていました。父上がいつか触れられたガリラヤ人のひとりではないかと思いました。しかしわたしにはどうして人気があるのかわかりませんでした。イアソンが案内してくれませんので、わたしはサロメやヘロデ王や王妃と留まっていました。あの洗礼者のスキャンダルのあと、宮中では地方伝道師にあまり興味を持たなくなりました。

数週間あと、月が欠けはじめているとき、ヘロデ王は宮廷の庭園で念入りな祝宴を催しました。噴水池に投げこまれたギリシャ火薬の炎で地面は輝いていました。水面に漂う炎は黒い池を巨大なランプに変えました。明滅する炎の中で、イタリアの曲芸師や軽業師、綱渡りたちの演技が続きました。

まず、わたしはかれらの裸体姿に度肝を抜かれました。しかし物陰のわたしの隣に座ったイアソンにいわせれば、気の毒な香具師たちを物笑いの種にしてはいけない、同情すべきなのでした。この少年少女は貴族や、あるいは王族の子供たちかもしれないと、彼は言うのです。ローマでは不要の子供たちは山に捨てられ、狼の餌食にされます。ときには見捨てられた子供たちは、人狼として発見され――放浪者や犯罪者はかれらを家に連れて帰り、忌まわしい悪の職業を教えこむのだそうです。

「あなたたちの世界は理解できませんわ」わたしは言いました。「なんて恐ろしい場所でしょう！　ユダヤ人の母親なら、わが子を捨ててこんな生涯を送らせません。彼女がどんな下層に落ちようともね」

「わかるよ」彼はささやきました。「おふくろだってぼくを山になど捨てなかったろうし――そんなこと考えもしなかったろう。捨ててくれてもよかったかもしれないがね」

なんとかしてわたしは、この恐ろしい苦しみに悩む青年を慰めてやりたかったのです。神がわたしを世に送り出したのはそのためなのです。わたしは彼の頰を両手ではさみくちづけをしました。

すると彼は立ち上がり、わたしを引き寄せました。彼の強い腕に抱かれて、わたしは物陰に導かれました。彼はくちづけを返してきました――わたしの唇に、喉首に、肩に――そのくちづけは強烈なものでした。

「あなた、ああ、愛するあなた！」わたしは彼にしがみついて叫びました。「もっとやさしく愛して——そんなに急がないで——わたしは逃げないわ——決して！」

彼は一息つくとわたしを見つめました。そしてわたしの身体をしっかりと腕の輪で囲みました。

「いいかしら？」わたしは言いました。「もうあなたは独りではないのよ——あなたの生い立ちなんてどうでもいいわ——」

「とんでもない！　それが問題なんだ！」彼は腕をゆるめましたが、声は厳しくなりました。「ぼくは人間のごみくずとして出発したんだ——ローマのごみ山に置き去りにされ——これまでの人生、そこに戻るのをなんとか防ごうと苦闘していたんだ」

荒々しさはすでになくなっていました。彼は地面に座りこむと、顔を遠くの噴水に向けました。そこでは曲芸の子供たちの姿が明滅する炎に輝いていました。

「ぼくはおふくろを知らないんだ」彼の言葉は憂鬱そうでした。「おやじもほとんど知らない。唯一の記憶はある晩のことだけだ——ぼくが十二歳のころのことだった。剣闘士の宿舎での大宴会で、おやじの隣に座ったときのことだ。あたりの空気は松明の煙で汚れ、非常にやかましかった。

剣闘士の大半は酔ってわめき、すっかり酒浸りになり、がつがつ食べては吐いていた——翌日には死ぬかもしれないことを忘れようとしていた。御馳走が山盛りのテーブルにほとんど触れない者もいた。かれらは闘技場に出る体調を整えておこうとしていた。

何が起ころうが、愚かで無感覚だった連中は、慰めを与えてくれる奴隷女と床に転がっていた。

ぼくのおやじはロンギナスという年配の剣闘士と、小さなテーブルに座っていた――その男はかって闘技場でおやじが命を救ってやったことがあった。ぼくはふたりのあいだのベンチに座っていた。

その夜はだらだらとすぎていき、おやじはぼくの頭のうしろに手を置くと、床で快楽にふける豚のようなカップルをむりに見させた。「なあ、息子」おやじは苦笑しながらいった。「おまえがどうやって作られたか見ておけ！　おまえの母親はこんな売春婦だったんだ！」

ぼくは泣きはじめたのを憶えている。仲間たちは急に静かになってぼくらを見つめた。まさか子供が剣闘士の宴会に出ているとは思わなかったのだ。ロンギナスは子供を黙らせろとおやじを怒鳴りつけた。その光景は身の毛もよだつものだった。

しかしおやじは低く厳しい声で続けた。「こうすればおれが死んでも、息子が運命を憶えているだろうと話しているんだ！　おれは息子の母親を知らない――ほかの売春婦と見分けもつかない。あの女を抱いたとき、おれは酔っていた。それでもなんと女はおれを憶えていた！　女が赤ん坊を連れて小屋にやってきたとき、その顔に浮かんだ無言の表情を忘れない。おれはそこに深い愛情を見た。おれにではない。赤ん坊――おまえへのだ！」

おやじの話では、おふくろは前にも産んだ赤ん坊と同じように、ぼくを山に捨てた。しかし愚かな心に何か訴えるものがあって、元貴族の子供をそんなことで死なせられなかった。そこでおふくろは山に戻り、ぼくをおやじのもとに連れてきたのだ。

おやじはぼくを抱きながら、この無知な売春婦は正しかったと感じていた。彼女にはおやじを奮い立たせるものがあった。

おやじは剣を持つ分厚い右手で、ぼくの肩をしっかりつかみながら話を続けた。「おれはおまえを通して自由を見つけられる、息子よ！　おまえの中に脈打つおれの血潮で、おまえはふたたび王子になれるのだ！　これがおまえに求めることだ。何が起ころうが問題はない――おれが生きようが、死のうが――おれたちの失った偉大さを復活させるために、あらゆる方法で戦うのだぞ！」

イアソンは低いが興奮した声で、父親の言葉をくり返しました。それは彼が重要なことを話すときにいつも使う口調でした。やがて彼の声は淡々と続きました。

「おやじは翌日に亡くなった。ロンギナスとの試合でだ。それは真剣な勝負だった。闘うか、ふたりともライオンに投げだされるかだった。突然おやじは怪我も負っていないのに地面に倒れた。長いあいだの闘いで心臓が力尽きたのだと思う。ぼくが見ていると、おやじは慈悲を求めるように弱った腕を上げた。おやじはぼくのために生きていたかったのだ。

ロンギナスは皇帝を見上げた。ティベリウス帝は筋骨逞しい腕を伸ばし、親指を――下げた。

ぼくはロンギナスの顔に懇願の表情を見た。彼は躊躇していた。その頬には涙が光っていた。闘技場の係員はおやじの頭蓋を木槌で砕くために走り寄った――それが臆病者に対する死のむくいだった。

ロンギナスの剣がふり下ろされたのだ」

イアソンは話を終えました。噴水の炎が最後に明滅して闇の中に消えて行きました。ヘロデ王が松明を灯せと臣下に命じる声が聞こえました。わたしはイアソンに寄り添い、彼を慰めようとしました。しかし明かりが灯されると、彼は去って行きました。

数日後、ヘロデ王が廷臣をひき連れ、郊外にある競馬場に赴くとき、イアソンはわたしをエスコートしました。もう彼は身の上話を打ち明けたことなど、すっかり忘れたようにふるまっていました。その衣服は立派で見事なものでした。眉毛は細く、笑顔は冷淡で、遠くの貴賓席を見つめていました。そこにはサロメが義父ヘロデ王の隣に座っていました。

各レースの競走用馬車の馭者の制服は――白、赤、青、緑の四色でした。これらはローマの四大レース組織を識別するものだと、イアソンは説明しました。ヘロデ王は青が好きでした。それは在位皇帝の色でした。

「わたしは白に賭けたいわ」わたしはイアソンに頼みました。

「どうして？」彼は尋ねました。「青が本命だよ。でもきみが大穴を狙うなら赤に賭けるべきだ。刺激的な色だからね」

「だって白はあなたの馬でしょう！」わたしは反論しました。「都に入るときあなたが走らせているのを見たわ」

彼は顔をくもらせ答えました。「ぼくの馬じゃないよ！」と激しく反駁しました。しかしわたしは彼に笑顔を向け続けました。わたしはこの眼で見たのですから。

「なあ、ミリアム！」彼はうまく言いくるめようとしました。「白は負けるよ！　馬が他の馬より老いているし、内側の馬は足の腱が曲がっている」

「それでも、わたしは白に賭けたいわ！」

「わかったよ」彼は肩をすくめました。「せいぜいうまくやるんだね」

おそらくこれはわたしの想像ですが、馬車がパレードして通りすぎるとき、イアソンは白馬車の馭者にわずかな合図を送ったような気がしました。

父上はレースについてあまりご存じないでしょう。それでご説明しようと思います。中央の二頭の馬は馬車の長柄に引き具でつながれています。一方外側の馬は引き革と呼ばれる革の長柄につながれ走ります。白馬車の外側の馬は引き革がとても長いので、仲間の馬よりかなり離れて走れます。その馬は馬車を直接ひっぱらないので、かなり自由に独立して走れます。そして長い引き革はトラックを横切り、革のバリアーとなるので、他の馬車は追い抜くことができません。

この策略がパレスチナで見られるのは初めてでした。特別観覧席からの歓声は耳を覆うばかりでした。最初、外側の馬の引き革が切れた事故だと観客は思いこんでいました。ところがすぐに白を応援している観客の興奮した熱狂と、他の馬車に賭けた連中の怒号が、あたりに満ち溢れました。そのときだれもが、その策略につられて賭け金のことを忘れていました。外側の馬はトラックを大きく回り、外柵ぎりぎりに走っていました——他の馬車は引き革に巻きこまれるのを恐れて、抜くことができず向きを変えました。

当然ながら白馬車の勝ちでした！　わたしは興奮してイアソンの方を向きました。

「ここの田舎者の馭者たちはど素人だ」彼はさげすんで肩をすくめました。「このレースがローマで行われたら、すべての馬車が長い引き革をつけただろう。緑馬車は白馬車に衝突し、その隙に青馬車は走り抜けられる。あとで馭者たちは賞金と——皇帝の恩恵を分け合ったことだろうな」

「でも馭者たちはどうなるのかしら？　手綱の端は身体に巻きつけてあるし——そんな激突は危険じゃないかしら？」

「もちろんさ」彼は冷淡に答えました。「すばやく行動すれば、短剣で手綱を切って自由になれるが——さもなければ死ぬかもしれない。それがローマでは勝敗の分かれ目になる」

賭け金は二十対一でした。わたしは五十シケルに近い銀貨を手にしました。ノミ屋に手数料を払った手取りです。

まもなくわたしは、ヘロデ王の宮廷でさえ、五十シケルも手にした娘には大勢の友達ができるのを知りました。宮女の多くがどれほどお金に窮しているかにも驚きました。彼女たちは小銭を借りにやってきました——返すつもりなどさらさらありません。その埋め合わせに、彼女たちは会話——ほとんどがむき出しの悪意はなくとも、意地悪なうわさ話です——の仲間に入れてくれました。彼女たちは露骨な悪口は言いませんが、どこか気に障ることを口にします。彼女たちの話はほのめかしとあてこすりです。その噂によればヘロデ王はサロメと愛情関係にあるそうです。

「それで王の関心はまるで父親らしいものではないのよ」彼女たちのひとりはくすくす笑いました。

それは事実かもしれないと思っても聞き苦しいものです。王のサロメに対する態度はまったく礼儀に外れたものでした。それでも彼女たちのもらした話は、とても忌わしいものでした——神のおきてを無視して弟の妻を取り上げたヘロデ王が、いままた継娘にみだらな関係をもちかけることは、近親相姦を重ねることになります。

「王様にどんな欠点があっても、王様には変わりありません――それにわたしたちはローマ帝国から保護を受けるしかありません。宮廷の一員である以上、わたしたちは王に忠義と愛国心を捧げる義務があります」

「彼女のばかげたお説教を聞いてよ！」エニドというアテネ娘が笑いました。「呆れた人ね！　ヘロデ王がサロメさまを愛していないなら、可愛いミリアムはこんなところにいないでしょうよ！」

　わたしはエニドが嫌いでした。美人からはほど遠い長い顎の持ち主で、そのため自分の肉体で男の気を引こうとしました。それを強調するために、非常識で卑猥なやり方でお尻を突き出していました。彼女は他の宮女よりも多額のお金を、わたしから借りていました。おそらくそのせいで、余計わたしに当てこすりをいうのでしょう。

「どういう意味かしら？」わたしは頭に血が上りました。

「あら、まあ、ミリアム！」彼女は大げさな我慢とけだるい様子で、肩ごしに自分のお尻に眼をやりました。「あなたって世間知らずよ！　王はサロメからイアソンを引き離すために、あなたをここに連れてきたことに気づかないの？」

「あなたはまったく頭がおかしいわ」わたしは言い返しました。「そんなばかな話は聞いたこともないわ！　王様は王様よ！　イアソンが嫌いなら追い払えばいいじゃない！」

「あんたってだめねえ！　ヘロデ王でもポンティウス・ピラトがごひいきの人間には失礼なことはできないわ！」

「でも、どうしてわたしが王の計画にぴったり合うの？」

「その話をわたしの口から聞きたいの？　これは微妙な問題なのよ。王がなぜあなたにこの窓付きの可愛い部屋――庭園から入れる――をくれたのか考えてみたことある？」

「出て行って！」わたしの顔は紅潮しました。「出て行って！　あんたのいやらしい言いがかりには答えないわ！　もうその顔なんか見たくもない！」

エニドは他の宮女たちを従え、気取って戸口に向かいました。その足どりは無礼で悠然たるものでした。

「いいわ、出て行くわよ！　金切り声を立てることないわ。結局、王の計画が失敗したのも、わたしたちの責任ではありませんからね――ギリシャ人がサロメを好きになったこともよ。イアソンは命令されない限りは、あんたに近寄らないし、あえて話しかけることもないわ――彼はサロメを恐れているのよ。あんたが嫉妬するのも不思議でないわ！」

彼女たちが去って行くと、わたしは長椅子に身を投げて泣きました。エルサレムのわが家に戻りたくなりました。わたしは清く気位《ぐらい》のある生活が望みでした。宮廷やあの連中にはおぞけ立ちます。お父さまが恋しくなりました。幼い娘のようにお膝元に這い寄って、何もかも忘れたかったのです。

ところが、その午後、わたしたちは都の南にある有名な温泉に、王のお供をするように命じられました。

わたしは身体の具合が悪くて、温泉に入れませんと伝えました。しかしその言いわけも聞き入れられませんでした。ヘロディアス王妃がわざわざわたしの説得にやってこられました。その態度は母のようにまるきり穏やかですが、威厳があり断りきれませんでした。王妃のお言葉では、温泉はどんな病気にも効果があり、きっとわたしの身体の具合もよくなると請け合いました。さらにイアソンが待っているとの伝言が王からありました。王妃とわたしが王の恋愛ゲームの駒になっているのを、王妃はご存じなのかしらと思いました。しかしわたしはあえて尋ねませんでした。あまりに落胆していたので、従うしかありませんでした。わたしは王妃に手を引かれ、イアソンの馬車へ案内されました。

彼はアラビア馬を乗りこなし、かなりハンサムに見えました。すぐに彼は社交辞令的なおしゃべりをはじめました。

「どうか、お気づかいは必要ありません」わたしは断りました。「王のご命令のためだけにこられたのは承知しています」

彼は渋面を作りました。「ミリアム、きみは思慮が足りない――」

「そう思います。でも、あなたは父親が奴隷でしたので、あなたも奴隷です――あなたは野心の奴隷ですよね」

わたしは彼を傷つけたかったのです。彼の怒りが日焼けした皮膚にはっきりと浮かびました。馬をむち打つと、馬車は行列の前の方に飛び出しました。わたしたちが温泉に着くまで、彼は手綱をゆるめませんでした。

「ミリアム、ぼくを信じてほしい！」彼は強調しました。

「どうして？　あなたが嘘をついているのはわかっているわ。この馬は自分のものじゃないっていったわね！」

「ある意味ではね。この馬は白組織の所有物だ。ぼくはレースを辞めたときにローマから連れてきたんだ」

「この馬を盗んだのね？」わたしの声は軽蔑に満ちていました。「あなたは不正直よ――あなたの性格は向こう見ずというより無鉄砲なのよ」

「まあ、いいだろう！」彼は叫びました。「ぼくの幸運の賜物さ！　ロンギナスはおやじの死後、ぼくを馭者の見習い弟子にしてくれた。ぼくはローマの野外大競技場で、これらの馬で二百三十九回も優勝した。それで百万長者になったんだ！」

「でも、あなたは百万長者で満足しなかったわ！　王女の愛を勝ち取りたかった。その愛を王と共有してもね！　あなたもかれらと同様に悪党だわ！」

わたしが馬車を降りようとすると、彼は引きとめました。「頼む、ミリアム！」彼は嘆願しました。「きみが怒るのはもっともだ。しかしきみを勝たせたのはそんなことではない。あの策略は隠しておくつもりだった」「そんなことを疑ってはいないわ！　なぜそれほど気前よくなったのか、まだわからない——あなたのお情けなどいらないわ！　あなたの恩恵など蒙りたくないの！」わたしは馬車から跳び降りました。

そのときちょうど王の馬車行列がやってきました。サロメは憎々しげにわたしを見ており、王妃も苛立っているようでした。しかしヘロデ王は柔和な笑顔を浮かべていました。わたしたちは温泉に着きました。

温泉が男女別になっているのを見て、わたしはほっとしました。何を予想していたのかわかりません。わたしたちが女性浴場に入ると、サロメや宮女たちも衣服を脱ぎました。わたしは蒸気室の隅に薄暗い場所を見つけ、人目につかないようにしていました。王妃はワインを水差しに入れ持ってこさせました。王妃の飲酒を見るのははじめてでした。これは汗を出すのによい効果があると説明しました。しばらくして王妃は側近たちと、羽毛を詰めたボールで遊びはじめました。右手でボールを捕り、左手で投げるのです。まもなく王妃とアビシニア娘が、同時にボールを捕え奪いはじめました。

わたしは身体にタオルを巻き、それに拘わり合わないようにしました。ふたりは文句を言い合い、相手を投げ飛ばそうとしていました。しかしふたりともわたしにぶつかり続けるので、これはわざとやっているんだなと気づきました。

やっとわたしは逃れましたが——別の意地悪女と突き当たるだけでした。サロメと取り巻きは部屋を駆け回り、輝く金属の輪を転がしていました。わたしは懸命に避けようとしました。しかしサロメはわざとその輪を、わたしの足元に転がしてくるのです。「あら、ごめんなさい！」サロメはふざけて叫ぶと——輪を転がす棒でわたしを打ちました。「まあ、失礼！」と彼女は笑うのです。

他の宮女たちもすばやくこのゲームに加わりました。わたしが行くところには、必ず彼女たちがやってきて金切り声をあげるのです。「何よ、このぶざまな売女！　邪魔しないでよ！」

わたしは頭にきて、身体にタオルを巻くのも忘れるほどでした。サロメを殴り髪をひっぱって、床に投げつけてやりたいくらいでした——取り巻き女たち全部を敵にしてもです。わたしは罰を受けるのは覚悟しており平気でした。これでもかなり我慢強い方です。彼女の手から棒を奪い取ると、一撃を食らわせようとしました。

それをふり下ろす前に、女たちに囲まれ罵詈雑言を浴びせられ、大きな青銅の扉を抜け、大浴場に連れて行かれました。彼女たちはわたしを温泉に投げこむと、あとから飛びこんできました。お湯は熱くて硫黄の臭いがし、苦く塩っぱい味がしました。わたしは何度も沈められましたが、不意に彼女たちは見えなくなりました。わたしは這い上がり、温泉を出ると服を着ました。彼女たちはシャワーを浴びたり、使用人のマッサージを受けていました。わたしはこれを待たずに建物から忍び出ました。

ロバを引いた田舎娘が通りかかったので、わたしはティベリアスに戻りたいのだがと頼みました。道路は埃っぽくて、乗せてもらったロバはのろまでした。

まもなく皮膚はちくちくし眼が潤んできました。サンダルから頭のバンドまで火照って熱っぽくなりました。あまりに気分が悪かったので、一台の馬車が追い越して行ったのに気づきませんでした。それはイアソンでロバの行く手に馬を停めました。

「降りるんだ！」彼は怒鳴りました。「降りろ、このばか娘！」

彼は馬車から降りてきて、太い両腕をわたしにさし出しました。

「可哀そうにな、あの連中が風呂場で何をしたかわかっている」

「わたしに触らないで！」彼の片腕はわたしの膝の下に、もう一方の腕は肩に回っていました。彼は道脇の小藪にわたしを抱いて行きました。当惑した田舎娘のわたしは彼を止めようともしませんでした。ごつごつしたオリーヴの樹の下蔭は息苦しく、咲き誇るアーモンドの花の香りが濃密で、わたしは息もつけませんでした。

「服を脱ぐんだ」彼は小さな流れのそばに、わたしを横たえました。「真水で身体を洗うんだ」

「いや――!」わたしは彼から身を引きました。

「ばかな小娘だな、あの女らのたくらみを知らないのか? 硫黄泉浴のあと真水を浴びなければ、皮膚に発疹ができて、眼も当てられなくなるんだぞ」彼はわたしの肩をつかんで激しくゆさぶりました。「きみの美しさを傷ものにしたくない――ぼくがこれまでに見た最高の美女なんだぞ! 言う通りにしなければ、裸にして水に投げこむぞ!」

まるでわたしの心を読んだかのように、彼はいきなり力を抜くと、その笑顔はやさしく、その声は穏やかになりました。

「心配しなくていいよ。ぼくは道路に戻って待っているから」

彼はわたしの額にくちづけすると、身をひるがえして暗い樹木の下藪を戻って行きました。

小川は冷たくてさっぱりしました。わたしは柔らかな川砂に横たわり、水の流れに身を任せていました。さざなみが愛撫するように流れて行きます。不快さや熱気はすっかり洗い去られました。甘く夢のようなけだるさに襲われました。藪の茂みから彼が見ていたらと思いましたが、そんなことはないと考えました。

そのとき彼がやってこなかった理由はわかりません。おそらく子供を守るように、わたしをいたわっただけでしょう。これも同情の好意だったのかしら? 女を本当に愛している男なら、離れられなかったでしょうに。

下薮に動くものがありました。エニドとにやけたギリシャ人ファイロで、わたしを立ったまま見下ろしていました。

「あら、失礼！」エニドはくすくす笑いました。「イアソンの馬車を見かけたの。それで何をするのか、こっそり見届けにきたのよ。もちろん、わたしたちは絶対に――！」

彼女がふり返ると、イアソンがこちらにやってくるところでした。

「あなたのアイドルの邪魔をしてごめんなさい」ファイロは舌足らずな声を上げました。

イアソンが石を投げつけると、邪魔者たちは笑いながら下薮に逃げこみました。ティベリアスに戻ればすぐに、その眼で見たことを、意地悪いスキャンダルに仕立てるのはわかりきっていました。

イアソンが背中を見せているあいだに、わたしは衣服を着て、ふたりとも不安に押し黙って、馬車を家路に走らせました。

その夜、わたしはダイニング・ホールでの晩餐には行きませんでした。だれもわたしを呼びにはきませんでした。暗くなるとすぐわたしは黒いマントと、残りのお金を持ち裏門から忍び出ました。暗い街壁沿いにガリラヤ湖の岸辺の漁村をめざしました。

干し場の柵にかけた漁師の網は、月光の下で大量の繊細なレースのようでした。暗い人影がそれらを取りこんでいました。空模様がおかしくなりました。春雨の季節に近づいていたのです。

わたしはすらりとした貴族風な青年に近づきました。彼は扱いにくそうに漁網を折り畳んでいました。わたしが大祭司カヤパの娘で、エルサレムの故郷に帰りたいと打ち明けますと、同情して話を聞いてくれました。

「それはかなり危険な旅です」彼は親切そうな笑顔で説明してくれました。「若いお嬢さんには命がけの旅です。ガリラヤ湖からヨルダン河に入ると、流れは早く危険なものになります。東岸には野蛮なベドウィン族が住んでいますし——」

「知っています！　でも、ティベリアスよりはるかにましです！　ここにいたら死ぬしかありません！　何でも差し上げますから！」

「報酬はいりません」彼のよきユダヤ人らしい顔に抗議めいた笑いが浮かびました。

「わたしはあいにく船乗りではありません。名前はマタイ——徴税係をやっていました。それで漁業にはあまり慣れていません」

彼はふり返り向こうの焚火を指さしました。そこには多くの人々が炎に車座になっていました。

「友だちには漁師がいます、すばらしい漁師たちです——ペテロ、アンデレ、ヤコブ。われわれの主は隣人を愛せと教えてくれます——そこでかれらならきっとあなたを助けてくれるでしょう」

「まあ、そうして戴けたら！」

彼は急いで焚火に向かいました。彼のどこかにわたしを安心させ、希望を持たせてくれるものがありました。

そのとき物陰と漁網のあいだから、長身のイアソンが出てくるのを見かけました。わたしは陸に上がった漁船の方に向かいました。彼とは口を利きたくありませんでした。

「行くな、ミリアム！」

「いやよ——付いてこないで——」

「きみが行くなら、ぼくも行く。ぼくが舵を取るよ」彼はわたしの手を取りました。

「なんじが行くところ、われも行かん——なんじの民はわが民、なんじの神はわが神だ」

「お願い、からかわないで！　独りにして！」

「そんなことはできないよ、愛するミリアム！　きみを愛すまいと努力したことは神のみぞ知るだ。きみのいうようにぼくは野心を抱く奴隷だ——でも、いまはすべてを忘れた——きみ以外はね」

「信じられないわ！」

銀色の月光はどんよりと飛ぶ雲を抜け、波立つ湖面を射していました。遠いガリラヤ湖岸、荒れ果てた岸辺は、さし招くような神秘に覆われていました。

「おいで！」イアソンはわたしを小舟に乗せると湖に押し入れました。すばやく櫂をにぎり浅瀬から小舟を出しました。

わたしは粗末な舟べりに身体をもたせ、まだらになった空を見つめていました。どうしていつも身も心も言いなりになってしまうのだろうか？　イアソンがそばにいると、まるでふぬけのようになってしまうのでした。彼が本心を告白していたら、本気でわたしを愛していたら――。

「サロメは怒っていたの？」わたしは尋ねました。

「かんかんさ！　大変な騒ぎだったよ！」

「あなたが彼女から離れたかったのは本当かしら？　彼女を愛していないということなの？」

「愛だって！　あの女は愛することが何だかわかってない！　数カ月もぼくに気を持たせていただけだ――ただの遊びなんだ」

「あなたにそんなことをする女なんて信じられないわ、イアソン。あなたは自信たっぷりね」

「彼女は王女なんだ」彼は苦々しげに言いました。「一か八かの賭けだった。ぼくは馭者だったときに賭けを学んだ。ヘロデ王は役に立たない操り人形だ。ローマ人たちは彼を軽蔑しており、サロメはその王族の一人だ。彼女の夫になれば東方の皇帝の地位を保証されている。ティベリウスが死んだら、夫が皇帝になるかもしれないと――」

「そんなのあなたの夢想よ！」

「どうして！　ぼくには金があるし、サロメもそうだ。玉座はローマの近衛兵に売り買いされる――近衛兵は皇帝を支配している。でも、すべて忘れるんだ。そんなことを話すのはもう止めよう」

わたしも話したくありませんでした。幸せに有頂天だったからです。イアソンは帆を上げると、わずかな風で南に進みました。彼はへさきにきてわたしと並んで座りました。わたしたちは天気の定まらない夜空を見上げていました。

やがて前触れもなくスコールが襲ってきました。帆は雄牛のように吠え、裂けてしまいました。ずたずたの帆布は強風にはためき、小舟は激しい春雨に打ちすえられました。イアソンは櫂まで這い進み、波間から舟を守ろうとぎこちなくも必死でした。わたしはずぶ濡れになって、はためく裂けた帆を捕まえようと懸命でした。そのとき隠れていた岩礁の突端が舟先を砕いて、竜骨全体がゆれました。わたしたちは波に呑みこまれましたが、わたしはイアソンの腕に抱かれていました。しかしそのまま雷鳴と暗闇の渦の中に沈んで行きました。

どのくらい経ったのか正確には分かりません。しばらく心は意識を取り戻そうとして闘っていましたが――ふたたび無意識の状態に引き戻されました。このめったにない半夢睡の状況の中で、わたしはヘロデ王宮殿の自分の部屋に戻っているのを感じました。いちどはイアソンの顔がわたしに覆いかぶさり、彼の手が頭のうしろに当てられている気がしました。コップがわたしの唇に当てられ、彼の呼ぶ声が聞こえました。「飲むんだ、ミリアム。元気になってくれ、ぼくのためにもな」

やっとわたしの高熱は引いて行きました。明るい太陽の輝く昼間に意識が戻りました。それは幻覚ではありませんでした。わたしの部屋の窓外では樹々が花盛りでした。しかし部屋は病室のように乱雑でした。わたしは上がけの下から這い出して、鋼鉄製の鏡で自分を見つめました。見返したのは痩せ細った顔でした。ベルを鳴らして女中を呼びましたが応答はありませんでした。

やむをえず身震いしては、しばしば休んで息をつき、やっと身体を洗い清潔な服に着替えました。それから壁に手を当て自分を支え、よろめきながら廊下に出ました。ホールまでどこも汚れて乱雑でした。だらしない格好の女中たちは集まってむだ話をしていました。彼女たちに話しかけても、その態度は無作法で傲慢で、言葉さえもまったくつっけんどんでした。彼女たちの話では、ヘロデ王と全廷臣は祭日を祝うために、エルサレムに戻ったとのことでした。

わたしは部屋に戻ると下女のひとりを見つけました――わたしと同じくらいの年ごろの娘で――わたしの金のヘアーピンを髪に差していました。わたしを見るとやましさを感じたのか慌てふためき、アラバスターのランプをひっくり返してしまいました――そのランプはイアソンから贈られたものでした。ランプは床に落ちて砕けました。

わたしは逆上して、衣装ダンスからベルトをつかむと、彼女を打ちすえはじめました。彼女は床に両膝をついて、哀れっぽく許しを乞いました。

「めそめそしないでよ！」わたしは怒鳴りました。「何があったのか話しなさい。わたしをイアソンのところに案内して！」

「彼はおりません――王女さまと宮女たちのキャラバンが、エルサレムに向かった翌日出て行かれました。エニドがイアソンへの伝言を持ってここに戻ってきました」

「それで？」

「彼は心を乱されたようでした。大嵐の夜以来、貴女のそばから離れませんでした。彼は旅行用マントを着ていましたが、それを脇に脱ぎ捨てました。庭園を何時間も歩き回っていました。それから自分の馬車を取りに厩に戻りました。王女さまから送られてきたのは、最初の伝言だけではありません。でも、彼は他の伝言にも悪罵をついて受け取りませんでした。ずっと暗い表情のあと、彼はまた馬車を取りに行き、エルサレムに向かいました」

「それでその伝言とは？」

下女はそれ以上知りませんと泣き声で弁解しました。そこでわたしは彼女を下がらせました。

神様！　わたしにはイアソンの本心を確かめるすべもないのでしょうか？　サロメは

屈したのでしょうか？　サロメの伝言は彼と結婚することだったのでしょうか？　この最後の屈服はあまりにも大きな誘惑だったのでしょうか？

わたしは知りたかったのです。衣装ダンスから色あせたマントを取り出しました。銀貨はまだ裏地の秘密ポケットに入っているお守りでした。急ぎ湖岸に行くと元徴税人のマタイを探しました。

「彼はここにはいないよ」無愛想な老漁師はそっけなく告げました。「仲間と過ぎ越しの祭でエルサレムに行った。くたばれ！」

「どうしてそんなことをいうの？　マタイは親切そうだったわ」

「ああ、そうさ」漁師はぶつぶつ言いました。「大した親切者さ。わしは息子のルーベンを連れて、盲目を治しにカペルナウムに行った。わしらがそこに行った夜に、マタイと彼の主イエスはティベリアスにやってきた。あれは奇跡だった――恐るべき奇跡だ！　わしらはあいにく会いそびれた――何の理由もなくな！」

「それはあなた方への試練の意味かもしれないわ！」わたしは彼を説得しようと語気を強めました。「あのガリラヤ人を追って行くべきよ。息子さんをエルサレムに連れて行きなさい！　舟で行けば祭日のあいだに行き着けるわ！」

「舟で？」彼はそのような旅をしたことはなかったのです。わたしは話し続けながら銀貨を与えました。彼はその金を受け取りましたが、息子への愛情がその気にさせたのです。

わたしの考えは先走っていました。わたしたちは美しいガリラヤ湖をあとにし、鬱蒼たるジャングルを突き抜けましたが、ヨルダン河は最近の洪水のため増水して汚れていました。

漁師の腕前をもってしても、舟はときどき砂州に乗り上げました。それが起こるたびに、彼とわたしは脇にひっくり返りました。ついに舟が浅瀬に着くと、わたしたちは舟をもっと深い流れに押し戻しました。足下で砂が渦巻く中を、歩哨兵舎にローマ兵の羽根飾りのついたヘルメットを見ました。わたしは最後の銀貨を賄賂として役人に渡して、彼の馬に乗せてもらいエルサレムに向かいました。わたしたちは二重門を通って町に入りました。通りは神を賛美する叫び、ヤシの葉をふる人々で賑わっていました。群衆を抜けて行くと、小グループの中にちらっとマタイの姿をとらえました。かれらは色彩鮮やかなローブを着て、ロバに乗せられた男を囲んでいました。一瞬、お父さまが神殿の外階段にお立ちになって、これらの人たちに好意を見せて微笑んでおられるのを見たような気がしましたわ。

しかしこれはただの混乱した印象です。父上を確認する前に、騎兵はわたしの乗った馬を、ヘロデ王の宮殿に通じる脇道に乗り入れてしまいました。

ガルバは階段門を預かる役人でした。

「イアソンはどこなの？」わたしは詰問しました。「すぐに彼のところに連れて行って！」

「それはむりですな、お姫《レディ・バード》さま。イアソンはすでに捕らえられている——彼はサロメさまの寝室にいるところを王に見つけられたのだ」

わたしの心は相反する悲しみで煩悶しました。イアソンがわたしを裏切ったのは歴然としています。彼はサロメのところに行くために、わたしを置き去りにしたのでした。でも希望は簡単には失われません！　まだ彼を責める気はありませんでした。その矛盾する行動には何らかの魂胆があるはずです。

深夜、わたしは部屋の扉の錠をまさぐる物音にめざめました。サロメが入ってきました。彼女は頬を紅潮させ、だしぬけにまくしたてました。「このブタ女！　腹立たしいブタめ！　義父はイアソンに刑を宣告して闘技場に追いやったわ！　でも、おまえ、おまえなら彼が救える——」

わたしは彼女も、その言葉も信用しませんでした。彼女には用心して問い質すのが最善です。わたしは尋ねました。「何のために刑を？」

「後宮の神聖さを犯した罪で罰するのよ——ティベリアス宮殿のおまえの部屋に夜ごと通ったこともね！」

「そんなこと嘘だと知っているくせに！」わたしは叫びました。

彼女は答えませんでした。彼女が金属火鉢の周囲を右往左往するたびに、その影はまるで大きな蛾のようにばたばたと壁に動きました。

「彼をここに連れてきたのはあなたよ！」わたしは怒りを爆発させました。「みんなあなたのせいよ！　イアソンは自分から宮廷とティベリアスを去ったのではないわ――わたしと一緒にいたのよ――あなたが恥知らずな伝言をエニドに託して、彼を誘い出したのよ！　何を書いたの？」

「わたしにはもうプライドはないわ――あるのは嫉妬だけ」彼女は本音を吐きました。「ティベリアスの病室で、彼があんたを看護しているのを見たあと、わたしは愛されていないけど、彼を手元に置いておく決心をしたの。そこでエニドを送り返し、彼に伝言させたわ。結婚してアレクサンドリアに駆け落ちしましょうとね」

わたしは涙を抑えて激しくしゃべりました。「そうね、あなたはうまくやったわ！　その取引は彼の関心を引いたわ――彼はわたしを捨て、あなたのところに行ったのね！」

「わたしのところにきたわ」彼女は顔をそむけました。「わたしとの結婚を断りにね」彼女は眼の端からすばやくわたしを一瞥しました。「そしてあんた以外に愛する人はいないとの告白をしによ。その現場を王に見られたのよ」

「そのときどうしてイアソンを庇わなかったの？　なぜヘロデ王に真実を語らなかった

の？」

「話したわ」彼女は苦笑しました。「わたしは懸命に嘆願したわ――わたしがイアソンを愛していることをよ。でも、わたしはむりやり闘技場に入れられて、イアソンが虎かレディかを選ぶのを見せられることになったのよ。そのときひとつの扉の背後にいるレディは、あんたであるのをイアソンはわかってるのよ！」

「でも、どうしてわたしがそこに？」

「ヘロデ王もわたし、自分の継娘を誘惑したギリシャ人を責められないわ。王はすべてのスキャンダルをあんたに向けたのよ。それでわたしはあそこに座り、愛する男が恋敵――あんたと結婚するのを見届けなければならないのよ！」

「でも、もしも結婚式などなかったら？」わたしはやっと口に出してみました。「イアソンが虎を自由にする扉を選んだとしたら？　それは危険と紙一重だわ！」

サロメの微笑は意味ありげで断固としたものでした。「それがわたしのここにきた理由よ。運は関係なくなるわ。あんたとわたしとで王にいっぱい食わせましょうよ。わたしたちでイアソンを救えるわ」

「まあ、サロメったら、どうやって？」

「わたしたち、ふたりが彼を愛しているからなのよ。わたしは彼をあんたに譲るつもりだわ」

わたしは息を呑みました。「まあ、サロメ。あなたをまるで誤解していたわ！」

彼女はわたしの抱擁を払いのけました。「あんたのためにするんじゃないわ。彼を助けるひとつの方法を考えたのよ――その死にざまなんか見るに忍びないじゃない」

わたしたちがこの会話を交わしたのは三日前の夜でした。たがいに朝まで話し合いました。彼女が去るまでには、これまでの彼女の軽蔑や冷酷さを許していました。イアソンを救う方法を、わたしに教えてくれたからです。彼女のような自己犠牲を、自分もできるかしらと思いました。彼が好きで好きでたまらないので、喜んでわたしとの結婚を認めるとのことでした――彼がわたしを愛していることを知っているし、わたしたちは幸せになるだろうと付け加えました。別れるときにわたしは彼女にくちづけをしました。

それからずっと父上へ、この長い手紙を書き続けています。この手紙にはふつう娘が父親に書いてはいけない、多くのことが含まれているのも承知の上です。しかしわたしは絶対にありのままを書くようにしています。それはこれまで経験した疑いやいざこざにも拘わらず、わたしは間違ったことは何もしてこなかったことを、お父さま、最愛の父上に知って戴きたいためです。

もう夜も更けて、わたしも疲れました。まもなく夜が明けます。わたしは花嫁衣装を着せられるでしょう。ガウンには多くの金のブローチがあしらわれます。両腕には花を、髪はローマの花嫁の炎色のヴェールで飾られます。わたしは小部屋に独り残されます。

隣の部屋には虎が放たれます。わたしは独りになると、すぐ衣服から金のブローチをひとつ取り、血管を刺して血を扉の隙間から、闘技場の座席下の暗い通路の石畳へと流します。

サロメは義父の隣に座る前に通路に忍び出るはずです。彼女は血を見てわたしが待っている部屋を知ります。そしてイアソンにわたしのいる扉を開ける合図を送ることでしょう。

わたしは疲労困憊していますが幸せです、お父さま。これまでの無謀さ愚かさをすべてお許し下さい。わたしは一人前の女とはいえ、まだほんの小娘にすぎません。お父さまの膝に背を丸めてゆっくりと眠るのが願いです！　わたしは疲れ果てました。でも、充分に満足し楽しいのです――わたしはゆっくり休養をとって愛する人のために美しくなります。わたしの夢はすべて明日には現実になるのです。

このようにしてミリアムの父への手紙は終わっていた。わたしは翻訳に苦労しながらも、二十世紀前のユダヤ娘をとても身近に感じた。時間を費やしてミリアム関係の調査に当たってみた。それは彼女がその後どうなったのか知りたかったからだ。

その答えは、長いこと探していたティベリウスへのポンティウス・ピラトの手紙の中に見つかった。最初の一節は、これがもともとミリアム書簡の説明文として、皇帝に送られたものだったことを明らかにしていた。しかし数世紀のあいだにばらばらになってしまった。ピラトの補足は二枚の羊皮紙にラテン語で書かれていた。最初の頁にはこうある。

『ティベリウス皇帝陛下へ。ユダヤ行政長官ポンティウス・ピラト拝。

皇帝陛下に神のご加護を！　同封の文書を王室公文書館に送付致します。近東の王政関係の書類です。

前報告にも述べましたように、その大祭司（同封の書簡は彼宛のもの）は、陛下の政府より危険な不満分子と見なされた、ガリラヤ人のある伝道師の処遇問題への協力を、頑強に拒否しておりました。大祭司は賄賂をはねのけ、ローマ政府がそのガリラヤ人をはりつけにし、その責任をユダヤ人に負わせると脅迫しても屈しませんでした。

しかしいま、わたくしはすべての事柄が満足の行くように解決したことを、喜んで陛下にご報告申し上げます。カヤパは意気消沈しました。彼の意志は完全に粉砕されました（彼がもはや正気でいられるかは疑問です）。そしてこれ以上反抗することは不可能です。

彼の変化はまったく思いもよらず昨夜もたらされました。そのときかのギリシャ人イアソンは、ヘロデ王の闘技場で、レディか虎かを選ぶことを強制されていました。わたくしはカヤパがヘロデ王の命令で貴族席に現れたとき、すぐそばで見ておりました。彼の態度は堂々と超然としていました。このよく自分を抑制した男がローマ人であればと願っておりました。

わが秘密諜報員はミリアムが父親宛に書いた手紙を途中で押収しました。それで父カヤパには、娘がヘロデ王とは拘わりあいがないことを知るすべもありませんでした。娘への信頼は明らかに盲目的な愛情を基礎にしたものでした。

ヘロデ王はいくらかばつの悪いように見えました。彼はわたくしの方を向いて、あのギリシャ人の生き残るチャンスに倍額を賭けるつもりはないか尋ねました。もちろんわたくしは承知しました。ミリアムの手紙を読んでいると、確かなものに賭けているのを感じました。わたくしは目の端で、王女がギリシャ人に右扉を開けるよう、合図を送っているのを見てにんまりとしました。

しかし、サロメを信用したわたくしは愚かでした。ドラマチックな感覚を持ったギリシャ人は、非常にゆっくりと扉をうしろに引きはじめました。扉が一フィートほど開かれたとき、わたくしたちはそのすき間に陽が射し、虎の光る眼を見ました。ギリシャ人の運命は決まったも同然に見えました。自動的仕掛けで開く扉を戻すのは不可能で、すでにもう一方の扉も開きはじめていました。ところがギリシャ人は電光石火に動きました。彼は虎を見るや退くと、両方の扉を開きました。いまや彼は救われたのです——ふたつの開いた扉のあいだの閉じられた楔形の小空間に入りこみました——彼は両腕で大きな樫扉を盾にして身を守ったのでした。

　虎はローマでは見たこともない強そうなやつで、右側の戸口を抜けて出てきました。そしてほとんど同時に、少女ミリアムは花嫁ヴェールの下、蒼白な表情に微笑を浮かべて、左側の戸口から出てきました。

　数秒間、獣と娘は睨み合いました。闘技場は静まりかえり、彼女の父親のすすり泣く声だけが聞こえました。

　それを見た瞬間、わたくしがまず考えたのは、ギリシャ人に賭けてよかったということでした』

　その文書はわたしの手から落ちた。世の中のあらゆる不正義と冷酷さが、イアソンの見下げ果てた策略に要約されていた。

　わたしは二頁目を読んだ。ピラトは彼のメッセージに追伸を加えてあった。

『ギリシャ人らしい手際のよさとはいえ、陛下もこのイアソンを生かしておくのは危険なことがおわかりと存じます。サロメと結婚し王座を得ようとする彼の策略は、パレスチナにおけるローマ帝国の政策や、陛下の安全に明確な脅威となります。もともと彼は奴隷の息子であり、ローマ市民ではありません。白の組織の馬を盗んだ罪で告発し、他の盗賊やガリラヤの伝道師と共にはりつけにするのは、さほど難しいことではありませんでした。拷問の結果、彼のイアソンという名前は、ロマンティックな含意もあるので、借用したことを白状致しました。本名はゲストでした。死刑囚三人のうち、彼は最後に処刑されました。その苦痛は大変なものでしたが、彼は一言も容赦を乞うことはありませんでした』

たくらんだ話

謎のカード

C・モフェット
深町眞理子訳

ニューヨークの住人リチャード・バーウェルは、かつて学生時代にフランス語を学んでおかなかったこと、それを終生、悔やみつづけるだろう。

というのには、つぎのようなわけがある。

パリを訪れて二日めの夜、バーウェルはひとり所在ないままに――ロンドンまで同行してきた妻と娘とは、いまだかの地の友人宅に滞在ちゅうだった――おのずと芝居見物へと心が動いた。そこで、新聞の娯楽案内欄を参照したうえで、かねてから見ものと聞いていた〈フォリー・ベルジェール〉に出かけることにした。

幕あいには、ぶらぶらと美しい庭園に出てみた。花壇や照明や噴水のあいだを、着飾ったひとびとが楽しげに語らいながらそぞろ歩いている。小づくりな三脚テーブルにむかってすわり、興味をそそる眺望をゆっくり楽しもうとした、そのとき、かたわらをひとりの美しい女性が行き過ぎるのが目にとまった。趣味こそ申し分ないものの、なにやらひときわ目につく身なりをして、連れの紳士の腕にもたれているが、その紳士については、たんに眼鏡をかけているというだけで、ほかの点はなにひとつ意識に残らなかった。

ところでバーウェルは、これまでけっして女性に魅力を感じさせるとは言いがたい男だったから、その女性がなにか忘れ物でもしたように、ふと連れのそばを離れてこちらへひきかえしてくると、そばを通り過ぎざま、すばやく一枚のカードを卓上に置いていったときには、思わず目を疑ったほどだった。カードには、紫色のインクでなにやらフランス語の文言がしるされているが、フランス語を解さぬ彼には、もとよりその意味を知るよしもない。

女性はそれきりバーウェルをふりかえることすらなく、そのまま眼鏡の紳士のそばへもどってゆくと、貴婦人らしい威厳と優雅さのそなわった身のこなしで、すべるように立ち去っていった。残されたバーウェルは、ただ呆然と渡されたカードを凝視するばかり。

もはや芝居どころではなく、庭園の美しさを愛でる気も失せてしまったのは言うまでもない。謎のように忽然とあらわれ、あらわれるなりすぐまた消えてしまったまばゆい女性の姿、それにくらべれば、あらゆるものが味気なく、安っぽく感じられる。いまははや、カードに書かれた言葉の意味を知りたいと、ただそれのみを願うばかりだ。

あわただしく四輪辻馬車を拾い、滞在先のオテル・コンチネンタルにとってかえしたバーウェルは、その足でまっすぐフロントへ行き、支配人を脇へひっぱってゆくと、二行ばかりのフランス語を英語に訳してもらえないかと頼んだ。カードに書かれた文言は、ぜんぶで二十語かそこらしかない。

「お安いご用ですとも」支配人はフランス人らしい慇懃さでそう答えると、カードに目を向けた。ところが、読むにつれてその顔は驚きにこわばり、ついにはバーウェルをけわしい目で見据えると、強い口調で言った。「ムッシュー、これをいったいどこで手にお入れになりました?」

バーウェルは説明しかけたが、相手はそれをさえぎって、つづけた——

「いや、結構です、結構です、なにもおっしゃるには及びません。とにかく、いますぐ当ホテルからおひきとり願いましょう」

「なんだって?」ニューヨークからきた遠来の客は、驚いて問いかえした。

「当ホテルから、至急、今晩じゅうに、お立ち退き願いたい。まちがいなくそうしていただきます」

今度はバーウェルが立腹する番だった。このホテルで泊めてくれないと言うのなら、まあよい。広いパリには、喜んで迎えてくれるホテルがいくらでもある。そういきまいて、腹の虫はおさまらぬものの、ひとまず威厳だけはつくろって勘定をすませ、部屋から荷物を運びおろさせると、リュ・ド・ラ・ペにあるオテル・ベルビューへおもむき、その夜はそこに投宿した。

翌朝、バーウェルはこの宿の主人と顔を合わせた。見たところ好人物らしかったし、いまは前夜の出来事もひとつの笑い話としてかたづけるゆとりができていたので、えらい災難にあった経緯をひととおり話して聞かせ、相手が同情を示してくれるのに、おおいに気をよくした。

「なんとまあ、あきれた話だ」と、主人はきっぱり言った。「どれ、ちょっとそのカードを。わたしが訳してさしあげましょう」ところが、一読するや、主人の顔つきや態度は一変した。「こりゃたいへんだ。そのホテルがあなたをお泊めしないと言ったわけ、やっとわかりましたよ。お気の毒ですが、ムッシュー、わたしどもでもおなじお願いをせざるを得ませんな」断固とした口調だ。

「なんだって？　それはどういう意味だ」

「とにかく、あなたをお泊めするわけにはまいりませんので」

言うが早いか、主人はくるりと踵を返して立ち去ってしまったので、なんらかの説明をもとめようにも、それすらできかねるありさまだ。

「よしわかった、いずれこの始末はきっとつけてみせるからな」バーウェルは憤然として捨て台詞を吐くしかない。

もう正午に近かったが、そのときふと、やはりボストンからきている友人と昼食の約束をしていたのを思いだした。友人は家族ともどもオテル・ド・ラルマに滞在していたが、新しい宿を決めるのなら、まず同国人であるこの友人に相談してからにしよう、そうバーウェルは心に決め、馬車を呼んで荷物を積みこむと、まっすぐそのホテルへ向かうように御者に命じた。

事の顚末を聞かされた友人は、いたく憤慨した。この友人が長の外国生活から、異国の風習には慣れていることを知っているバーウェルとしては、友人のこの反応は、すくなからぬ慰めになった。

「さだめしなにかのつまらん行きちがいだろう。ぼくだったら、うっちゃっておくがね。ともかくも荷物を運びこんで、ここに泊まることにしたまえ。けっこう気楽で、いいホテルだし、こうして同国人同士、いっしょになるってのも愉快な話じゃないか。だが、とりあえずはきみにちょっとした鎮静剤をふるまおう」

マンハッタンを味わいながら、ふたりでしばらく過ごしたのち、友人は女たちも呼んでこようと言い、席を立ったが、二、三歩行きかけたところで、ふと足を止めた。

「ところできみ、それだけの騒ぎをひきおこしたその不思議なカードとやら、参考までにちょっと見せてくれないか」

それをバーウェルの手から受け取るのと、叫び声をあげながらあとずさりするのとは、ほとんど同時だった。

「ああ、なんてこった！　きみはほんとうにこれが――これがただの――」

そう言って、ふいに頭をかかえると、卒然と部屋を出ていってしまった。

五分ほどしてもどってきたとき、友人の顔は完全に血の気を失っていた。

「申し訳ないんだが」と、ばかにそわそわしたそぶりで言う。「女どもが——つまり家内だが——なんだかひどい頭痛がすると言いだしてね。すまないがきみ、きょうの昼飯の約束は取り消しにしてくれないか」

とっさにそれがほんの口実にすぎないとさとったバーウェルは、友人の態度にすっかり気を悪くして、即座に腰をあげるなり、それ以上は一言も言わず、その場を立ち去った。それにしても、この忌まわしい紙片に書かれている文言、これはいったいどういう意味なのだろう。

それまでの屈辱的な体験から、三番めに投宿したホテル——オペラ座に程近い、こぢんまりした居心地のいい宿だった——では、だれにもカードを見られぬよう、じゅうぶんに気を配った。

その日一日、バーウェルはカードのことばかりを考えて過ごした。これ以上の面倒に巻きこまれるのは願いさげだが、それでも、なんとかしてその意味を知る手だてはないものか。あれこれ思案を重ねたあげくに、夜になってから、もしやあの謎の女性にまた会えるのでは、そう思いついて、〈フォリー・ベルジェール〉に出かけてみることにした。いまはもう矢も楯もたまらず、あの女性の正体を知りたい一心だった。

ひょっとするとあの女性、無政府主義者の美しき手先かもしれぬ、いや、小説で読んだロシアのスパイでは、そんなとっぴな想像がつぎつぎに脳裏に浮かんでは消えた。だがあいにく、その夜はもちろんのこと、たてつづけにかよったつぎの三夜とも、ついにあの女性に遭遇することはかなわなかった。

そのかんずっと、ポケットのなかのカードは、熱した石炭さながらに熱を放っているかに感じられ、とても落ち着いていられなかった。この忌まわしい暗雲が晴れないうちは、知り合いのだれかれと顔を合わせるのなど、考えるだにぞっとする。仏英辞典を買ってきて、一語一語、意味をつきとめようともしてみたが、結果は思わしくない。まったくのちんぷんかんぷん。生まれてはじめて心の片隅に、大学でフランス語を学んでおかなかったことを悔やむ気持ちが湧いてきた。

この厄介な謎を解くか、さもなくばすっぱり忘れてしまうか。心の決着をつけかねて、むなしく煩悶をつづけたあげくに、ほかに手だてもないまま、ついにこれを探偵社に依頼することを思いつき、さっそく、有能で信頼のおける人物と定評のある、さる私立探偵に相談を持ちかけた。

その男とは個室で会い、当然ながら、問題のカードを相手に見せることになった。ほっとしたことに、探偵はべつに不快そうなそぶりも見せなかったが、それでいて、いかように頼んでみても、その文言の意味を説明してくれようとはしなかった。

「いまのところは、これがどのようなものなのか、知らずにおくほうがいいでしょう。

あした、あらためてホテルのほうへおうかがいして、そのときになにもかもご説明しますから」

「というと、それほど容易ならん内容だというわけだね？」

「そのとおりです」

それからの丸一昼夜、バーウェルは居ても立ってもいられぬ心地で時を過ごした。あ
あかこうかと、恐ろしい可能性をつぎつぎに思い浮かべては、そもそも最初にこの不吉なカードを破り捨ててしまわなかったこと、それを心から悔やんだ。事実、そのつもりで、カードを手にとることさえしたのだ――粉々に引き裂いて、すべてに決着をつけてしまおうと。ところがそこで、持ち前のアメリカ人気質というか、特有の頑固さが頭をもたげてき、たとえどのような結末であろうと、それを見届けずにはおくものかという気にさせられるのだった。

「なににもせよ、女がテーブルに置いていった紙切れを手にとること自体は、べつに犯罪でもなんでもないんだから」そう彼は自分を納得させた。

ところが、犯罪であろうがなかろうが、翌日、約束どおりにあらわれた私立探偵が、制服警官をひとり伴って、馬車で乗りつけてきたとなると、事態は否応なしに深刻な様相を帯びることになった。まるでバーウェルが重大犯罪人ででもあるように、探偵は仰天しているアメリカ人にたいし、どうか警察本部までご同行願いたい、そう言いだした

のだ。

「なんでだ?」バーウェルは問うた。

「なに、たんなる形式上のことですよ」探偵はそう答え、なおもバーウェルが抗弁しようとすると、警官が話をひきとった。

「おとなしく応じるほうが身のためですよ。どうせいずれはご足労願うことになるんだから」

一時間後、べつの警官に年齢から出生地、現住所、職業、等々を根掘り葉掘り問いただされたあげくに、やっと解放されたと思いきや、そこはなんとパリ裁判所付属の監獄のなかだった。なぜこんな扱いを受けるのやら、これから自分の身がどうなるのやら、さっぱり五里霧中のありさまだったが、それでもどうにかその日のうちに、アメリカ公使館と連絡をつけることができ、さっそく、米国市民としての保護を願いでた。

しかるに、公使館の書記官——とびきりもったいぶった、嫌味な男だった——が留置場を訪ねてきたのは、やっと夜になってからだった。そのあとの三者会談は、しごく険悪なものになった。囚人は二つ三つ乱暴な言辞を口にしたし、フランスの官憲は、身ぶりまじりで早口にまくしたてる。いっぽう、書記官はといえば、ほとんど口もきかず、双方の言い分を他人事のように聞き流しながら、悠然と上等の葉巻をくゆらせているきりだ。

最後に書記官は腰を浮かせながら言った。

「ではこの問題は、わたくしから公使にご報告して、裁断を仰ぐこととし、あなたには、あす、結果をお知らせしますから」

「しかし、こんな無茶なことがまかりとおっていいはずがない。まさかこのぼくに、このままここにいろと――」

だがバーウェルが言いも終わらぬうちに、書記官は妙に疑り深い目で彼を一瞥すると、そのまま背を向けて、部屋を出ていった。

その夜、バーウェルは独房で眠った。

翌朝、ふたたび件《くだん》の優柔不断な書記官が訪れてきて言うには、フランス側との折衝の結果、貴君は自由の身になったとのこと。

「しかしながら、一言ご注意申しあげておきますが、ここまで漕ぎつけるのには、ひととおりでない苦労があったのですよ。しかもあなたの釈放は、ふたつの条件つきでやっと許可された――今後二十四時間以内に、フランス国外に退去すること、向後いかなる事情があろうとも、二度とふたたびフランス国土には足を踏み入れぬこと、このふたつです。どうかこれをお忘れなきように」

バーウェルは憤激し、抗議し、懇願した。が、なんの効もなかった。書記官は耳を貸そうともしなかったばかりか、この途方もない不法行為について、その理由を明らかにすることさえ、頑として拒んだのだった。

「さあ、これが問題のカードです——燃やすなりなんなりして、二度とこのことは口にのぼせぬのがよいでしょう」そう言って、公使館の封印をした大きな封筒を手わたしてよこしたきりだ。

その夜、不運な男は汽車でロンドンへ向かった。心中には、全フランスにたいする憎しみと、おさえがたい復讐の念とが煮えたぎっていた。妻に電報を打ち、駅まで出迎えてくれるように伝えたあと、このたびの不快な出来事を妻にも打ち明けたものかどうか、とつおいつ思案を重ねたが、結局、それには触れずにおくことにした。

ところが、夫の顔を一目見るなり、妻は女性の直感で、夫がなんらかの精神的な苦痛にさいなまれているのを見抜いてしまった。見抜かれて、彼は即座にさとった——このたびの不面目な秘密を、妻の目から隠しおおせることはとうてい不可能だと。とくに、妻が以前から夫婦で計画していたフランス回遊の旅の話題を持ちだしてくると、いよいよ無理だとわかった——旅を拒んだところで、生半可な理由では、妻が納得しないのはわかりきっている。何年も前から、ずっと楽しみにしてきた旅行なのだから。といって、いまの自分は、二度とフランスの土を踏むことのかなわぬ身の上だ。

そこでバーウェルは、ついに意を決して妻にいっさいを物語り、妻はそれを聞いて、泣き、かつ笑った。夫にとってと同様、妻にとっても、そのようにちっぽけな火種から、それほど大きな災厄がもたらされるなど、とうてい信じがたいことであったらしく、フランス語に堪能でもあったところから、その運命的な紙片を見せてほしいと言いだした。夫はイタリア旅行を提案して、妻の気をひこうとしたが、すでに遅く、どうでもその謎のカードを見るまでは、ひきさがらないと妻は言い張る。いまこそバーウェルは、あんなカードはもっと早く破り捨てておくべきだった、と後悔の臍《ほぞ》を噛んだのだった。

しばらくそれを見せる見せないで言い争ったすえに、ついにバーウェルは屈服した。ところが、その呪われたカードを見せた結果については、これまでの経験からじゅうぶん不吉な予測がついたとはいえ、まさかここまでのことが起きるとは、およそ想像を絶していた。妻はそれを一瞥するなり、顔面蒼白、息づかいも苦しげになり、いまにも昏倒しそうになったのである。

「だから見るなと言ったじゃないか」そう言いかけて、妻のようすがただごとでないのに気づいたバーウェルは、口調をあらため、やさしく手をとって、落ち着くようにと言い聞かせた。「せめて、なんと書いてあるかだけでも話してくれ。どんなことであれ、夫婦いっしょなら堪えることもできる。どうかきみの夫を信頼してくれたまえ」

しかるに妻は、怒りにかられたようすで夫を押しのけるなり、はじめて聞くような荒々しい口調で、今後なにがあろうと、二度とあなたとはいっしょに暮らしたくない、とまで言いきった。

「けだものよ、あなたは！」というのが、彼の耳にした妻の最後の言葉だった。

和解しようとする試みもことごとく不調に終わり、虚脱しきったバーウェルは、ひとりニューヨーク行きの最初の便船に乗ることになった。それからの二週間の航海は、彼にとって、これまでの全生涯のそれをもうわまわる苦しみの連続となった。楽しみにしてきたヨーロッパ旅行は、もはやめちゃめちゃだった。重要な商談もまとまらなかった。あげくのはては、妻にも去られて、家庭の幸福すら破壊されてしまったのだ。

二週間の道中、彼は船室からもほとんど出ず、煩悶を胸に、ただ鬱々として過ごした。この底知れぬ憂悶のなかで、ただひとつの心の支えは、まもなく事業の共同経営者であるジャック・エヴァリスに会える、という思いだった。エヴァリスは彼の幼友達であり、今日の成功を築くにあたっての協力者であるのと同時に、彼の知るもっとも勇敢、かつ誠実な男でもあった。いまのような呪わしい事態に直面したときにこそ、エヴァリスにそなわっている健全な常識というものが、この恐ろしい悪夢から抜けだす途を指し示してくれるにちがいない、そんな気がするのだ。

船がニューヨークの港にはいると、バーウェルは渡り板がおろされる間ももどかしく、埠頭に駆けおりるなり、出迎えてくれていた友の手を握りしめた。

「ジャック、たいへんな災難に巻きこまれてしまったんだ」挨拶も抜きにして言う。

「そしてこのぼくを救えるのは、広い世界にきみを措いてほかにはない」

一時間後、バーウェルは友人宅で夕食をともにしながら、事の次第を話していた。エヴァリスは温かく友をいたわり、話に耳を傾けつつ、何度となく涙ぐみさえした。

「そんな理不尽なことがあっていいものか。もちろんぼくが力になるよ、リチャード。ふたり力を合わせて闘おうじゃないか。それにしても、まさか闇夜に鉄砲というわけにもいくまい。まずはその問題のカードを見せてくれないか」

「これだよ、そのいまいましいしろものは」そう言ってバーウェルは、カードを卓上に投げだした。

封筒をあけてカードをとりだすと、エヴァリスはそこに走り書きされた紫色の文字に目を走らせた。

「読めるか？」バーウェルはせきこんでたずねた。

「もちろん」

ところがつぎの瞬間、エヴァリスはみるみる血の気を失い、息をのんだ。そして不幸な友の手を強く握りしめると、のろのろした口調で言いだした。

「リチャード、かりにぼくの愛するひとり息子が、息絶えたむくろとなってここに運ばれてきたとしても、これほどには悲しむまい。きみはね、考えられるかぎりの最悪のニュースをぼくにもたらしてくれたんだよ」

いまやすっかり取り乱して、深い悲嘆にとらわれている友人をまのあたりにすると、バーウェル自身もまた、死刑の宣告を受けたような心地になった。

「言ってくれないか、きみ。こんなどっちつかずの、蛇の生殺しみたいな気分でいるくらいなら、なにを聞かされようと、辛抱できないことはない。さあ、カードにはなんと書いてあるんだ」

エヴァリスはブランデーをごくりと飲み、握りあわせた手に顔をうずめた。

「いや、ぼくには言えない。世のなかには言っちゃならない、してはならないことがあるものなんだ」

そしてまたも眉根を寄せて黙りこんだが、ややあって、重々しく口をひらいた。

「そうだな、どう考えてもほかに途はない。きみとはこれまでずっと、誠実な友人同士としてつきあってきた。協力して事業も営んできたし、別れるなんて思いもよらなかった。こんなことになるくらいなら、いっそ重病にでもなって、死んだほうがましなくらいだ。とはいえ、もはやこういう事態になったら、いやでも別れるしかない。別れるよりほかにないんだよ」

その夜、ふたりは夜のふけるまで話しあった。だが、いかに説いてみても、エヴァリスの決意をくつがえすことはできなかった。となれば、エヴァリスが会社の株をバーウェルの分までぜんぶ買いとるか、それともバーウェルが相手の分を買いとるかする以外に、もはや打つ手はない。エヴァリスは、金銭的な面ではいたって公正だったし、気前のよさもいままでと変わらなかった。が、そうかといって、決心を変えるわけでもなかった。手を切るよりほかに途はない。そしてふたりはそのようにした。

長年の友人にまで去られたことで、なにやら世のなかすべてが示しあわせて自分に立ち向かってくるような、そんな妄想がバーウェルをとらえて離さなかった。あの謎のカードを手にした日から数えて、まだやっと三週間しかたっていない。なのに、そのわずかな期間に、この世でなにより大事にしていたもののすべてが失われてしまった──妻、友人、そして事業、ことごとくが。いまや彼に残されているのは、今後このカードをいかに処理すべきかという、気のめいるような問題、ただそれだけだった。

もはやそれをだれかに見せることもならず、さりとて、破り捨てる気にもなれない。それを深く憎みながら、そのくせ、手ばなすこともできない。わが家に帰るなり、その忌まわしいしろものを、まるでダイナマイトの束か毒薬の瓶ででもあるように、金庫の奥深くしまいこんでしまったが、それでいて、たびたびそれを入れた引き出しをあけてみては、不可解な紫色の走り書きをいまいましげにながめぬ日とてないのだった。

やがて彼はついに腹をくくった。その憎むべき文言を構成している言語を避けるのではなく、あえて積極的に学ぶことにしたのだ。だがまたいっぽうでは、そのまがまがしい意味の解ける日が徐々に近づいてくる、それがなにやら空恐ろしくもあるのだった。

ニューヨークにもどって一週間とたたぬある午後のこと、ふと、ブロードウェイを走ってゆく一台の馬車が目にとまった。馬車の窓にちらと見えたひとつの顔、その顔が閃光のように意識をつらぬいた。はっとして見なおしたとき、そこに認めたのは、忘れもせぬ謎の女性の顔、自分を現在の破滅へと導いてくれた、あの不思議な女性の顔だった。とっさに通りがかりの辻馬車にとびのったバーウェルは、先を行く馬車を追跡するように御者に命じた。追跡が功を奏して、首尾よく女性の住まいをつきとめることができ、それ以来、足しげく屋敷を訪れてみたが、返ってくるのはいつもおなじ返事——奥様はお忙しくて、どなたにもお目にかかれません。

そうこうするうち、やがて聞かされたのは、その女性が病に臥せっているということだった。つづいてその翌日には、彼女が重態であり、三人の医者が付き添っている旨を召し使いから告げられた。

その医者のひとりをつかまえたバーウェルは、生死にかかわる問題なので、どうか患者に会わせてもらえないかと頼みこんだ。医者は親切な男で、なんとかしてみようと約束してくれ、どうにかその夜のうちに、バーウェルはあの不思議な女性の枕頭に立つことができた。彼女は依然として美しかったが、顔にはやつれが見られた。ベッドの上に身をのりだし、謎のカードを入れた封筒を手に握りしめて、バーウェルはふるえる声でたずねた。

「ぼくがおわかりですか？　一カ月ほど前、〈フォリー・ベルジェール〉でぼくを見かけたのを覚えておいでですか？」

「ええ」じっとこちらの顔を見つめていてから、彼女はかぼそい声で答えた。相手が英語を解するとわかって、バーウェルはほっとした。

「後生です、ならばどうか教えてください。どうしてぼくにカードなんか置いてゆかれたのですか？」興奮に身をわななかせつつ、彼はかすれた声で問いつめた。

「あたくしがカードをさしあげたのは、あなたに――あなたに――」

そこまで言ったとき、ふいに激しい咳の発作が全身をとらえ、病人はあえぎながら枕に倒れ伏した。

すさまじい絶望がバーウェルを衝き動かした。半狂乱で封筒からカードをつかみだすなり、彼はそれを病人の眼前につきつけた。

「言ってください！　どうか聞かせてください！」

超人的な努力で、病人は掛けぶとんのふちをしっかり握りしめながら、青ざめた顔を枕からもたげた。

ふいに落ちくぼんだ両眼がうろたえたようにまたたき、ついでかろうじて見ひらかれたが、すぐまた激しい驚愕の色を浮かべると、まばたきもせず運命のカードを見据えた。

なにかを言いたそうに、ふるえるくちびるがかすかに動いたが、声にはならなかった。

こみあげる焦燥に息を詰まらせながら、バーウェルがその口もとに耳を近づけたときだった。ふと、かすかな笑みが病人の面をよぎった。ふたたびくちびるがふるえた。視線をそのくちびるに釘づけにしたまま、バーウェルはなおも病人のほうへ身をのりだし、彼女が謎を解くのを助けようとするように、目をカードへと移した。

声にならぬ叫びが喉を衝いて出た。目をとびださんばかりに見ひらき、彼ははね仕掛けさながらにとびすさった。ほとんど同時に、病人もまた力なく枕の上にくずおれた。

文字はあとかたもなく消え失せていた！　カードは白紙だった！

そして病人はこときれていた。

続・謎のカード

C・モフェット
深町眞理子訳

過去三十年にわたる開業医としての生活のなかで、職業上知りえた秘密の厳守という掟を遵守するうえで、およそこの私ほどに慎重であった例はほかにないだろう。だから、その私があえて以下の症例を記録に残すというのも、一《いっ》に医学の研究に資するためではあるが、しかしまたおおかたは、世の識者にたいするひとつの警告という意味合いをも兼ねているのである。

ある朝、ひとりの紳士が私の診療所を訪れた。ちょっとした神経疾患について私の診断を仰ぐためだった。一目見たときから、この男は私に強い印象を与えたが、それは彼の青ざめた顔、やつれきったようすもさることながら、むしろその目にただようある種の底知れぬ悲しみ——あたかも人生のすべてを失ったかのような——からくるものだった。ひとまず睡眠薬を処方したうえで、ここはひとつ船旅でもして、のんびりしてみてはどうかと私は助言した。しかるに彼は、船旅と聞いただけで、なぜかおぞけをふるったかに見え、あげく、もう外国旅行ならさんざんしてきたと言いはなった。

診察料を手わたされたとき、ふと男の手のひらに目がとまった。そこには、まぎれもない〈土星宮《マウント・オブ・サターン》〉［〝宮〟は手相診断で言う手のひらの隆起のひとつ。それが手のひらに七ヵ所あるとされる］——二重の環にかこまれた十字のしるし——が刻まれていた。ここで言っておかねばならないが、この私、これまでの生涯のほとんどを、つねに変わらぬ熱心な〈手相診断〉研究の徒として過ごしてきた。学位取得後に東洋へ旅行したおりも、数カ月を費やして、世界最高の情報源としてのこの魅惑的な技術の習得に打ちこんだものだ。〈手相診断〉を扱った文献なら、残らず読みあさってきたし、いまでは、この分野にかかわる私の蔵書は、おそらく、現存するもっとも充実した文庫ともなっているはずだ。これまでに、およそ一万四千例の手相を診断し、なかでも興味ぶかいものの多くは、型にとったりもした。だがその私にして、いま眼前に見るがごとき手相は、一度たりと——いや、すくなくともたった一度しか——見たことがない。しかも、それを見たときの恐怖があまりにも強烈だったので、いまにいたるも、思いだすたびに、知らずしらず総身に戦慄が走るのを覚えるほどなのだ。

「失礼ですが」と、私は患者の手を握ったままで言った。「ちょっと手相を診せていただけますか？」

べつにたいした問題ではなさそうに、努めてさりげなくそう言うと、しばらく無言のままその手を観察した。それから、デスクの拡大鏡をとりあげ、より綿密にその細部を検《あらた》めた。もはや疑いはない。ここにあるのは、なかに十字のしるしをいだく不吉な〈土星宮〉の二重の環。きわめて稀少なため、吉凶いずれにせよ、なんらかの驚くべき運命を予兆するとされるものなのだ——まあどちらかといえば、〝凶〟のほうではあろうが。

私にしげしげと手相を診られて、相手が落ち着きをなくしているのがわかったが、やがて、いかにも勇を鼓して、といった調子で、ややためらいがちに問いかけてきた。

「なにかわたしの手に特異な点でも？」

「ええ。ありますね」私は答えた。「失礼ですが、およそ十年か十一年前、あなたの身になにかきわめて異常な、なにか非常に恐ろしい出来事が起きたということはありませんか？」

男のぎくっとしたようすから、いまの問いが図星だったことは見てとれた。そこで、なおも手のひらに目を凝らして、〈金星宮〉から生命線を横切って走る微細な線の流れを読みとりながら、重ねて問うた――

「もしやそのとき、外国におられはしませんでしたか？」

男はみるみる色を失い、ただあの悲しげな目を見ひらいて、まじまじと私を見つめるばかり。そこで私は男のもういっぽうの手をとると、短く角張った指や、太い親指――上の関節には、驚嘆すべき意志の強さがあらわれている――に注目しながら、手のひらの線と線、宮と宮とを見くらべてゆき、そのうえでまた再三再四、その不吉な〈土星〉のしるしを見なおした。

「これまである意味で不幸な生活を送ってこられましたね――いささか尋常ならぬ意味で不幸な。ある種の悪の影響力が、つねにあなたの生涯に影を落としてきた」

「驚いたな」男は弱々しく言いながら、力なく椅子にもたれた。「どうして先生にそんなことまでわかるんです?」

「見るべきものを見れば、簡単にわかりますよ」私は言い、さらに男から過去を語るなにがしかを訊きだそうとしたが、言葉は喉にひっかかって、容易には出てこぬようす。

ややあって、「そのうちまたあらためてお目にかかり、ご相談したいと思います」唐突にそう言うと、それきり男は名も告げず、身元を明かすなんらの手がかりも残さぬまま、蹌踉と立ち去った。

その後の数週間に、男は何度か訪ねてき、徐々に私という存在にある程度の信頼を寄せるようになっていった。彼にとっては、目先の健康問題こそがすくなからぬ懸念の種であるらしく、それについては腹蔵なく語り、やがては私に、体の諸器官の状態を徹底的に調べてもらいたい、とまで言いだした。とりわけ、目に問題があるとかで、これまで再三それに悩まされてきたという。そこで、ごく一般的なテストをほどこしてみたところ、判明したのは、彼がある種のきわめて特異な色覚異常をかかえているということだった。この異常のあらわれかたは、そのときどきで変化し、そのつど一種の幻覚症状ないし異常な心理状態と結びついているという。しかるに、この異常心理について詳しく語らせようとしてみても、相手はなかなか口をひらこうとしない。診察のたびに、あらためて手相を診ることにしていたのだが、診れば診るほど、ここにあらわれているのが、ひとりの人間の生涯の謎であり、それを解きほぐすことで、たとえその過程でどれだけの苦痛が伴おうと、必ずやその苦痛を償って余りある成果が得られるはずだ、との確信が深まってゆくのだった。

なんとかこの不幸な知己について、もうすこし多くを知りたいという渇望に身を焦がしつつも、なおかつ、相手を強引に問いただすことはためらわれる。私がそんな葛藤にひとり悶々としていたおりもおり、ある突発的な悲劇が発生して、知りたいと熱願していた謎の一端が、はからずも明かされることになったのである。

ある夜遅く――実際には明けがたの四時ごろだったが――急な呼び出しがきて、私は銃で撃たれたという男の枕頭に駆けつけることになった。怪我人をのぞきこんだとき、なんとそれがあの不幸な友人であるとわかったのだが、そこではじめてこの男が、地位も財産もある人物であり、美麗な調度のととのった邸宅で、あまたの美術品にかこまれ、召し使いの一隊にかしずかれて暮らしている身分だとわかった。その召し使いのひとりから訊きだしたところでは、彼は名をリチャード・バーウェルといい、ニューヨークでも指折りの尊敬すべき市民のひとりだという――事実、慈善家としてその名はよく知られていて、長年にわたり、貧民のあいだで善行をほどこすことに、一命と資産とをささげてきたのだとか。

とはいえ、なによりこの私を驚愕させ、震撼させたのは、現場にふたりの警察官がいあわせ、バーウェル氏は殺人の容疑で逮捕された身であると告げたことだった。しかも彼らは驚く私に止めを刺すように、被疑者がこうして自宅で治療を受けるという特権を付与されているのも、もっぱら彼の社会的知名人としての立場を顧慮したものにほかならず、自分たちとしては、すみやかに彼を拘束下に置くべしとの命令を受けているのだ、とまで言うのだった。

そこで私もそれ以上の問答に時間を費やすことはせず、ただちに傷の状態を検《あらた》めにかかった結果、怪我人が背中を撃たれていて、その位置はおよそ第五肋骨の高さであると判明した。弾をさぐってみると、それが心臓のすぐ近くにとどまっているのがわかり、いますぐそれを剔出《てきしゅつ》しようとすると、非常な危険が伴うことが予想された。そのため、さしあたりは睡眠薬を処方するだけですませることにした。

バーウェルの枕頭を離れることが可能になると、私はすぐさまふたりの警察官のところへもどり、事件の詳細説明をもとめた。数時間前、ウォーター街で無残に切り刻まれた女性の遺体が発見されたのだという。現場は河べりのごみごみした暗い一郭で、時刻は今暁二時ごろ、発見したのは、《合衆国通信《クーリエ・デゼタズユニ》》というフランス語新聞の印刷工数人だった。仕事を終えて社屋を出たとき、すさまじい悲鳴を耳にして、救助に駆けつけたのだが、彼らが近づいてゆくと、ひとりの男が歩道上に横たわる黒いかたまりのそばからぱっと立ちあがるなり、全速力で駆けだして、あっというまに街の暗がりに姿を消してしまった。

しばらく前から似たような犯罪が続発していて、懸命の捜査にもかかわらず、まだ犯人は挙がっていなかったが、とっさにこれもその謎の暗殺者の仕業だと判断した印刷工たちは、一団となって、逃げてゆく男を追いかけた。男は迷路のような暗い通りを、右へ、左へと身軽に身をかわしながら駆け抜け、しかも駆けながらたえずきいきいと栗鼠《りす》のような小さな叫びをあげつづける。このままでは離されるばかりだと見た印刷工のひとりが、折りよくたずさえていた拳銃をとりだすなり、逃げてゆくその人影を狙い撃ちしたところ、とたんに前方でぎゃっと悲鳴があがり、足を速めて追いついた印刷工たちは、路上でのたうちまわっているひとりの男を見いだすことになった。それがリチャード・バーウェルだった。

あの悲しげな顔をした私の友が、かくもおぞましい事件に巻きこまれたと知り、私は言葉には尽くせぬショックを味わったし、だからこそまた翌日の新聞で、いっさいがまことに不運な行きちがいだったと知らされたときには、ほっと安堵の胸をなでおろしたものだった。検死審問で出た証言は、ことごとくバーウェルを忌まわしい疑惑の影から解き放つに足るものだった。病床で聴取された被疑者本人の証言もまた、おのずから本人の無実を決定づける結果となった。深更、しかもよりにもよってかかる界隈にいあわせた理由を問われると、バーウェルはこう説明した——当夜はフローレンス救護院におもむいて、集まった不幸なひとびとのためにスピーチをし、そのあとは、若手の奉仕活動家のひとりの案内で、肺結核で死期が迫っているという、フランクフォート街のある女性宅を見舞っていた、と。この陳述は、同行した奉仕活動家本人によって確認され、さらにこの青年はそれにつけくわえて、バーウェルはいつにもましてねんごろにその貧しい病人を見舞い、やがて死が訪れて、彼女を苦しみから解放するまで、ずっと病人の枕もとを離れなかったと証言した。

もうひとつべつの観点からも、暗がりで印刷工たちが追う相手をまちがえたのだということがはっきりした。というのも、彼らが異口同音に証言しているのは、追跡のさいちゅう、しきりに殺人者がなにかを口走っているのが聞こえたが、それは彼らの母国語、フランス語だったというのである。これまでの調べで、バーウェルがフランス語を話さぬこと、いやそれどころか、この言語に関する基礎的な知識さえ持ちあわさぬことは、すでに疑問の余地なく立証されている。

さらにもうひとつ、彼に有利な事実が、遺体の見つかった現場近くで発見された。とある家のドアや戸口の敷居に、やはりフランス語で、野卑な、神を冒瀆する言葉がチョークでなぐり書きされていて、内容は警察にたいし、この暗殺者を見つけられるものなら見つけてみろ、と挑戦するものだったが、招聘されてその筆跡鑑定にあたった専門家たちは、口をそろえて、これはバーウェルの手になる文字ではない――バーウェルの筆跡は、教養ある人物らしく洗練されたもので、とてもこのようなぶざまな、乱暴な文字など書くはずはない——そう主張した。

そればかりではない、逮捕されたとき、バーウェルの着衣にも、また体にも、たとえば打ち身の跡とか血痕など、犯行を物語る証跡はいっさい見あたらなかった。こうした数々の反証から、最終的に検死法廷でバーウェルは青天白日の身となった。検死陪審は、満場一致で彼を無罪とし、殺害された不幸な女性は、単数もしくは複数の未知の人物により、死にいたらしめられたもの、との評決を出した。

事件から二日めの午後遅く、患者を往診した私は、彼の容態が容易ならぬ段階にきているのを見てとり、ただちに看護婦や付添い人に手術の準備をするように指示した。患者が一命をとりとめられるかどうかは、この私が首尾よく銃弾を剔出できるか否かにかかっていて、しかも成功の可能性はかぎりなくゼロに近い。バーウェル氏自身も、症状が予断を許さないことはさとっているらしく、私を手招きしてそばに呼び寄せると、たぶんこれが最後になるだろうから、いまこの場で、ある陳述を行ないたい、そう言いだした。そう言う口調は興奮ぎみで、しかもその興奮が、ある思いがけない出来事により、いよいよ強まった。たまたまそのとき、召し使いのひとりが部屋にはいってきて、先生にお目にかかりたいという紳士が階下にお見えで、しかも用件は緊急を要するとのことです、と私の耳もとでささやいたのだ。この伝言を病人は小耳にはさんだらしく、ここで無理に枕から頭をもたげると、声をひきつらせてたずねた。「おい、その客は、眼鏡をかけた背の高い男か？」

召し使いは答えをためらった。

「なに、わかってるさ。おれをごまかすことはできんぞ。どうせそいつは墓場までおれにつきまとってくる。先生、どうかそいつを追っぱらってやってください。ぜったいそいつとは会わずにいてください」

患者の機嫌を損ねぬよう、私は会えないと客に伝えさせた。だがそれは表向き、召し使いにはべつに小声で指示を与え、その客にはあすの午前ちゅう、私の診療所を訪ねてくるようにと伝えさせた。そのうえで、おもむろにバーウェルのほうに向きなおると、さあ、これで納得したでしょう、いまは落ち着いて力をたくわえ、きたるべき手術という試練に備えねば、と言い聞かせた。

「いや、いや」病人は私をさえぎった。「力はいまこそ必要なんです、先生にいっさいをお聞かせするだけの力が。それを聞いたうえで、先生にはぜひとも真相をつきとめていただきたい。わたしの生涯に、ある恐ろしい力が影響を及ぼしてきたこと、それを多少なりともわかってくださってるのは、先生ひとりなんですから。その力がなんなのか、それを研究し、解き明かすだけの能力、それをそなえておいでなのも、やはり先生ひとり。ですからね、わたしは遺言書に条項をひとつ設けました——死後に先生にそれをやっていただくという条項を。先生ならば、このわたしの遺志を無下にあしらうことはなさらんはずです。そうでしょう?」

彼の目のなかの底知れぬ悲しみ、それを見るにつけ、私はつらい気持ちになった。いまはただ、無言で彼の手を握りしめるしかなかった。

「ありがとう。きっとお力をあてにできるとわかってましたよ。というところで、あらためてうかがいますが、先生は以前、わたしの体を徹底的に調べられましたね?」

私はうなずいた。

「医学的に知りうる点は、網羅的に?」

また私はうなずいた。

「で、どこか、おかしな点が見つかりましたか――つまり、いまのこの弾傷のほかに、なんらかの異常が?」

「前にもお話ししたように、色覚に欠陥がありますね。いずれ回復されたら、もうすこし詳しく目を調べてみたいと思っています」

「回復することはないでしょう。それに、わたしの言うのは、目のことじゃない。このわたし自身、わたしの魂のことなんです――そこになにかおかしな点を見つけられませんでしたか?」

「それはない。ないとはっきり申せます。だいいち、あなたが人格的にいかにりっぱな人物か、いかにりっぱな生涯を送ってこられたか、それはニューヨーク市民ならだれでも知っていることです」

「ちっ、ちっ、市民になんかなにがわかるものですか。これまで十年間、わたしがずっと貧しいものの味方として過ごしてきたというだけで、みんなはそれ以前のわたしの堕落した暮らしぶり、それをほとんど忘れかけている――ひたすら金儲けに明け暮れて、贅沢な屋敷での生活に満足しきっていたわたしを。しかしね、西部のほうにはひとり、それを忘れてはいない男がいる――髪は白くなり、心は暗くとざされたままだが、それでも忘れてはいない男が。おなじくまたロンドンにも、ひとりの女がいる――寡黙な、孤独な女性だが、彼女もまた忘れてはいない。男はかつてのわたしの共同経営者、気の毒なジャック・エヴァリス。女はかつてのわたしの妻。それにしても、ねえ先生、男ひとりがそこまで呪われねばならんとは、いったいどういうことなんでしょう――妻への愛も、友情も、本来ならばそれを分かちあうべき相手に、ただみじめな思いをさせるだけのものでしかないとは？　もともと心のうちには善良な思いしか持たない人間が、どうしてこのようにたえず悪の影響下で呻吟せねばならないのか。その罪悪の影は、わたし自身にはなんの落ち度もないのに、再三わたしの生涯に暗雲を投げかけてきた。このたびの殺人容疑にしても、そのひとつにすぎないのです。

　遠いむかし、妻とわたしとがしあわせそのものの日々を送っていたころ、わたしたち夫婦のあいだに子供が生まれた。それが、わずか数カ月後、まだほんの幼子でしかなかったその子――母親が全身全霊で愛してやまない、いとけなく小さな存在でしかなかったその子――が、揺りかごのなかでくびり殺されるという出来事があったのです。何者の仕業なのか、かいもく見当もつかなかった――それが起きたのは夜のことで、そのときうちのなかにはわたしたちふたり、妻とわたししかいなかったのですから。他殺だったことはまちがいありません。かぼそい首に、くっきりと指の跡が残っていましたから――何者かが無慈悲な手で、息の根が止まるまで締めつけた、その跡ですよ。

それから数年後、共同経営者との事業がうまくいって、そろそろ出世の階段をのぼりつめようというころでした。事務所の金庫が荒らされるという事件があり、順調だった事業が、一挙に後退を余儀なくされたんです。夜間に何者かが金庫をあけた――金庫のダイヤル数字を知っているものの仕業です。錠が押し破られたわけではないんですから――とはいうものの、その数字を知るものは、この世にふたりしかいない。共同経営者と、このわたし。まあいずれにせよ、こういうことが起きるたびに、わたしは毅然としていようと努めてきました。しかし、それが度重なるにつけ、これはわたしにかけられたなにかの呪いではないかと思えてきたんです。

十一年前、妻と娘を連れて海外旅行に出かけました。わたしは商用でパリへ向かいましたが、女たちはしばらくロンドンに残り、数日後にパリで合流する予定でした。ですが、ついにふたりが合流することはなかった。わたしにかかった呪いがそこでもまた働いて、フランスに入国して四十八時間もしないうちに、ある出来事が出来し、それがわたしの一生を完膚なきまでにたたきつぶす総仕上げをしてくれたんです。たった一枚の、飾りもなにもない白いカード――ほんの何語かが紫色のインクで走り書きされているだけの――そんなカードが、ひとりの男の破滅のもとになるなんてこと、はたしてありうるものでしょうか。ですがそれこそがこのわたしの運命だった。そのカードをわたしにくれたのは、星のような目をした美しい女性でした。もうとうに亡くなりましたから、なぜ彼女がわたしの破滅を望んだのか、ついにわからずじまいです。先生には、ぜひそれをつきとめていただきたい。

ご存じでもありましょうが、わたしにはあの国の言葉への心得がなかった。そこで、それを訳してほしくて――そう望むのは、ごく自然なことだと思うのですが――カードをほかのひとたちに見せた。ところが、だれひとりその意味を教えてくれようとはしない。いや、それどころか、どこで見せても、だれに見せても、そのつどたちまちわたしの身に災いがふりかかってくる。ホテルはつぎつぎに追いだされる。古くからの知己は、わたしを見捨てる。あげくは逮捕されて、留置場にぶちこまれる。この国から出ていけと命じられる」

ここまで話して力が尽きたのか、患者はいったん口をつぐんだが、すぐまた気力を奮い起こして、先をつづけた――

「やむをえず、わたしはロンドンにひきかえした――妻の愛情と慰めとを確信してのことでしたが、その妻もまた、カードを見るや、無慈悲な言葉でわたしを追いだした。そうしてついに、深い絶望に打ちのめされて、ひとりニューヨークに舞いもどってみると、友人のジャックが――わたしが終生の友と信じてきた男が――カードの文字を見るなり、わたしと絶交すると言いだした。どういう文言だったのか、いまだにわたしは知らないし、今後だれかが知ることもないでしょう――時日の経過によって、インクがすっかり薄れてしまっていますから。カードはほかの書類といっしょに、金庫にしまってあります。ですが先生、わたしが死んだら、どうか先生のお力でわたしの生涯の謎をつきとめていただきたい。それから――それから――わたしの財産のことですが、それは先生がそれについて判断をくだされるまで、そっくり保管しておいてください。わたしの遺す金をだれより必要としているのは、この街の貧困層ですから、財産は彼らに遺贈することにしていますが、ただし――」

なんらかの心の痛みにさいなまれて、バーウェルはここでまた絶句した。なんとか先をつづけさせたいと、私は彼を慰め、かつ励ました。

「ただし――この先を考えるのはじつは恐ろしいのですが、それでも――それでも――そう、やはり言っておかなくては――万にひとつこのわたしが、世間様の考えているような善人ではなく、どこかではからずも——はからずもだれかを傷つけていたと——ああ、先生——先生がそう判断されることがあったら、そのときはわたしの遺産はその相手に、もしくは相手のひとたちに、渡るようにしてほしいのです。それを約束してください」

バーウェルの目のなかの狂おしい光、そしてその全身をほてらせている熱気、それらをまのあたりにすれば、私としてもその約束に応じぬわけにはいかなかった。患者もそれで、やや落ち着きをとりもどしたようだった。

しばらくして、手術のために看護婦や付添い人が入室してきた。麻酔の準備にかかったとき、バーウェルがやにわに彼らを押しのけると、金庫のなかの鉄製の箱をここへ持ってきてくれと言い張った。

「例のカードはこのなかです」と、ふるえる手をその箱にかけつつ、彼は言った。「さっきの約束、どうか忘れないで！」

これがこの男の最後の言葉となった。ついに手術を切り抜けられずに終わったからだ。

翌朝早く、私は伝言を受け取った——「昨日の客が対面を懇望しております」。そしてまもなく案内されてきたのは、知的で力強い面だちの、りっぱな風貌の紳士——長身に、浅黒い肌、その顔にきらりと光る眼鏡。

「バーウェル氏は亡くなったのですね？」のっけにそう切りだした。

「だれからお聞きになりました？」

「だれからも聞きはしません。ただわかるのです。そしてそのことは神の恵みにほかならない」

この見知らぬ客のひたむきさ、真摯そのものの態度には、なにかは知らず、この男にはこういう口のききかたをする当然の権利がある、そう私に納得させるものがあった。そこで、こちらも謹聴する姿勢をとった。

「これからわたしの話すことを信じてもらえるように、まずは名乗らせてもらいます」そして渡された名刺を見るなり、私ははっとして顔をあげた。名刺にあるのは、だれもが知る著名な学者、ヨーロッパでは指折りの碩学のひとの名であった。

「ご来駕、光栄に存じます」私はうやうやしく会釈した。

「いや、それはこちらの申すこと――わたしにはあなたに借りがある、そうお考えいただきたいし、ついでにあの恥知らずな男とわたしとの関係を、今後も秘しておいていただけるものなら、おおいに恩に着ます。こうしてすべてをお話しする気になったのも、ひとつには人間の義というものを慮《おもんぱか》ったためですが、しかしおおかたは医学のためでもある。ドクター、わたしはこうすることを正義と信じて申しあげるのですが、あなたが最期を看とったあの患者、あれはまぎれもなくウォーター街の暗殺者なのです」

「まさか、ありえない！」私は叫んだ。

「わたしの話を最後まで聞けば、あなたもそうはおっしゃらぬはずだ。話は十一年前のパリにさかのぼります——あの男がはじめてフランスの首都を訪れたときのことです」

「謎のカードですか！」私は思わずまた声を高めた。

「ほう、するとあの男からその夜の経緯については聞かされている、と。しかし、その前夜になにがあったか、そこまでは聞いておられぬでしょう——前夜とは、あの男がわたしの妹とはじめて会ったときのことです」

「あなたの妹さん？」

「そう、あの男にカードを渡したのは妹なのです。それであいつを救ってやるつもりだったが、かえって苦しめる結果になってしまった。当時、妹は健康を損ねていましたが、病状がいよいよ思わしくないというので、わたしたち兄妹は思いきって生国インドを離れ、それまで延期してきたヨーロッパ周遊旅行に出かけたのです。だがやんぬるかな！　踏んぎりをつけるのが遅すぎた。旅に出てわずか数週間で、妹はニューヨークで客死してしまいます。ですが、正直なところわたしは、あの男のせいで強い懸念をいだかされたという事実、これこそが妹の死期をいっそう早めたと、そう信じているのです」

「不思議な話だ」私はつぶやいた。「いたって単純なニューヨークの一商人の生涯、それがそのような東洋の貴婦人のそれとかかわってくるなんて、そんなことがはたしてありうるものでしょうか」

「それでもやはりそうなのです。ご理解いただきたいのだが、そもそも妹が健康を害することになったのも、ある種の神秘現象の研究にのめりこみすぎたのが原因で、これについては、いいかげんにしておけとわたしもさんざんさとしたのにもかかわらず、いっこうに効果がない。かつて、その分野では達識者とされる人物に妹が力を貸したことがあって、その人物が返礼として、霊魂についてのあれこれを妹に伝授した——いっそそれほどの達識者でなければよかったのですが。わたしは妹といっしょにいるとき、何度か周囲で不思議な現象が起きるのを目撃してきましたが、それでも、パリでのあの夜まで、妹にそこまで超常的な能力があるとは認識していなかった。そのときわたしたちはふたりしてブーローニュの森までドライブに出かけ、その帰りでした。時刻は十時ごろ、完璧な夏の夜のパリはいつもそうですが、周囲には美しい市街がひろがっている。そのとき、ふいに妹があっと苦痛の叫びをあげて、胸をおさえた。それから、それまで使っていたフランス語をわれわれ兄妹の母国語に切り換えると、いまあそこでなにか恐ろしいことが起きようとしている、と河向こうをゆびさしながら早口に説明し、なおもたたみかけて、いますぐそこへ駆けつけねばならない——御者に命じて馬車を急がせてくれ——一刻一秒を争うときなのだ、そう言いつのる。

妹の思いつめたようすは伝わってきましたし、かねがね妹の見識には一目おいているわたしですから、否やはありません——すぐさま御者に、このご婦人の言われるようにしてくれと命じました。馬車はそれこそ飛ぶような勢いで橋を渡ると、矢のようにブールヴァール・サンジェルマンを突っ走る。ついで左へ曲がり、セーヌの河ぞいの狭い通りを縫うように走り抜ける。あちらへ、こちらへ、ここでは直進、ここではターンと、なにか目に見えぬ力に導かれるように、妹は一瞬もためらうようすを見せず、つぎからつぎへと進路を指示し、あいまには、さあ早く、もっとスピードをあげて、と休みなく御者をせきたてる。やがてついにたどりついたのが、黒い口をあんぐりあけたかのような、怪しげな雰囲気の路地の入り口――狭いうえに、路面もでこぼこ、とても馬車ではその先へは進めそうもありません。

「さあ早く！」妹は叫ぶなり、馬車からとびおりる。「ここからは走ってゆきましょう。もうすぐそこですから」さいわいこれならまにあいそうだわ。

その暗い路地を先へと急ぐあいだ、明かりもほとんど目につかなかった。ところが、しばらく行くうちに、一声、押し殺したような悲鳴が夜のしじまを破って響きわたり、とたんに妹がわたしの腕を強くつかんで、叫びたてた――

「あそこよ、武器はあるわね、さあ早く、どうあってもあの男をつかまえなくては！」

そのあとは、いっさいがあれよあれよというまに起きたので、わたし自身、自分がなにをしたのか、ほとんど覚えがない。それでもしばらくしてわれにかえると、ひとりの男を羽交い締めにしていて、相手はじたばたしたり、こぶしをふるったり、なんとか逃げようと暴れていたが、甲斐はなかった。こう見えてもわたし、故郷のジャングルでかなり鍛えてきたから、膂力《りょりょく》は強いのです。男をおさえつけて、動けなくしたところで、やっと足もとを見ると、気の毒に、ひとりの女がそこに倒れて、うめいている。彼女がしゃくりあげつつ涙ながらに語ったところによると、あやうくこの男に絞め殺されそうになった、と。男の体をさぐってみると、変わった形の長いナイフが出てきた。しかも鋭利さは剃刀そこのけ。いったいどういう忌まわしい目的があって、こんな物騒なしろものを持ち歩いているのか、そのへんはあなたにも想像がつくでしょう。

それにしても、その男をひきずって馬車のところまでもどり、顔を検《あらた》めたときのわたしの驚き、まあ察してください。それが予想していたような荒くれ者の暗殺犯ではなく、顔だちや物腰から判断するかぎり、れっきとした紳士だとわかったからです。目はきれいに澄んでいるし、手も白い、口のききかたも上品、つまり、すべての点で洗練された人物。服装を見れば、裕福な男であることもわかります。

「しかし不思議だな、いったいなぜこんなことが？」わたしが母国語で妹に問いかけたのは、馬車でひきかえす途中でした。捕らえた男は、わたしにおさえこまれたまま、向かいの座席で黙然としています。

「なぜって、これは〝キュロス＝マン〟だからよ」妹はおののきながら答えます。「悪霊そのものの存在なの。いまじゃ世界じゅうに何人と残っていないわ——ぜんぶで二、三人といったところかしら、たぶん」

「しかしこのとおり、品のいい顔をしてるじゃないか」

「お兄様はまだこれのほんとうの顔を見ていらっしゃらないのよ。いずれそのうち、あたくしが見せてさしあげるわ」

それまでに起きた出来事の不可解さ、そしてまたそれ以上に不可解な妹の言葉、わたしはもはや驚く気力さえ失ってしまっていた。という次第で、以後はふたりとも黙りこんだまま、当時滞在していたモンソー公園に程近いこぢんまりしたシャトーまで、馬車に揺られて帰ったわけです。

その夜、実際になにが起きたのか、的確に物語ることはわたしには無理でしょう。そういう問題についての知識があまりにも限られていますから。わたしとしてはたんに、妹からああして、こうしてと指示されるままに行動し、獲物を見張る鷹よろしく、捕らえた男から目を離さずにいる、それがせいぜいでした。やがて妹は男を尋問しはじめました——といっても、口調はやさしく、わたしですら妹の意図を誤解しかねないほどでしたし、男のほうも、ただ当惑し、呆然としているようすで、その夜の出来事については、なにひとつ知らないと言い、どうやってわれわれが発見したあの場所まで行ったのか、それもわからないと言い張る。彼が手にかけようとしていた女性のこと、あるいは犯行の一部始終、こういったことをわたしからいくら問いただしてみても、ただぼんやりと首を横にふるばかり。このようすには、わたしも無性に腹がたってきたものです。

「お兄様、このひとに腹をたてても無駄よ。べつに嘘をついているんじゃなく、べつの人格というだけなんですから」

妹が彼に姓名と国籍をたずねると、それにたいしてはなんの逡巡もなく、名はリチャード・バーウェル、ニューヨークからきたばかりの商人で、パリへは妻や娘ともども、ヨーロッパ周遊の一環として立ち寄った、とすらすら答えます。これは妥当な説明のように思えました——なにより英語を話しますし、かたやフランス語は、妙なことに、いっこうに解さぬようす。それでいてわれわれ兄妹はふたりとも、彼が被害者の女性にフランス語でなにか言っているのを聞いているのです。

「もうまちがいないわ。これはたしかに〝キュロス＝マン〟よ」と、妹はきっぱり言います。「あたくしがここにいることをこれは知っているし、あたくしがこれの主人だということも心得ている。ほら、ごらんになって、ごらんになって！」鋭くそう叫ぶなり、妹は目を男の顔すれすれまで近づけました。いまにもその両眼のぎらぎらした光が、男の顔面をじりじり焼きながら突き刺さってゆくかのようです。そのとき妹がどのような力を働かせたのか、それはわたしにはわからないし、そのとき妹の発したなんらかの言葉——わたしには理解できない言葉——が、そのあとの出来事とはたして関係があるのかどうか、それもわかりません。わかっているのはただ、すぐさま男のようすに変化があらわれたこと。それまでは好ましい顔だちの、品位あるアメリカ市民だった男のようすに、墓のなかで埋葬虫《しでむし》にかじられたりしたのとは異なる変化が生じた。いまや、そこにいるのは一匹の魔物――妹の足もとに這いつくばって、もぞもぞうごめいている邪悪な、見るも忌まわしい魔物でした。

「ほら、見えるでしょう、これのなかにいる悪霊が」妹が申します。「ごらんなさいな、いやらしくうごめき、のたくっている。ねえお兄様、お兄様はそうはおっしゃるまいけれど、かつてあたくしがあの賢者から伝授された知恵、これこのとおり、ずいぶんとあたくしの役に立ってくれているのよ」

そのあとに味わった恐怖、それはこのわたしの血を凍らせました。そこで目撃したことのすべて、わたしは事実だと認めますが、それでも、それらの明白な証拠があとまで残っていなければ、そしていまなお残存していなければ、とても自分の記憶に信頼が持てなかったでしょう。矮人《こびと》となって、地べたを這いずりまわりながら、奇怪な古代フランス語でぺちゃくちゃわたしたちに呼びかけてくるその醜悪な魔物、その姿には、つい先刻まで見ていたあの男と共通するものはかけらほどもありません。やがてその魔物がおもむろに口をひらいて、滔々《とうとう》と吐きだしはじめたのが、聞けば魔王そのひとですらあまりのおぞましさに顔色《がんしょく》を失うだろう冒瀆語の羅列であり、どんな人間の耳もとうてい聞くに堪えないだろう、邪悪きわまりない所業の数々を披露する台詞でした。しかも妹は驚くなかれ、意のままにそれを制止したり、先をつづけさせたりすることができるのです。こうしたことがはたしてどんな意味を持つのか、すべてはわたしの理解を超えています。わたしにしてみれば、そうした悪行を語る逸話のことごとくが、わたしたち現代人の生活とも、わたしたちの周囲の世界とも、なんら関係がないとしか思えませんでしたし、やがて妹の口にしたことからも、そのように判断したのでした。

「もっと近い時代のことをお話し——おまえがこの肉体を持ってからのことを」

と、そこでわたしも気づきました——魔物の話が、わたしも知る出来事にまで及んできたことを。それはニューヨークのことを語りました——妻のこと、子供のこと、友人のこと。子供をわが手で絞め殺したこと。友人から資産を奪ったこと。さらに、あれも、これも、とどこまでも話はつづきそうでしたが、やがて妹がそれにストップをかけました。

「そこにお立ち、おまえが頑是ない赤子を手にかけたときとおなじに。さあ立つんだ、お立ちといったら！」そしていま一度妹は、わたしの知らない不思議な言葉でなにか語りかけました。魔物はすぐさまぱっと前へとびだすなり、かぎづめの生えた指を曲げ、目に見えないかぼそい喉——もっともわたしの心の目には、ありありと見えていましたが——そのかぼそい喉に巻きつけて、締めつけるしぐさをしてみせました。そしてそのときそれの顔に浮かんでいた表情、それはまがまがしい地獄の一端を垣間見せるものでした。

「じゃあつぎに、おまえが友達からお金を盗んだときのように立ってお見せ——さあ、立つんだ、お立ちったら！」そして三度、あの不思議な言葉、そして今度もまた魔物はそれにしたがったのです。

「いずれ使うときのために、これを証拠にとっておきましょう」そう妹は申しました。そしてわたしに、自分がもどるまで、しっかり魔物を見張っているように指示すると、部屋を出ていって、ずいぶん待たせてからもどってきました。手には、写真撮影に用いる黒い箱と、ほかにも二、三の道具——最新式の、一段と複雑になった撮影道具ですが、それを妹は早々と使いこなしているのです。それから、一枚の不思議なつくりのカード——東洋製の極薄の紙を何枚も貼り重ねた、透明でいて、しかも白いカード——を使って、いまのぞっとするようなポーズ二態をとった魔物の姿を写真に撮りました。手順のすべてが終わっても、カードはそれまでとおなじく白いまま、なんの意味もないように見えますが、光にかざして仔細に見ると、画像が浮かびあがってきます。見れば、ふたつの画像のあいだにもうひとつ、三つめの画像があって、それは同時にふたつの顔、ふたつの霊魂を写しだしているように見えます。妹が言うには、いっぽうはさいぜん見た温和な男、もういっぽうが、目の前の魔物なのだとか。

ここで妹が紙とペンがほしいと申しますので、わたしはポケットにあった紫色のインクを入れたペンをさしだしました。妹は〝キュロス＝マン〟にそれを渡すと、第一の画像の下に、〈かくしてわれはわが子を殺せり〉と書けと命じました。つぎに第二の画像の下には、〈かくしてわれは友より資産を奪えり〉と、さらに三つめの、第一と第二のあいだの画像の下には、〈これなるはリチャード・バーウェルの魂なり〉と書かせました。それらの文言についてなにより不思議なのは、それがさいぜん魔物の使っていたのとおなじ古代フランス語で書かれているのに、バーウェル自身は、かいもくフランス語を解さないという事実なのです。

これがすんだところで、妹はそろそろ魔物を放免することを考えたようですが、そこでふと、新たな思いつきがひらめいたらしく、それまでとおなじようにそれを見据えて、申しました――「おまえの犯したあらゆる罪のなかで、最悪のものはなにか。お言い！おまえに命じる、さあ、言うんだ！」

そこで魔物が語った話というのは、かつてある修道女たちの住む館《やかた》を襲い、全員を殺戮したあげく、死体をとある重い扉の下の地下倉に埋めた、というものでした。

「その館はどこにある？」

「リュ・ピクピュ十九番地、古い墓地の隣りだ」

「で、それはいつのことだ？」

ここでついに、魔物は激しい反発にとらえられたようでした。床にうずくまったまま、醜くよじれた姿勢でのたくり、わたしには無意味としか思えない言葉を吐き散らす。ところが妹にはその意味が通じているらしく、再三、鋭く、けわしい言葉でそれをさえぎり、とうとうおとなしくさせてしまった。

「もうよい、これですっかりわかった」妹はそう言い、つづいて先刻と同様、きびしくそれを見据えたまま、再度、何事かを命じました。すると、即座に前とは逆の変化があらわれはじめ、わたしたちの目の前には、ふたたびあの誠実そうな面だちの、人品卑しからぬ紳士、ニューヨークの住人リチャード・バーウェルが立っていました。

「失礼しました、マダム」彼はきまりわるそうに、それでも神妙に言います。「ちょっとうとうとしてしまいました。どうも今夜はわたし、どうかしているようです」

「そうね」妹は言いました。「たしかに今夜のあなたは普段のあなたではない」

そのあとすぐ、彼を滞在先のオテル・コンチネンタルまで送ってゆき、妹の待つシャトーへとってかえしたわたしは、夜遅くまで妹と話しあいました。このときあらためて妹のようすから不安を覚えたのは、妹がひどく神経を張りつめていて、これではますます健康が悪化するのでは、と案じられたからです。そこで妹に休むようにすすめたのですが、妹は肯《がえ》んじません。

「いいえ、とても休んではいられないの、この一身にかかっている恐ろしい責任のことを考えると」そう言って、つづいて話しだしたのが、さいぜんの出来事についての彼女なりの不思議な理論と、その説明でした――もっともわたしに理解できたのは、いまここに全人類をおびやかそうとする悪の力が働いていて、それは疫病などよりもさらに恐ろしいものだということぐらいでしたが。

「ひとが多くの輪廻を重ねるうちに、たまにそういうことが起きるんです。新生児の体のなかに、〝キュロスの悪霊〟が強引にはいりこんでしまうということが――善なる魂が赤子のなかにはいるのが遅れている隙に。いったんはいりこまれたら、その後の一生を通じて、ふたつの魂はずっと共生しますから、そこにこの忌まわしい〝悪の原理〟が、地上にはびこる機会も生まれてくる。ですからあたくし、もう一度さっきの哀れな男に会うつもりです――それがあたくしの義務ですから。おそらくあの男、あたくしたちを見ても、そうとは気づかないでしょう――彼の正常な魂には、今夜のショックがあまりに大きく、そのためそのことは記憶から拭い去られてしまっていますから」

翌日の晩、その日とおなじ時刻に、妹は是が非でも〈フォリー・ベルジェール〉まで同行してほしいと言いだしました。あまり行きつけない場所柄だからですが、妹の体のことを思って、わたしがいさめても、「それでもどうしても行かなきゃならないの――あれがそこにいるんですから」そう言い張るばかりで、わたしはその言葉に、ぞっと背筋に寒けが走るのを覚えました。

わたしたちはそこまで馬車をとばし、あとは歩いて庭園を通り抜けましたが、まもなく問題のリチャード・バーウェルが、小さなテーブルを前にしてすわり、どうやら彼には物珍しいものらしい、周囲のながめを楽しんでいるのを見つけました。さてどうすべきか、妹は一瞬ためらったようですが、すぐにわたしの腕を離れて、つかつかとそのテーブルに歩み寄るなり、かねて用意のあのカードをバーウェルの眼前にすべらせました。と思うまもなく、すぐにその美しい顔に憐れみの表情をたたえてわたしのそばにもどってき、わたしたちはそのまま歩みを進めました。バーウェルがわたしたちをわたしたちと気づかなかったことは明らかでした」

知名の碩学の語るこの異様な物語に、それまで私は完全にわれを忘れて聞き入っていたが、ここでようやく堰を切ったように、ひとつの問いが口を衝いて出た。

「妹さんはいったいどういう考えから、そのカードをバーウェルに渡されたりしたのでしょう」

「そうすることで、おのれがどれだけ悲惨な運命を背負っているか、それをあの男に自覚させるためだったとか――つまり、当人の持つ善なる魂に、いまひとつの忌むべき道連れのことを教えるためだった、と」

「で、その妹さんの目論見は、うまくいったのですか?」

「悲しいかな、そうはいかなかった！　妹の目論見をくじいたのはほかでもない、他のだれの目にも見てとれるカードの絵柄が、あの男本人には見えないという事実でした。自らの不面目な事実を認めるというのは、〝キュロス＝マン〟には不可能なことなのです」

「とはいえ、その後もあの男は長年にわたって、模範的な生活をつづけてきたわけでしょう？」

客はかぶりをふってみせた。「たしかに、よくなった面も多少はあります——主としてこのわたしが、妹の遺志にしたがって、あの男にほどこしてきた数々の実験の結果なのですが、それでも、身内にひそむ悪霊は、ついに退治できなかった。ドクター、あなたにこう申しあげねばならぬのはまことに遺憾ですが、あの男、ウォーター街の暗殺者であるばかりでなく、べつの未解決の連続殺人の加害者でもあるのです——女性を切り裂く猟奇殺人として、過去十年間、ヨーロッパおよびアメリカの警察が血眼で追ってきた、まことに血なまぐさい犯罪の下手人」

「ではそれをご存じでありながら」と、私は思わず腰を浮かせながら言った。「あなたは彼を告発しようとはなさらなかった？」

「たとえ告発しても、このての容疑を立証するのは不可能ですから。加えて、わたしは妹に誓約した——あの男は、いまも言った〝魂の実験〟のためにのみ利用する、と。あの男の犯罪など、いまやわたしが全世界に示すことのできる偉大な〝知恵の秘密〟にくらべれば、なにほどのこともありません」

「知恵の秘密?」

「さよう」碩学のひとは、ひたむきな、どこか思いつめたような激しさで言った。「聞いてください、ドクター、いまこそわたしはあなたに申しあげる——遠からず全世界も知ることになる真実を。よろしいですか、いかなる人間の場合も、彼または彼女の記憶が生きているかぎりは、強制的にそれぞれの心の深奥にひそむ秘密を、白日のもとにさらけださせることができるのです。なぜなら、記憶とはたんに脳のなかに、実体ある画像をつくりだす力にすぎないから——そしてこれが念波によって外部に投射され、普通の画像とまったくおなじに、写真の感光板にその実体を焼きつけることが可能だからです」

「というと」私はつい声を高めた。「あなたはわれわれのうちにある善と悪というふたつの原理を、写真として撮影することができるとおっしゃるのですか?」

「まさにそのとおり。二通りの魂の存在という偉大な真理、これはあなたがた西洋の小説家のひとりによっても、おぼろげながら感知されているところですが、これをわたしは実験室において、カメラをもって実証してきたわけです。そうするわたしの目的は、いつか適当な時を選んで、選ばれたる少数にこの貴重な知恵をゆだねることにあります」

「すばらしい、すばらしいことだ！」私は叫んだ。「では、ついでに教えてください。そのリュ・ピクピュとやらの家のことです。あなたは実際にそこへ行かれたことがおありなのですか？」

「妹と行きましたが、そこにはもう五十年も前から、建物はなかったことがわかっただけです。したがって、捜索という目的は果たせなかった」（原注(1)）

「もうひとつ、カードの文言ですが、その一部でも記憶しておいでですか？――というのもバーウェルは、もう文字が薄れてしまっていて読めない、そう言っていましたから」

「記憶どころか、もっとよいものを持っていますよ――カードとその文字、両方の写真です。妹が慎重に撮影したものです。わたしが持ちあわせていたペンは安物ですから、インクは薄れているだろうとは思いますが。なんならあす、その写真をお届けしましょう」

「届けてくださるなら、バーウェルの住まいのほうへ」と、私は言った。

翌朝、客は約束どおりに姿を見せた。

「これが問題のカードの写真です」と言う。

「ならばこちらがそのオリジナルのカードです」私も答えて、バーウェルの鉄製金庫からとりだした封筒の封を切った。「あなたがお見えになるまで、見るのは控えていたのですよ。ああ、たしかに文字は薄れていますね。カードはまさしく白紙のように見える」

「しかし、それをこのように持つと」そう言って、客はカードを斜めにした。とたんに目にとびこんできた見るもおぞましい絵柄、それは終生、忘れられないだろう。一瞬にして私はさとったのだ――このカードを見ることが、バーウェルの妻や友人の心に、どれほど深甚なショックをもたらしただろうかを。そこに描きだされた絵には、ひとつの呪われた生涯の秘密があらわれていた。画像と実物のバーウェルとの相似は、見まがうべくもなかった。彼に不利となる証拠の数々、それも圧倒的だった。この何枚も貼り重ねられた紙のひとひら、そこに妻は、母親ならばけっして許すことのできない犯罪の現場を見た。共同経営者は、友人ならばけっして許すことのできない犯罪の現場を見た。まあ想像してみてほしい――あなたの目の前で、ひとつの親愛な顔がとつぜん融解して、にやにや笑いを浮かべた髑髏《どくろ》と化し、それがさらに、どろどろの腐敗物のかたまりに変わり、それがまたさらに、ありとあらゆる悪徳と恥ずべき行為の跡をとどめた、ねじれゆがんだおぞましい地獄の魔物に変貌して、横目であなたを流し見ている場面を。それこそがそのとき私の見たものだった！　カードを見ただれもが見たものだった！

「この二枚のカード、これは柩《ひつぎ》に入れることにしましょう。これについて、われわれにできることはもうありません」いまは同志である目の前の客が、重々しく言った。

その忌まわしい厚紙を一刻も早く始末してしまいたくて（そこにいまなお呪いが取り憑いていないと、いったいだれが言いきれるだろう？）、私は不思議な客の腕をとり、ともに遺体の安置されている別室に向かった。私はバーウェルの末期を看とり、彼が安らかな表情で息をひきとったことを知っているはずだった。ところがいま、私たちが二枚のカードを遺体の静かな胸に置いたとき、かたわらの碩学がふいに私の腕に触れると、いつのまにかすさまじい形相にねじれゆがんでしまっている死者の顔をさして、ささやいたのだった――

「ほら、死んでからもあれはこの男に取り憑いている。早く柩の蓋をしめてしまいましょう」

原注(1)　何年ものち、リュ・ピクピュで発掘にあたっていた作業員数人が、古い墓地の地下で、大量の瓦礫に埋もれた重い扉を掘りあてた。扉を起こしてみると、穴蔵ふうの地下室に詰めこまれた無数の女性の骸骨が見つかり、壁にはフランス語で神を冒瀆する言葉が彫りつけてあったが、これは専門家によって、優に二百年以上も前のものと鑑定された。おなじ専門家により、その筆跡はニューヨーク市ウォーター街のとある家の扉で見つかったのと、まったく同一のものであることも確認された。このことから、悪

霊の生まれ変わりという説をひきだすことも可能であろう。なぜなら、この十七世紀の大量殺人が、十九世紀末にウォーター街で女性を殺害したのとおなじ悪霊の仕業であることは、ほとんどその現場を見るに等しい、歴然たる事実だからである。

穴のあいた記憶

B・ペロウン
稲井嘉正訳

アニクスターは小男が、兄弟みたいに懐かしかった。彼は片手を小男の肩にまわしていた。それは親愛の情のあらわれでもあったがすっころがらない用心でもあった。

彼は前の晩の七時から、本腰を入れて飲みつづけていた。いまは里ごころのつく真夜中だ。あたりのものは、少しばかり朦朧《もうろう》としていた。ロビーにはジャズ音楽が、騒がしく溢れている。階段を二段おりたところは、テーブルと人と騒音でいっぱいだ。ここがなんというところか、いつ、どうしてここへやってきたのか、アニクスターにはぜんぜん思いあたることがない。なにしろ前の晩の七時からあんまりあちこち歩きすぎた。

「つまりさ」と、アニクスターは、小男にすがりついて、打ちあけた。「女が君を振る。運命が君を振る、と言ってもいい。おんなじことだ――女と運命、まったくだよ。それから、どうなる？　それから君は、もうお終《しま》いだ、と思いこむ。フラフラと出て行って、その気持をごまかさにゃならん。うまくごまかさなけれァならんのだ。君は考えこむ。「君はどこかで腰を落ちつけ、酒を飲みながら、考えこむんだ――そして最後に、君の生涯で最良の考えを思いつく！　そういうことになるんだよ。それが、ぼくの哲学さ――劇作家というやつは、蹴とばされりゃァ蹴とばされるほど、いい仕事をするものなんだ！」

もし小男が支えていてやらなかったら、崩おれてしまいそうに、彼は熱心に身ぶりをした。小男はギュッとつかんで、シッカリと支えていた。小男の口は、やはりギュッと結ばれていた——一直線になって、ほとんど血色がない。六角の縁なしメガネに、黒の剛《こわ》いフェルト帽子をかぶって、キチンとした霜ふりの服をきている。赤く酔いどれたアニクスターのそばでは、小男は青ざめてしかつめらしく見えた。

帽子預り所のカウンターの中で、係りの女がおもしろくもなさそうに二人を見まもっている。

小男がアニクスターに言った。「もうそろそろお帰りになったほうが、いいんじゃないんですか？　あなたのお芝居の筋を聞かしていただいたのは、光栄でしたが——」

「ぼくは誰かに話さなけれァいられなかった。さもなきゃ、頭が破裂しそうだったんだ！　すごいだろう。すごい芝居だ！　すごい殺人だ。そうじゃないか？　そのクライマックスたるや——」

それが輝かしく完成したすがたが、ふたたび彼を打った。彼は少しフラフラしながら、眉を寄せて立ちどまると、考えこんだ——それから、急にうなずいて、小男の手をとると、熱心に握手をした。

「すまないが、もうこんなとこにはいられない」と、アニクスターは言った。「ぼくは仕事をしなくちゃならん」

帽子の型がくずれるのも構わず、頭に押しかぶせて、千鳥足でロビーを横切る。両手で二重ドアを突きあけて、夜の戸外へよろめき出た。

彼の興奮した目には、自分の芝居の題名が、照明に輝きわたった劇場の軒看板になって、闇の中にきらめいて見えた。《密室》ジェイムズ・アニクスター作。いや、《特別室》ジェイムズ——いや、いや、《憂鬱な部屋》《青い部屋》そう、《青い部屋》ジェイムズ・アニクスター作だ——

彼はボンヤリと歩道を離れた。その場所へ、一台のタクシーがぶっとんできた。濡れた車道にタイヤを軋《きし》ませて、横すべりして急ブレーキをかけた。

なにかがひどくアニクスターの胸を打った。いままで見ていたすべての光が、眼前に飛びちった。

いまはもう、なんの光もない。

劇作家ジェイムズ・アニクスター氏は、昨夜遅くナイト・クラブ《キャサ・ハバナ》から帰ろうとして、タクシーにはねとばされた。病院でショックと外傷の治療を受けたのち、帰宅した。

《キャサ・ハバナ》のロビーには、音楽が騒がしく溢れていた。階段を二段おりたところは、テーブルと人と騒音でいっぱいだった。帽子預り所の娘は、アニクスターを——額のバンソウ膏《こう》と、左腕を吊っている黒い三角巾を見て、目をまるくした。

「まァ、こんなに早くおいでになれるなんて、思いもしませんでしたわ」

「じゃァ、ぼくを覚えてるんだね？」と、アニクスターは微笑を浮かべた。

「そりゃそうですわ。ひと晩、眠れなかったんですもの！　あの晩あなたがドアから出て行ったすぐあと、ブレーキの軋《きし》むのを聞いたんです——それから、どさッという音を」と、娘は身震いして、「ひと晩じゅう、その音が耳から離れませんでしたわ。今だって聞えます——一週間もたってるのに！　恐ろしいことですわ！」

「感じやすい人なんだな、あなたは」と、アニクスターが言った。

「いろんなことを想像しますの」と、娘はうなずいて、「あのときだって、ドアのとこへ走って行って、あなたが倒れてらっしゃるのを見るより前に、もうあなただってこと、わかってましたわ。お連れの方がすぐ外に立ってたんで、「まァ、大変、あなたのお友達じゃありませんか？」って、あたし、言いました」

「その男、なんて言ったたね？」と、アニクスターが訊く。

「あのひと、こう言いましたの。「友達じゃない。偶然いっしょだっただけだ」って。変じゃありません？」

アニクスターはくちびるをしめした。

「どういう意味だね」と、彼は注意深く、「変かな？　偶然いっしょだったには違いないんだ」

「ええ、でも――いっしょにお酒を飲んでた人が、目の前で殺されたんですよ。あの人、見なかったはずはありませんわ。あなたのすぐあとから、出て行ったんですものね。いっしょにいた以上、あの人、あなたに興味を持っていたはずよ。あなたの立場から考えれば少くともそうですわ。それなのに、タクシーの運転手が、自分の落度じゃないってことの証人に、だれかなってもらおうとして、大声をあげだしたら、あたし、ほうぼう見まわしたんですけど、あの人、いなくなってたじゃありませんか！」

アニクスターは、いっしょにきているプロデュウサーのランサムと、目くばせを交《かわ》した。ちょっととまどった、ちょっと心配げな目くばせだった。しかし、帽子預り所の娘には頬笑みかけて、アニクスターは言った。

「目の前で殺された」はおおげさだな。ちょっと振りとばされただけだよ」

その「振りとばされた」ことが、彼の心にあたえた効果は、どんなに奇妙で、どんなに異常なものであったか、そんなことまで説明する必要はなかった。

「でも、あなたがもし、タクシーのヘッドライトに照らされて、倒れている自分を御覧になったら――」

「あァ、それが君の想像ってやつさ」と、アニクスターは言った。

彼はほんのちょっとためらってから、それが目的でやってきた質問を——彼にとってはこの上なく重要と思われる質問をした。

「ぼくといっしょにいた男ね——あれはだれ？」

帽子預り所の娘は、順ぐりにふたりに目を移して、頭を振った。

「前にお見かけしたこと、ございませんわ。あれからこっちも、いらっしゃいませんし」

アニクスターは、彼女から横ッ面を張られたように感じた。彼は違った返事を待ちのぞんでいたのだった。それだけを頼りに、待ちのぞんでいたのだった。それをあてにして、やってきたのだ。

彼の腕にランサムが慰めるように手をかけた。

「とにかく、やってきたんだ。いっぱい飲もうじゃないか」

ふたりは階段を二段おりて、バンドが騒がしい部屋へ行った。給仕がテーブルに案内する。その給仕にランサムが注文した。

「あの女の子を責める手はないよ」と、ランサムはアニクスターに言った。「彼女はあの男を知らなかった。それだけのことじゃないか。ぼくの忠告はだな、ジェイムズ、クヨクヨするなってことだ。なにかほかのことを考えろよ。君自身にチャンスを与えるんだ。なんて言ったって、まだたった一週間しか——」

「一週間！」と、アニクスターは言った。「畜生、その一週間におれのやったはずのこと言ったら！　最初の二タ幕ぜんぶと、いちばん難かしい場面に達する第三幕――ぜんたいのクライマックス。解決だ。芝居が成功するか失敗するかの境い目だ！　それが出来あがってたはずなんだぜ、ビル――芝居ぜんぶが、おれの生涯の傑作がだ――二日前には出来あがってたはずなんだ、この――」と、自分の額をたたいて、「この思いがけない記憶の穴さえ、このいまいましい記憶の小さなイタズラさえなかったら」

「君はひどく振りとばされて――」

「そうかね？」と、アニクスターは小馬鹿にしたように言って、腕の三角巾をチラッと眺めた。「ぼくァなんにも感じなかったよ。なんの障りにもならなかったんだ。救急車の中で気がついたとき、芝居は、タクシーにはねとばされた瞬間と、まったく同じ鮮かさで、ぼくの頭の中にあった――いや、もっとハッキリ出来あがっていたと言ってもいいだろう。なぜって、そのときにゃァ、ぼくは石みたいに冷静で、なにを自分が手に入れたか、ちゃんと知ってたんだからね。成功をかちえたんだ――のがすべからざるものをさ！」

「ベッドに起きなおって、夜昼かまわず書きなぐったりしないでだ。医者に言われた通り、安静にしてさえいたら――」とランサム。

「紙に書いとかなきゃならなかったんだ。安静になんぞしてられるかい？」アニクスターは癇癖《かんぺき》［ちょっとしたことで怒りやすい性質。癇癪］に笑って、「君だって、あんなアイディアを手に入れたら、安静になんぞしてやしないだろうぜ。それが生き甲斐なんだからな――もし君が劇作家だったらね。それが命というもんだ！　ぼくの芝居の八人の登場人物の八つの生涯を、ぼくはこの五日間に生活したんだ。ぼくはこいつに没入して、最後のシーンを書くまで、自分の失ったものに気がつかなかった。ひとつの芝居ぜんぶを、ぼくは見うしなってしまったんだ！　どうしてシンスィアは、自分で鍵をかけ、カンヌキをかけた、窓のない部屋で刺し殺されたのか？　どうして殺人鬼は彼女に近づいたか？　どんなふうに、なしとげられたか？

「ぼくより上等な、大勢の作家たちが、密室殺人を書こうとした――だれも納得できるようには出来なかった。やりとげたものはなかったんだ。どんなに苦労していても、みんなインチキだ！　だが、ぼくはやった――神の助けで、やりとげたんだ！　ちょっと見ただけで、単純に、完全に、明快に呑みこめる！　そいつがぼくの芝居の出来あがったすがたなんだ。――その密室で幕があがり、幕がおりる！　ぼくの大発見だ――どんなふうに、なしとげられたか！　ぼくが惚《ほ》れて、振られたと思った女から、劇作家として得た代償、それがぼくのつかんだものなんだ――考えに考えて、密室の答えを得た！　そいつをタクシーが、ぼくの頭から叩きだしてしまやがったんだ！」

彼は長い息をついた。

「そのアイディアを――どんなふうに、なしとげられたか、ということを、取りもどそうと、ビル、おれは二日二タ晩つかいはたした。だが、戻ってはきやしない。おれは年季の入った劇作家だ。自分の仕事は呑みこんでる。だから、芝居を書きあげることは出来るさ。だが、そうして出来あがったものは、ほかの連中のものと変りがない——納得の行かないまやかしものだ！　おれの頭の中にあった、おれの芝居とは似ても似つかないものなんだ！　だが、この街のどこかそこらを、うろついている小男の——六角のメガネをかけた小男の——そいつの頭の中には、おれのアイディアがある！　話したんだから、知ってるはずさ。おれはその小男を探しだして、おれのものを返してもらう！　そうしなきゃならないんだ！　わかるだろう、ビル？　そうしなきゃならないんだ！」

一月二十七日の夜、《キャサ・ハバナ》で、ある劇作家の芝居のあらすじを、辛抱づよく聞かれた紳士、下記のボックスNOまで御連絡くだされば、謝礼をさしあげます。


「友達じゃない。偶然いっしょだっただけだ」と、言った小男。

事故を目撃しながら、証人になろうともしないで行ってしまった小男。

帽子預り所の娘の言った通りだ。なにかしら、ちょっと奇妙なところがある。

ちょっと奇妙だろうか？

いや、実に奇妙だ。二、三日しても、新聞広告の返事がないのでアニクスターはそう思いはじめた。

腕は三角巾から外されていたが、仕事をすることは出来なかった。なんどもなんども、ほとんど出来あがった原稿を前に、腰をおろして、「こんどこそ、思い出すだろう」と、考えながら、丹念に読みかえした――だが、あの盲点に、あの空白の壁に、あの記憶にあいた、いまいましい穴にぶちあたるばかりだった。

彼は仕事から離れて、街をうろつき歩いた。飲み屋やバアーを探しあるいた。ラッシュアワーをことさら選んで、何マイルもバスや地下鉄に乗った。彼は無数の顔を見た。だが、六角のメガネをかけた小男の顔は見あたらない。

アニクスターの頭は、小男のことでいっぱいだった。ちッぽけなどこにでもいるような、偶然めぐりあった、ひとりの市民、それが彼の半生の傑作――かの有名なるジェイムズ・アニクスターの戯曲の、死命を制する鍵を持って、どこかへ行ってしまった。鍵を持って、そこらをノンビリ歩いているのだ。そう思うと、いきどおろしい。不当なことだし、考えるのが、苦痛でもある。しかも、相手はなにを手に入れたか、知らないのだ。手に入れたものを吟味《ぎんみ》する頭の力もないのだろう！　アニクスターの心疾《はや》りなど、ちっとも知らないに決ってる！

それとも、知っているのだろうか？　ことによると、見かけほどありきたりの男ではないのかも知れない。あの新聞広告を見て、悪く勘ぐりでもしたのだろうか？　それとも、アニクスターにもっと多額な礼金を出させようとでも考えて、すぐには言ってこなかったのか？

考えれば考えるほど、小男の事故が起ってからのふるまいには、なにかしらひどく妙なところがある、と言った帽子預りの娘の意見は正しかったのだという気がしてきた。探しもとめる当の相手が、なぜ事故のあと、すがたを消したか、どうして新聞広告に返事をしなかったか、その理由を納得しようとアニクスターはあれこれ考えをめぐらした。アニクスターの想像力は、旺盛でドラマティックだった。あれほど平凡に見えた小男が、アニクスターの心の中では、いつか邪悪なすがたをとりはじめていたのだが——

しかし、なんて馬鹿なことを考えたものかと、小男のすがたを実際にふたたび目にしたとき、彼は気づいたものだった。吹きだしたいほど馬鹿げたことだ。そう思ったくらい小男は立派だった。そのくらい肩も張っていたし、そのくらい霜ふりの服もサッパリと、そのくらい黒の剛《こわ》いフェルト帽もキチンと頭にのっていたのだが——

彼のいるのに気づいたとき、アニクスターの乗った地下鉄のドアは、まさに閉ろうとするところだった。片手には書類カバン、もういっぽうの腕の下にはたたんだ夕刊をはさんで、小男はプラットフォームに立っていた。車内の燈《あか》りが彼のしかつめらしい青ざめた顔を照らしだし、六角メガネを光らしたのだ。アニクスターが閉りかかるドアに跳《おど》りかかって、どうやらプラットフォームに飛びだしたとき、彼は出口のほうに歩きだしていた。

それを見うしなうまいと、アニクスターは首をのばして、人ごみをかきわけつきのけ、ひと足ごとに二段ずつ、階段を駈けあがると小男の肩に手をかけた。

「待ってくれ。君をずうっと探していたんだ」

小男はアニクスターの手に触られると、すぐ立ちどまった。それから、頭をめぐらして、アニクスターを見た。六角の縁なしメガネの奥のその目は青ざめていた——青みがかった灰色の目だった。その口は一直線に結ばれて、ほとんど血色がなかった。

アニクスターは小男が、兄弟みたいに懐かしかった。小男を見つけたというそのことだけでも、心にかかる黒雲がはらいのけられたような、偉大な救いに感じられた。小男の肩をたたく彼の手には、愛情さえもこもっていた。

「話したいことがある。お手間はとらせませんよ。どっかそのへんに行こうじゃありませんか」

小男は言った。「なにをお話しになりたいのか、わたしにはわかりませんが」

通りかかった女をよけて、彼はちょっと体を動かした。さっきの地下鉄からおりた群衆は、もうまばらになってはいたが、階段を上り下りするひとが絶えたわけではなかったのだ。小男はつつましやかに、うながすようにアニクスターを見つめた。

アニクスターは言った。「おわかりにならんのは、当然です。まったく馬鹿げたことですからね！　あの戯曲のこと——」

「戯曲?」

アニクスターは、かすかな不安を感じた。

「ねえ、あの晩、ぼくは酔っていた——ベロベロに酔っていた! だが、君はまったくしらふだったような気がするんだ。そうだったんでしょう?」

「わたしはこれまで、酔ッぱらったことなぞありませんよ」

「ありがたい! それじゃァ、ぼくの思い出してもらいたがってるちょっとしたことを思い出すのは、なんの造作もないわけだ」アニクスターはニヤッと笑って、頭を振った。「しばらくつきあってくださいよ、ぼくは思うんだが——」

「なにをお思いか知りませんが、人違いをなさったことは確かですな。お話がサッパリわかりません。前にお目にかかったこともないし。失礼しました。さようなら」

小男は向きを変えて、階段をのぼりはじめた。アニクスターはそれを見おくった。自分の耳を信じることが出来なかった。つかの間、ボンヤリ小男を見おくったが、ムラムラと起った怒りと疑いが、その当惑をはらいのけた。彼は階段を駈けあがって、小男の腕をつかんだ。

「ちょっと待ってくれ。ぼくは酔ッぱらってはいたろうが、しかし——」

「それで話はハッキリするように思いますがな。手を放していただけませんか?」

アニクスターは自制して言った。「こいつはぼくが悪かった。でも、話はハッキリさせてくれたまえ。前にぼくに会ったことはないと言ったね。じゃァ、二十七日の——そう十時から真夜中ごろまでのあいだに、《キャサ・ハバナ》にはいなかったわけですか？　ぼくと一、二杯ひっかけもしなければ、そのときぼくの頭に浮かんだ戯曲のアイディアも、聞かなかった？」

小男はアニクスターを、じッと見つめた。

「申しあげたでしょう、前にあなたをお見かけしたことはありません、と」

「ぼくがタクシーにはねられるのも見なかった？」アニクスターはくちびるをふるわして、「帽子預りの娘に、こう言いもしなかったって言うのかい、『あのひとは友達じゃない。偶然いっしょにいただけだ』って？」

「なんのことやら、わたしにはサッパリわかりませんが」

小男はつっけんどんに言って、歩きだそうとしたが、アニクスターはまたその腕をつかんだ。

「君の私ごとは知りもしないし、知りたくもない」と、アニクスターは脅《おど》すように、「自動車事故にかかりあって、証言したくなかったのには、それ相応の理由があったんだろう。いまぼくにこんな振りをしてみせるのにも、それ相応の理由があるんだろう。そんなことは知りもしないし、かまったこっちゃァない。だが、君は知らない振りをしてるだけだ！　ぼくが芝居の話をしたのは、君なんだ！

「ぼくが君に話した通り、そのストーリーをもう一度、ぼくに話してもらいたい。わけがあるんだ――ぼくの、ぼくだけの個人的な理由がある。ストーリーを話してくれ――頼みはそれだけなんだ。君が誰であろうと、君のことなんかなんにも知りたいとは思わない。ただあのストーリーを話してもらいたいだけなんだ！」

「うかがったこともないのに、話せとは無理をおっしゃる」と、小男は言った。

アニクスターは爆発しかける心を、鉄のように押さえつけた。

「金かい？ ホールド・アップの真似事なのか？ 欲しいものを言ってくれ。あげようじゃないか。上演料をそっくりあげてもいい！ 金にならないなんて心配なら、御無用だ。自分の仕事はよく知ってるし、多分、恐らく――」ある考えがひらめいて、アニクスターは口走った。「君だって知ってるんじゃないか？ ええ？」

「あなたは気が変なのか、さもなければ、酔ッぱらってるんだ！」

小男はそう言って急に腕を振りはなすと、階段を駆けあがった。下に電車がごうごうと入ってきた。人びとが急いで階段をおりてくる。そのあいだを小男は異常なすばしこさで掻きわけて、たちまち見えなくなってしまった。

相手は体も小さく、身も軽いが、アニクスターは重いのだ。彼が路面へ達したときには、小男のすがたはどこにもなかった。彼は行ってしまったのだ。

おれの戯曲を盗もうって料簡なのか？　とアニクスターは考えた。とんでもないもののはずみで、あの小男、劇作家になろうという夢のような野心を、ふくれあがらせたのか？　多分、もう何年も、あてもない原稿を後生大事とかかえこんで、売りこみに歩いていたのではないか？　挫折と失敗の寄りあつまった暗闇の中に、目もくらむばかりの希望の光芒として、アニクスターの戯曲が彼の心をとらえたのだろう。夜が明けたら最後、二日酔い以外、自分に生みだせるものがあるなんて、思いもつかない酔いどれを、たまたま襲ったインスピレイション。そう見えたので、盗んでも大丈夫だろうと考えたのか？

こいつは、とんだお笑い草だ！　きっと皮肉な——アニクスターはそう思いながら、グラスを重ねた。六角メガネの小男にまかれて以来の、十五杯目だ。今夜、何軒のみあるいたか、勘定がつかなくなる地点に、近づきはじめている。けれど、それはまた、彼の気分がよくなって、精神が活動を開始する地点でもあったのだ。

シャックリをしながら、話してきかせているうちに、自分にもわかってきた戯曲のすばらしさ。それを小男がどう感じたか、想像もついた。

「こいつはおれのものだ！」と、小男は考えたに違いない。「頂かずんばあるべからずだ。この飲んだくれのおしゃべりは、朝になったらなにもかもわすれてしまうに違いない！　もっとしゃべれ！　もっとしゃべれ！　しゃべりつづけろ！」

朝になったら、アニクスターが戯曲のことなぞわすれてしまうだろう、と考えるとは、こいつもまた、お笑い草だ。ほかのことならわすれもしよう、どうでもいいことならば。だが、劇作家として必要なことは、どんな細かいことだって、これまでわすれたことはない。決してわすれたりするもんか！

一回だけは例外だ、あのときはタクシーにはねとばされたのだから。

アニクスターはグラスを重ねた。飲まなければいけない。彼は自信を取りもどしていた。記憶にあいた穴を埋めるべき六角メガネの小男など、どうでもよかった。小男は消えてしまったのだ。初めッから存在しなかったように、消えてしまったのだ。クソでもくらえだ！　記憶にあいた穴はアニクスターが自分で埋める。埋めなければならないのだ——なんとしてでも！

彼はまたグラスを重ねた。もうずいぶん飲んでいる。バアは込みあって、騒がしかったが、だれかが近づいてきて肩を叩くまで、彼は騒がしさなど気にもとめなかった。ランサムだった。

テーブルに両手をついて、体を支えながら、アニクスターは立ちあがった。

「ねえ、ビル、こういうのはどうだい？　アイディアをわすれた男がいる、いいね？　彼はそいつを取りもどしたい——取りもどさなけりゃならないんだ！　アイディアは内部から生れて、外部へ働きかけるものだ——ここは間違ってないね？　だから、彼は外部から手をつけて、内部へ働きかけようとする。どうだい、こういうのは？」

　彼はフラフラしながら、ランサムの顔をのぞきこんだ。

「まァ、少し飲めよ」と、ランサムは言った。「おれだって考えさせてもらわなけれァ」

「おれはもう考えたんだ！」アニクスターは帽子をクシャクシャに頭に乗せた。「また会おうぜ、ビル。やることが出来たからな」

　彼は足もとあぶなく、歩きだした、ドアに向って——彼のアパートへ向って。

　それからかれこれ二十分。彼のためにフラットのドアをあけたのは、召使いのジョゼフだった。アニクスターのラッチキイが、鍵穴のまわりをひっかいているあいだに、ジョゼフがドアをひらいたのだった。

「お帰りなさいまし、旦那さま」と、ジョゼフは言った。

　アニクスターは彼を見つめて、「今夜は家にいろなんて、言わなかったはずだぜ」

「別に出かけなければならぬ用もございませんでしたので」アニクスターが外套をぬぐ手つだいをしながら、ジョゼフは答えた。「ときにはわたくしも、静かに夜を楽しみたいと思うことがあるのでございます」

「出かけたほうがいいよ」と、アニクスターは言った。

「ありがとうございます、旦那さま。それでは買物でもしてまいりましょう」

アニクスターは大きな居間兼書斎に入って、自分で酌《つ》いで一杯のんだ。

戯曲の原稿がデスクの上に載っている。アニクスターは少しフラフラしながら、グラスを片手に眉をしかめて、乱雑に積まれた黄いろい原稿用紙を見おろした。だが、読みはじめようとはしなかった。ジョゼフが出て行ったあとに入り口のドアが閉る音を待ってから原稿と酒瓶とグラスとシガレット・ボックスをひとまとめにした。それをかかえて廊下に出ると、ジョゼフの部屋のドアに近づいた。

そのドアには内側にカンヌキがある。そして、このフラットの中でただひとつの、窓のない部屋なのだ――その二つの点で、アニクスターの必要とするところに、ピッタリの部屋だった。

あいているほうの手で、彼は電灯のスイッチをひねった。

質素な小さな部屋だった。寝台かけと古い籐椅子のクッションがどちらも青いろなのに気づいて、アニクスターはほくそ笑んだ。うまいじゃないか。さいさきよしだ。《青い部屋》ジェイムズ・アニクスター作――

ジョゼフはベッドに横になって、夕刊を読んでいたらしい。しわになった掛け布団の上に新聞がおかれ、枕がへこんでいた。ドアとは反対側の、ベッドの頭のほうには、小さなテーブルがおいてあって、その上に靴ブラシや雑巾が取りちらかしてあった。

そんなものを、アニクスターは床にはらいおとした。原稿と酒瓶とグラスとシガレット・ボックスとを、テーブルの上においてから部屋を横ぎって、ドアにカンヌキをかけに行った。それから籐椅子をテーブルのそばに引っぱり寄せて、タバコに火をつける。椅子に背をもたせかけ、タバコをくゆらしながら、自分の求める雰囲気に心をひたした——シンシィアの雰囲気だ。彼の戯曲に出てくる女。怖がっている女。密室に、窓のない部屋に鍵をかけ、カンヌキをかけて閉じこもるほど、怖がっている女の心の状態なのだ。

「彼女はこんなふうにすわっていた」と、アニクスターはひとりごちた。「おれがいますわっているように。部屋には窓はない。ドアには鍵がかかり、カンヌキがおりている。だが、彼は入ってきた。ナイフで彼女をやっつけた——部屋には窓はない。ドアには内側から鍵がかかり、カンヌキがおりたまま。彼はどのようにしてなしとげたか？」

 それをやれた方法が、ひとつあった。彼が、アニクスターが、その方法を考えたのだ。思いつき、考えをまとめ——そして、わすれてしまったのだ。その思いつきから、状況が構成された。その状況を計画的に再構成すれば、思いつきをとりもどすことが出来るだろう。自分の体を被害者のポジションにおけば、犯人の問題を心で把握することが出来るに違いない。

 静かだった。部屋の中には、いや、その部屋ばかりでなく、フラットぜんたいに、物音ひとつなかった。

長いあいだ、アニクスターは身動きもしなかった。緊張し集中した精神が揺れうごきだすまで、すわったまま身動きもしなかった。やがて、体の力をぬいた。ちょっと手のひらを額にあててから、酒瓶に手をのばした。強めの分量を乱暴に酌《つ》いだ。探しもとめていたものが、どうやら見つかりかけたのだ。手がかりは見つかったのに、どうしても入りこめない。

「あせっちゃいけない」と、彼は自分に言いきかせた。「落着くんだ。くつろいで、それから、もういっぺんやってみろ」

なにか気分を変えるものはないかと、あたりを見まわして、ジョゼフのベッドから新聞をとりあげた。

その目をとらえた最初の文字で、彼の心臓は停った。


女の死体には三カ所、ナイフの刺し傷があったが、そのどのひとつでも致命傷になったと見られる。部屋には窓はなく、唯一のドアにも内部から鍵がかかり、カンヌキがおろされていた。この厳重な警戒ぶりはいつものことで、彼女が執念ぶかい冷酷な喝《ゆす》り屋だったことは、警察にも知れわたっているが、そのため、つねに生命の危険を感じていたのである。

密室内で行われたということも例を見ないが、それは別としてもこんな長いあいだ犯罪が発見されなかったというのは問題で、死体の状態からくだした検屍官《けんしかん》の推定によれば、死後十二ないし十四日を経過している。

十二ないし十四日——

アニクスターは初めから記事を残らず読みかえすと、新聞が床に落ちるにまかせた。ドキドキと打つ血の音が、頭に重い。顔の色は灰いろだった。十二ないし十四日だって？　もっと正確に彼なら言える。十三日前の晩だった、密室内でどうやって女を殺すか、六角メガネの小男に、アニクスターは《キャサ・ハバナ》で、彼が話してきかせたのは。しばらくのあいだ、アニクスターは実に静かにすわっていた。それから酒をグラスに酌《つ》いだ。たくさん酌いだ。うんと飲まずにはいられなかった。奇妙な驚きと恐れの念を感じていた。

十三日前の晩、彼と小男とはおなじ境遇にあった。ふたりとも、おなじ女に振られたのだ。その結果、ひとりは殺人劇を思いつき、ひとりはそれを実演したのだ！

「そして、おれは今夜、あいつに上演料をやろうと申し出た！　これこそ本当の金儲けだと言ってやった！」

こいつはとんだお笑い草だ。この宇宙の金を残らずかきあつめたって、あの小男にアニクスターと会ったことを——密室の中でどうやって女を殺すか、という芝居のプロットを、アニクスターから聞いたことを、認めさせることは出来やしまい！

なぜならば、広い世界にただひとり、彼だけが、アニクスターだけが、あの小男を告発できる人物だから！　小男に話した殺人方法そのものは、わすれてしまって、警察に教えることが出来ないにしても、小男の手がかりを与えることは出来るのだ。警察が彼の身辺を洗えるように、人相を教えることは出来るのだ。洗いさえすれば、警察は死んだ女とのつながりを、否応なしに嗅ぎだせるだろう。

とすると、奇妙なことだが、あの六角メガネの、しかつめらしい青ざめた男にとって、彼こそ、アニクスターこそ、ただひとりの脅威、ただひとりの危険人物ということになる。もちろん小男は充分それを、承知しているはずだった。

《キャサ・ハバナ》のおもてで車に轢《ひ》かれた劇作家が、ただ「外傷」をうけただけだったことを、三面記事で読んだとき、彼は震えあがったに違いない。おなじ新聞にアニクスターの広告が出はじめたときには、もっと震えあがったに違いない。今夜、アニクスターに肩を叩かれたとき、彼はどんなふうに感じたろうか？

　異様な思いが、このときアニクスターの心をとらえた。

　今夜からまさしくこの日この夜から、小男にとって彼は危険な人間になったのだ。密室の殺人が発見されたという記事が、新聞に載った瞬間から、身のおきどころもない危険さを、小男は感じているに違いないから。記事は夕刊に載ったのだし、小男はそれを小わきに挟んでいた——

アニクスターの想像力は、生き生きとして豊かだった。

もちろん仮定としてのことだが、地下鉄の駅で、アニクスターが小男を見うしなったあのときに、実は小男は逆もどりして、彼の、アニクスターの、あとを尾《つ》けたのかも知れないのだ。

おまけにアニクスターは、ジョゼフを外へ出してしまった。彼はいまフラットの中にひとりぼっちだ——窓のない部屋に、背後のドアには内側から鍵をかけ、カンヌキをかけて、ひとりぼっちだ。その思いが、しだいにアニクスターの心を占める。

突然、彼は氷のような、もの狂おしい恐怖を感じた。

アニクスターは半ば立ちあがった。

だが、すでに遅い。

遅かった。なぜならば、そのとき薄い、鋭い、デリケートなナイフの刃が、背後から肋骨のあいだに、ズブリとすべりこんでいたからだ。

アニクスターの頭はユックリと前に垂れ、頬が戯曲の原稿に触れた。

彼はただ、かすかな声を——奇妙な、不明瞭な声を、立てただけであった。

だが、それが一種の笑い声であることは、明らかだった。

アニクスターは、思い出したのである。

気になる話

ヒギンボタム氏の災難

N・ホーソーン
竹村和子訳

煙草の行商をしているひとりの若者が、モリスタウンの町でシェイカー教徒［キリスト教クエーカーの一派。ニューヨークを拠点に東部沿岸地域に設立されたキリストの再臨を信奉する教団］たちの部落の執事相手に大口の商いをすませたあと、サーモン川沿いのパーカーズ・フォールズ村に向かっていた。若者は小奇麗な、緑色のペンキを塗った小型の荷馬車をもっていた。荷馬車の両側には葉巻の箱の絵が、後部にはパイプと金色の煙草の茎を手にしたインディアンの酋長《しゅうちょう》の絵が描かれていた。生きのいい雌馬をあやつっているこの行商人は、商売にかけては目先がきいて損はしないが、そうかといってヤンキーに嫌われるわけでもない、なかなかの好青年だった。ヤンキーというものは、かれら自身に言わせれば、どうせペテン師に髭を剃り落とされるなら、なまくら刀でぞりぞりやられるよりも、切れ味のいい剃刀でさっとやってくれという輩《やから》だそうだ。若者はわけてもコネティカット川流域のきれいな娘たちに人気があった。ニューイングランド地方一帯の田舎娘ならまずたいていはパイプ煙草の愛用者だということを知っていたから、持ち合わせの煙草のなかでも極上品をふるまっては娘たちの歓心をかっていたのである。さらにこれからお話しするにつれておわかりのように、この行商人は聞きたがり屋のおしゃべり屋で、しじゅう変わった話を聞きたくてうずうずし、聞いたことはかならずだれかに話さずにはいられないたちだった。

　モリスタウンで早めの朝食をすませたあと、煙草の行商人ドミニカス・パイクは、自分と葦毛《あしげ》〔馬の毛色の名。白い毛に、黒、その他の色の毛が混じっているもの〕の雌馬のほかはしゃべる相手もいない寂しい森をひとつぬけて、七マイルほどの道のりをやってきた。そろそろ七時になろうかという頃合で、町の商人なら朝刊を読みたくなるように、かれも朝のうわさ話をしたいものだと心待ちにしていた。丘のふもとに緑の荷馬車をとめ、天日《てんぴ》レンズをつかって葉巻に火をつけたあと、ひょいと見上げると、ありがたいことに、ひとりの男が丘の上に姿を現わした。ドミニカスは下りてくる男をじっと見守った。男は肩にかついだ棒のさきに包みをひっかけ、疲れてはいるがしっかりした足取りでやってきた。その歩きぶりは、どうやらすがすがしい朝の大気のなかを旅立ってきたというより、むしろ夜っぴて歩きつめ、さらにきょう一日もただただ歩きつづけるつもりといったふうだ。

「おはよう、大将」話のできるところまで男が近づいてきたとき、ドミニカスは声をかけた。「だいぶお歩きのご様子だね。パーカーズ・フォールズの最新ニュースはなんですかい」

　男は灰色の帽子の幅ひろのふちをぐいと下げて顔を隠すと、自分はパーカーズ・フォールズから来たわけではないとかなりぶっきらぼうに答えた。行商人はきょうの落ち着く先がそこだったから、ついそう聞いたまでのことだった。

「そりゃどうも。なら、おまえさんが来たところのいちばん新しい話を聞こうじゃないか。なにもパーカーズ・フォールズでなきゃいけないってわけでもなし。どこだって構やしないんだよ」とドミニカス・パイクは食い下がった。

こうしつこくせがまれてはさしもの旅人も——寂しい森で出くわすほうが似つかわしいおっかない顔つきの男だったが——さてなにか話はあったものかと記憶をさぐるような、あるいは語るのが得策かどうか思案しているような、しばらくためらったようすでいた。そしてついに荷馬車の踏み段に足をかけると、ほかに聞く者などいないのだから大声を出してもよさそうなものを、そっとドミニカスの耳元にささやくのだった。

「そういえば、ごくつまらない話なんだが」と男は言った。「キンバルトンでヒギンボタムというじいさんが、ゆうべの八時に、自分とこの果樹園でアイルランド人と黒人に殺されたよ。やつらは、そこなら朝まで見つかるまいと、聖ミカエル［ユダヤ教、キリスト教、イスラム教の天使の名］梨の木に吊るしやがった」

この恐ろしい話を告げると、見知らぬ男はまえにもまして足早に先を急いだ。スペイン葉巻でもやりながら詳しい話の顚末《てんまつ》を聞かせてもらえまいかと、いくらドミニカスが頼んでも、男はもう振り向きもしなかった。行商人は口笛を鳴らして愛馬に合図を送ると、ヒギンボタム氏の痛ましい最期に思いを馳せながら丘をのぼっていった。じいさんは商売のうえでの顔見知りで、以前に葉巻を何束も、そして撚《よ》り煙草や嚙み煙草、屑煙草もかなりたくさん売ったことがあったのだ。それにしても事件の伝わる速さにかれは驚いた。キンバルトンといえば直線距離にして六十マイルはある。犯人たちがじいさんを殺したのは、まだほんの昨夜の八時のことだ。ところが今朝の七時にはもう自分の耳にまでとどいている。七時といえば、かわいそうなヒギンボタム氏の身内のものが聖ミカエル梨の木に吊るされた死体をやっと発見したばかりという頃だ。となれば、てくてく歩いていたあのどこかの馬のほね、一歩二十マイルの長靴でもはいていないことには計算が合わぬ。

「しかし悪事千里を走るのたとえもあるか」とドミニカスは考えた。「それにしても鉄道だってかないっこない。まあ、あんなやつはいずれ大統領の信書をはこぶ特使にでも雇われりゃいいんだ」

男が事件の日を一日まちがえたのだということにして、この謎にけりをつけると、われらの友人は気後れすることなく、街道筋にある宿屋という宿屋、雑貨屋という雑貨屋に立ち寄ってはこの話を披露した。おっかなびっくりに話をきいてくれる者は少なく見積もっても二十人は超えていただろうか。話しながらスペイン産の上等葉巻をプカプカやっているうち、いつの間にか一束全部、なくなっていた。聴衆はみなこの話が初耳だったらしく、かれは質問攻めにあって、話の穴を埋めないわけにはゆかなくなった。おかげでそのうちに、たいそうな物語にまでふくれあがってしまった。さらに断片的ながら、事件を証明するこんな証拠も手に入れた。ヒギンボタム氏は商人だった。ドミニカスから事の顚末を聞いたもののなかに、以前、ヒギンボタム氏のところで働いていた店員がいた。かれの証言によれば、旦那さんはいつも夕暮れどきに、店の金と手形をポケットにつめ、果樹園をとおって家路につくということだ。店員はヒギンボタム氏の悲劇のことを聞いても、ほとんど悲しむ素振りをみせなかった。そしてヒギンボタム氏が気むずかしい老人で、握ったものは放さない吝嗇家《りんしょくか》だったということをほのめかした。確かにこれは行商人も商売を通じて気づいていたことだった。さらに、氏の財産は、現在キンバルトンで子供たちを集めて学校をひらいている可愛らしい姪のものになるだろうと語った。

みんなのためには事件を話してやらねばならず、自分のためには商売をしなければならないしで、ドミニカスはかなり道草をくってしまった。そこでパーカーズ・フォールズの手前五マイルあたりで宿をとることにした。夕食後、とっておきの葉巻に火をつけて宿の酒場に腰をおろすと、例の殺人事件をひとくさり披露した。話は急成長をとげていたので、たっぷり半時間かかった。酒場には二十人ものひとがいたが、ほとんどのひとはこの話をつゆほども疑わなかった。ところがひとりだけ、少しまえに馬で到着し、いまは片隅に腰をおろしてパイプをくゆらせている年配の農夫がいた。農夫は話がおわると、やおら立ちあがり、椅子をドミニカスの真正面に運ぶと、これまで嗅いだことのないような毒々しい安物煙草を吹かしながら、行商人の顔をじっと見つめた。

「おまえさんの話に嘘いつわりはないな」と田舎の裁判官が訊問するような調子で聞いてきた。「キンバルトンの老地主、ヒギンボタム氏がかれの果樹園で一昨夜、殺害され、昨日の朝、梨の大木に吊るされているのが見つかったと、おまえは誓うのかね」

「おいらは聞いたことをお話してるんでさあ」と答えながら、ドミニカスは吸いさしの葉巻を手からとり落とした。「その現場を見たって言ってるんじゃありませんよ。だから、たしかにこんなふうに殺されたなんて誓えるもんじゃない」

「だがわしなら誓える」と農夫は言った。「もしヒギンボタムの旦那がおとといの晩に殺されたというのなら、わしは今朝、旦那の幽霊といっしょに酒を一杯飲んだことになりますとな。旦那の住まいはわしの近くでな。馬で通りかかると、店のなかからわしを呼びとめて、一杯おごってくれた。それから旅先でのちょっとした仕事を頼まれたってわけさ。わし同様、旦那もまさか自分が殺されているとはご存じない様子だったがね」

「なんだって。それじゃこの話はなかったことになるじゃないか」とドミニカス・パイクは叫んだ。

「あったことなら旦那もそう言ったと思うがね」と言って、その年とった農夫は椅子をもとのところに戻すと、すっかりしょげかえったドミニカスにはもう目もくれなかった。

悲しいことに、ここにヒギンボタム氏は再び生き返ったのだ！　行商人はもはやまわりのひとと話す気にもならず、なぐさめにジンの水割を一杯やって床についた。そしてその晩は、自分が聖ミカエル梨の木に吊るされる夢にうなされた。あの農夫には会いたくなかったので（ヒギンボタム氏よりもいっそかれが吊るされたほうがどんなによかったかと思うほど、うとましかった）、ドミニカスは夜の明けやらぬうちに起きだすと、緑の荷馬車に愛馬をつなぎ、パーカーズ・フォールズ村めざして一目散に走りだした。すがすがしいそよ風、朝露のおりた道、気持のよい夏の夜明け、それらがかれの心に生気をよみがえらせた。もし誰か起きて聞いてくれるものがあれば、もう一度あの話を話したい気にもなった。だが牛車にも、軽荷車にも、駅伝馬車にも、馬に乗った旅人にも、徒歩で歩いている人にも出くわさなかった。しかしとうとうサーモン川をわたっていたときである。橋の向こうから、肩にかついだ棒のさきに荷物をさげて、ひとりの男がとぼとぼとやってきた。

「おはよう、大将」と、手綱をひきながら行商人は声をかけた。「キンバルトンかそこいら辺からおいでのようだったら、どうかヒギンボタムじいさんの件についてありのままを教えてもらえますまいか。あのじいさんは本当に、二、三日まえの夜、アイルランド人と黒人に殺されたんですかい」

ドミニカスはあんまりせきこんで言ったので、その旅人に黒人の血がまじっていることに最初、気づかなかった。混血の男はだしぬけにそう聞かれて、黄褐色の顔色が紙のように白く変わったようにみえた。男はぶるぶる震え、吃《ども》りながら、こう答えた――

「ち、ちがう！　黒人なんか、いなかった。昨晩、八時にじいさんを吊るしたのは、アイルランド人なんだ。おれは、七時には、そこを離れているんだ。家のものがもう果樹園でじいさんを探しているなんて、考えられない」

　黄褐色の顔をした男はそれだけ言って口をつぐむと、くたくたに疲れきった様子だったにもかかわらず急いで歩きはじめた。その早いことといったら、行商人の馬でも速足でやっと追いつけるほどだった。ドミニカスは唖然《あぜん》としながら男の後ろ姿をじっと見つめていた。殺人が火曜の夜以降なら、火曜の朝に事細かにそれを予言した最初の男はいったい何者なのか。いまの混血は、哀れなじいさんが吊るされるまえにキンバルトンをあとにしたと言うが、家族でさえまだ死体を発見していないときに、三十マイル以上も遠く離れたここにいてじいさんが果樹園で吊るされていることをどうして知っているのか。こうしたわけのわからない状況にくわえて、旅人があまりにも恐れ、おののいていたため、ドミニカスは殺人の共犯者だと大声で叫びながらその男を追いかけようかと思った。というのも、事件が起こったのは本当だという気がしたからだ。

「しかしあんな悪党のことは放っておこう」と行商人は考えた。「黒人とかかわりあいになって恨《うら》みをかうなんて、まっぴらだ。それに黒人を縛り首にしたところで、ヒギンボタム氏の首が元どおりになるわけじゃない。じいさんの首が元どおりになる！　罪になることぐらいわかっている。だけど、じいさんがもういっぺん生き返って、またおいらが嘘をついたことになるなんて、金輪際ご免だ」

こういったことをあれこれ考えているうちに、ドミニカス・パイクはパーカーズ・フォールズの大通りへと入っていた。パーカーズ・フォールズはよく知られているように、三軒の綿工場と一軒の鉄工所があればかくやと思えるほど栄えている村である。工場の機械はまだ動いていなかったし、店も、二、三軒しか開いていなかった。かれは宿屋の厩《うまや》で馬をおりると、まず愛馬のために四クォートの燕麦《えんばく》を注文した。次なる仕事はもちろん、ヒギンボタム氏の災難のことを馬丁《ばてい》の耳に吹き込むことだった。しかし悲しい事件がおこった日時についてはあまり決定的なことを言わず、また犯人がアイルランド人と、混血のふたりなのか、それともアイルランド人ひとりだけなのかについてもぼかしておくことにした。さらに自分が見た話とも、見たひとから直接耳うちされた話とも言わなかった。ただひろく広まっているうわさとだけ語った。

話は樹皮をはぎとってカラカラに乾いた木々に火がつくように、あっという間に村中に広まり、みんなのうわさの的となった。その話がどこから出たのか、もう誰にもわからなかった。ヒギンボタム氏はこの村の住人でこそなかったが、村の鉄工所の所有者のひとりだったし、綿工場の大口株主にもなっていたので、ここではよく知られた人物だったのだ。住民はみな、自分たちの繁栄が氏の運命にかかわりがあると感じた。村中が興奮した。パーカーズ・フォールズ・ガゼット紙は発行日を繰り上げてまで、このニュースを報じた。そのため紙面は半分、白紙を残したままだった。活字には十二ポイントの、しかも大文字活字がつかわれた。見出しは**ヒギンボタム氏、無残にも殺害されるで**あった。恐ろしい顛末が細々と報じられた。なかには、故人の首に巻きついている縄の跡の克明な描写もあれば、盗まれた金額が千ドルにものぼるという言及もあった。伯父さんが聖ミカエル梨の木に吊るされ、ポケットを空にされているのを発見されて以来、何度も気絶したという氏の姪の悲嘆についても、哀れを誘う記事が書かれた。村の詩人もまた、若い婦人の哀しみを十七連からなるバラッドに歌った。村会議員の連中は会議を開き、生前ヒギンボタム氏が村に貢献してくれたことのお返しに何をしたらいいかを協議し、殺人者を捕まえ、盗まれた金を取り戻した者には五百ドルの賞金をつけるというビラを配ることを決定した。

その間、パーカーズ・フォールズの村の人たちは、商店主も下宿屋のおかみも、工場の女工さんも工員も、学校の生徒たちもみんな通りに走りでて、かしましくおしゃべりを続けた。この日、紡績工場は故人に敬意を表して休業していたが、村の人々の喧噪《けんそう》は、紡績機の静けさを埋め合わせてなお余りあるものだった。もしヒギンボタム氏が死後の名声に関心を持っていたなら、非業の死をとげたかれの幽霊はこの騒ぎを知って、狂喜乱舞したことだろう。われらの友人ドミニカスはいまや鼻高々で、最初に用心しようと心がけていたことなどすっかり忘れてしまい、村の水道ポンプによじのぼると、自分こそ、嘘いつわりのない情報の出どころで、この素晴らしい騒ぎの火付け役なのだと公言した。かれはすぐさま時の人となって、またはじめから話すことになった。まるで巡業説教師のような口ぶりだった。ちょうどそのとき、郵便馬車が町の通りにさしかかった。その馬車は一晩中走り続けたために、今朝の三時にキンバルトンで馬を替えたはずだった。

「これで、詳しい話が聞けるぞ」と、群衆は叫んだ。

馬車は宿屋の中庭へガラガラと車の音を響かせながら入ってきた。そのうしろには、千人もの群衆がつづいていた。というのも、たとえ自分の仕事のほうが気になっていたひとがいたとしても、いまや完全にのぼせあがって、仕事のことなどどうでもよくなり、なによりもニュースが聞きたいと思うからであった。群衆の先頭にいた行商人は馬車のなかに乗客をふたり見つけた。ふたりとも心地よい居眠りから起こされ、まわりを群衆が取り囲んでいるのをみてびっくりした。口々に別々の質問を浴びせかけられ、それがまた同時におそいかかってきたので、ひとりは弁護士で、もうひとりは若い婦人だったにもかかわらず、ふたりとも唖者《あしゃ》のようにだまりこんでしまった。

「ヒギンボタム氏だよ！　ヒギンボタム氏だよ！　ヒギンボタムのじいさんの詳しいことを話してくれ！」群衆はほえたてた。「検視官の意見はどうなんだ。殺人者は捕まったのか。ヒギンボタム氏の姪っ子は気絶からさめたのか。ヒギンボタム氏だよ！　ヒギンボタム氏だよ！」

御者は新しい馬はまだかと、馬丁に悪態をついたほかは、一言もしゃべらなかった。なかに乗っている弁護士は眠っているときでさえなかなか頭がしっかりしている男なので、この興奮状態の原因がわかると、まず、おもむろに赤い大きな手帳をとりだした。そのあいだにドミニカス・パイクは、若い婦人のほうに手をかして馬車から降ろしてやった。もともと親切な若者だったうえに、女の舌も弁護士の舌と同じようによくまわって、この話をしてくれるだろうとふんだのだった。彼女は身なりのきちんとした美しい娘で、いまやすっかり目を覚まし、晴れやかな顔をして、愛らしい口元をみせていた。ドミニカスは彼女の口から殺人の話ではなく、恋の物語を聞けたらいいのにと残念に思ったほどだ。

「みなさん」と、弁護士は商店主や工員、女工さんにむかって話しはじめた。「わたしは、わけのわからない間違いのために、いやおそらくはヒギンボタム氏の信用を疵つけようとたくらむ故意の嘘のために、この尋常ならざる騒ぎが持ち上がったのだと確信いたします。われわれは今朝の三時にキンバルトンを通りすぎました。したがって、もしも殺人がおこっていたら、かならずやそのことを耳にしたはずです。それにわたしは、ヒギンボタム氏が殺害されていないことに対して、かれ自身の口述証言といってもいいほどの強力な証拠をもっています。ここに手紙があります。これはコネティカットの法廷におけるかれの訴訟事件についてしたためているものです。当の本人から受け取りました。日付は昨夜の十時です」

そう語りながら弁護士は、手紙の日付と署名をみせた。これらの証拠は、このひねくれ者のヒギンボタム氏が手紙を書いたとき生きていたことを、はっきりと疑問の余地なく証明しているのであった。だがなかには、これはむしろ、ヒギンボタム氏が死んだあとでも訴訟を続けるガリガリ亡者だということの証明だととった方がいいと思うひともいた。しかし、予想もしてなかった証拠が次に現われた。若い婦人は行商人の説明を聞くと、さっと衣裳を直し、髪を整えるとすぐに、宿屋の玄関に立って、どうか話をきいてくださいとしとやかに合図した。

「みなさん、わたしはヒギンボタム氏の姪です」そう彼女は言った。

彼女の明るく快活な様子をみて、人々のあいだにびっくりしたような呟きがもれていった。パーカーズ・フォールズ・ガゼット紙によれば気絶して生死の境をさまよっているはずの不幸な姪と、この若い婦人が同一人物とは。しかしうがった物の見方をする連中のなかには、金持ちで年寄りの伯父さんが吊るされたぐらいで若い娘がそんなにとり乱すものかどうか、怪しいものだと思っていたひとも何人かいた。

ミス・ヒギンボタムはにこやかに言った。「おわかりのように、この奇妙な話はわたしのことに関するかぎりまったく根拠のないことです。そしておなじことはヒギンボタム伯父にも言えると信じています。伯父は親切にも、わたしを自宅に住まわせてくれています。教師をして自分で生活していけますのに。今朝わたしはキンバルトンを発《た》ちました。パーカーズ・フォールズから五マイルほど離れたところにいる友人と卒業式前後の一週間の休暇を過ごすつもりでしたから。気前のいい伯父はわたしが階段をおりる音を聞くと、ベッドのそばへ呼びよせ、馬車賃にするようにと二ドル五十セント、そのうえまさかのときの出費にと一ドルくれました。そして枕のしたに財布をいれて、さよならの握手をしながら、道中の朝御飯がわりに、バッグにビスケットをいれていくように言ってくれました。ですから、家を出たときにはわたしの大好きな伯父は確かに生きていましたし、帰っても絶対に死んでなどいないと思います」

その若い婦人はこう語ったあと、しとやかにお辞儀した。彼女の話は筋がとおっていたし、ことば使いもていねいで、品がよかったため、だれもが彼女こそ、州で一番りっぱな学校の先生になるのにふさわしいひとだと思った。けれどもまったく事情を知らないひとなら、ヒギンボタム氏はパーカーズ・フォールズの嫌われ者で、殺されたから感謝の祈りが捧げられているのだと思ったことだろう。それほど、このニュースがまちがいであったことを知ったときの住人の怒りはすさまじかった。工員たちはドミニカス・パイクにたっぷり礼をしてもらうことに決めた。ただその方法は、全身にタールを塗って羽をうえつけてやるのがいいか、横木にまたがらせて村から追い出してやるのがいいか、自分こそこの話を最初に知らせた人物だと公言したあの水道ポンプから、清めの水を浴びせかけてやるのがいいか、まだ決めかねていた。議員連中は弁護士の助言をいれて、根拠のないうわさをひろめ町の平和を著しく攪乱《こうらん》したことに対し、かれを軽犯罪で告訴することを話し合った。群衆のリンチや法廷からかれを救ってくれたものは何ひとつなかった。だがあの若い婦人だけは、激怒する人々をことば巧みになだめ、かれをかばってくれたのだった。ドミニカスはこの恩人に心からなる感謝のことばを数言述べると、緑の荷馬車にとびのって、学童たちが投げる泥つぶての弾丸のなかを、村から逃げだした。弾丸は手近のぬかるみや溝のなかにいくらでもあった。ドミニカスがヒギンボタム氏の姪と一目見かわそうと振り向いたとき、その即席だんごの泥の固まりが、かれの口にぴしゃりと命中し、見るもおぞましい顔になってしまった。全身にもおなじように泥の固まりを投げつけられ、汚れに汚れたかれは、引き返して、さっき脅かされた水道ポンプの清めの水でもかけてくれと、もうすこしで頼みたい気持になっていた。それというのも、まさか親切で水を浴びせかけてくれるわけではないが、今となってはそれさえ慈悲のある行為のように思えたのだ。

けれども、陽の光がこのあわれなドミニカスのうえにさんさんとふりそそぐので、不当にうけた汚名の泥肩章《どろけんしょう》も、乾いてくるとたやすくはぎとれるようになっていった。もともとおどけ者であったから、かれの心はすぐに明るくなって、自分がまきおこした騒ぎに腹をかかえて笑わずにはいられなかった。議員たちのつくったビラのせいで、この州の浮浪者という浮浪者は牢に入ることになるだろう。パーカーズ・フォールズ・ガゼット紙の記事は、北はメイン州から南はフロリダ州まで増刷され、ついにはロンドンの新聞に載るかもしれない。ヒギンボタム氏の災難を知れば、世の守銭奴連中は財布と命が心配で、気もそぞろになるだろう。行商人はあの魅力的な若い女の先生のうえにも、熱い想いをはせた。彼女はパーカーズ・フォールズの怒り狂った連中からかれを守ってくれた。弁舌といい姿といい、ダニエル・ウエブスターでもあのときの天使のごときミス・ヒギンボタムにはかなわないだろう。

ドミニカスは今やキンバルトンへ向かう街道にはいっていた。商売の都合上、モリスタウンからまっすぐこちらへは来られなかったが、ぜひともあの場所を訪ねてみたいと思っていたのだった。殺人があったとおぼしき場所に近づいていく途中、かれはそのもようをあれこれと思いめぐらした。そして状況全体があたまのなかに浮かびあがったとたん、ギョッとした。最初の旅人の話を裏付けるものがその後なにも起こらなければ、ばかなほら話と片づけられたかもしれない。しかし黄褐色の男はあきらかにその話、あるいはその事実を、知っていたのだ。しかもいきなり尋ねられて、おろおろしたような、後ろめたいようなそぶりを見せたことも謎だ。この奇妙な偶然の一致にくわえて、うわさはヒギンボタム氏の性格や習慣ともぴったり合う。かれは自分の所有する果樹園の聖ミカエル梨の木のそばを、いつも日暮れ時に通るのだ。状況証拠があまりにも強いので、弁護士がとりだした署名や、あるいは姪自身の直接の証言さえ、それと同じくらいの信憑性があるものかどうかドミニカスには怪しくなってきた。道すがら注意深くあれこれ聞いてまわるうちに、行商人はさらにつぎのことも知った。ヒギンボタム氏は金を惜しんで、素性のわからない怪しいアイルランド人を雇ったそうだ。

さびしい丘の上にやってきたとき、ドミニカスは大声で叫んだ。「ヒギンボタムじいさんが吊るされてないなんて信じるものか、この目でじいさんを見、じいさんの口から事情をきかないうちはな。それぐらいなら、おいらが吊るされてやる。それに、じいさんは正真正銘のペテン師なんだから、牧師かだれかりっぱな人に裏付けしてもらおう」キンバルトンの村から四分の一マイルほど手前にあるキンバルトン街道ぞいの通行税徴収所にたどりついたときには、日は暮れかかっていた。行商人の愛馬は、馬にのって前を行く男にだんだん追いついていた。男は十数ヤード先の通行税徴収所を通りすぎるとき、役人のほうへかるく頭を下げて合図し、また村へむかって進んでいった。ドミニカスは役人と顔見知りだったので、役人は釣銭をわたしながら、いつものように天気の挨拶をかわした。

行商人は愛馬の横腹に笞《むち》を軽くあてようと、振りかざして、「えーと、この一日か二日のあいだにヒギンボタムじいさんの姿は見かけなかっただろうね」と、尋ねた。

通行税の役人は答えた。「いいや見かけたよ。おまえさんが来るほんの少しまえにこの門を通っていったんだ。闇をすかしてみれば、馬にのって帰っていくのが見えるだろう。ウッドフィールドの強制競売にでようと、今日の午後、そこへ出かけてたんだよ。じいさんはいつもは握手をして、二、三言、ことばをかけていくんだが、今夜は、「通行税はつけといてくれ」と言ったつもりなのかちょっと頭をさげただけで、とぼとぼ行ってしまった。それというのも、いつ出かけても、かならず八時までには家へ帰ってなきゃいけないからさ」

「そうだってね」とドミニカスは言った。

役人は続けて言った。「今日の旦那みたいに陰気くさくて、影のうすいひとを見たことがないよ。だから、じいさんは血のかよった人間じゃなくて、幽霊かミイラみたいだと、こころのなかで思っていたところさ」

行商人が宵闇せまるなかをじっと目を凝らして見つめると、村へ通じる道の、ずっと向こうのほうに、ひとりの馬にのった男がいるのが見えた。たぶんかれの見たのはヒギンボタム氏の後ろ姿だったのだろう。しかし、夕闇と馬がたてる土埃《つちぼこり》のため、その姿はぼんやりとして、現実味がなかった。そのおぼろげな老人の姿かたちは、日暮れ時の薄暗い光と闇がつくりだした影絵のようにみえたのだった。ドミニカスの背筋に、ゾッと戦慄《せんりつ》が走った。

「ヒギンボタムじいさんはキンバルトンの街道をとおって、あの世から帰ってきたんだ」とかれは思った。

かれは手綱をあやつって、その灰色の老爺《ろうや》の影に近づきもせず、離れもしないよう馬を進めた。そうしているうち、影は道の角をまがって隠れてしまった。その角にたどりついたとき、もうじいさんのすがたはなくなっていた。しかしそこが村の入口だということはわかった。そんなに遠くないところに店がたくさん軒《のき》をつらね、旅館も二軒ほど見えていたからだった。中心には教会の尖塔がたっていた。行商人の左手には植林地との境になっている塀と門があり、その向こうに果樹園、さらに向こうに牧草地、一番はしには家が一軒たっていた。これらすべてはヒギンボタム氏の所有だった。かれの家はもともと旧街道沿いにあったのだが、キンバルトンの新しい街道ができたせいで後ろにひっこんでしまったのだ。ドミニカスはこの場所がわかった。そして馬もまた急に、本能的にとまった。というのもかれは手綱を引いた覚えなどなかったからだった。

震えながらかれは言った。「この門をとおり過ごして行ってしまうなんてことは、おいらにはできない。ヒギンボタム氏が聖ミカエル梨の木に吊るされているかどうかこの目で見ないことには、二度と一人前の男に戻れないんだからな」

かれは馬車からとびおりると、手綱を門の柱にくくりつけ、まるで悪魔にでも追いかけられているかのように、一目散に植林地の草深い小道を駆けていった。ちょうどそのとき、村の時計が八時を打った。時を告げる低い鐘の音がひとつ、またひとつと鳴るごとに、かれはそれまでにもまして土を蹴り、それまでにもまして全速力で走った。やがて人っこひとりいない果樹園のまんなかに、あの呪われた梨の木が生えているのを目にした。ごつごつした老木からは、一本の大枝が小道の上にはりだして、その一点に暗い暗い影を落としていた。だがその大枝の下の暗闇では、何者かが争っているように思えた。

行商人は自分の呑気《のんき》な職業に見合う以上の勇気があるなどとそれまで思ったことはなかったし、この恐ろしい事態にどうやって胆力を出せたか、皆目わからなかった。しかし、まさにたしかに、かれは飛びかかると、屈強のアイルランド人を笞の柄でねじふせて、そこにあのヒギンボタムじいさん当人を見つけたのだった！　聖ミカエル梨の木に吊りさげられてこそいないものの、首に縄を巻きつけられたまま梨の木のしたで震えているじいさんを！

ドミニカスはびくびくしながら尋ねた。「ヒギンボタムさん、旦那は正直者だから、おいらは旦那の言うことを信じます。旦那は首を吊るされたんですかい」

この謎をまだよくのみこめない方でも、二、三言、説明すれば、「来るべき未来の事柄」がなぜ「そのまえに影を落としていたか」ということの、単純なからくりがわかっていただけると思う。三人の男がヒギンボタム氏の強盗、殺害を計画した。そのうちのふたりは次々と怖じ気づいて、逃げ出してしまった。そのため殺害が一日、また一日と遅れ、三人のうちの最後に残ったひとりが実行していたとき、昔の騎士物語に登場する英雄のように、突如として勇士が現われたのだった。わけもわからず不可解な運命の声に導かれた勇士、その名もドミニカス・パイクが。

あとはこれだけ付けくわえれば事足りるだろう。ヒギンボタム氏は行商人を手厚くもてなし、器量よしの女教師に求婚したときもこれを認め、全財産をかれらの子供たちに残し、かれらには利子を与えることに決めたのだった。やがて時がきて、この老人は安らかな大往生を遂げ、それによってドミニカスに対する好意の最後を華々しく飾った。それというのも、この暗い出来事のあと、ドミニカス・パイクはキンバルトンを去って、わたしの生まれ故郷の村に大きい煙草工場を建てたからだ。

茶わんのなか

小泉八雲
平井呈一訳

諸君はこれまでに、どこかの古い塔か何かの、どんづまりは何もないただのクモの巣だらけの、どっち向いてもまっ暗がりなかの急な階段を登ってみようとしたことがあるだろうか。あるいは、どこか断崖を切り開いた海ぞいの道を歩いて行って、もうひと足曲るとそこはもう絶壁になっているようなところへひょっこり出たとか、そんな経験をされたことがおありだろうか。そういうときの経験の感情的価値というものは、これを文学的見地からみると、そのとき呼びおこされた感動の強烈さと、その感動の記憶の鮮かさとによって、その価値が決定されるものだ。

ところで、日本のある古い物語の本のなかに、めずらしいことにそれとまったく同じような感情的経験を覚えさせる、小説の切れはしが残っている。……これはおそらく、それを書いた作者がものぐさであったか、それとも版元と喧嘩でもしたか、あるいは、何かのひょうしに机の前から呼ばれて、そのままそこへ再びもどらずにしまったか、さもなくば、文章の中途で、不慮の死のために筆を中絶したかしたものなのだろうが、いずれにしても、その物語がなぜ未完のままになっているのか、その理由はだれにもわかっていない。わたくしは、ここに、その代表的な例をひとつ選んでみた。

＊

元和《げんな》三年一月四日、といえば、今からざっと二百二十年ばかり前のことである。中川《なかがわ》佐渡守《さどのかみ》という大名が、供まわりの者をつれて、年頭の回礼に出たみちすがら、江戸は本《ほん》郷白山《ごうはくさん》［現在の東京都文京区］あたりの、とある茶店に立ち寄った。一同が茶店で休んでいるうちに、佐渡の家来で、名を関内《せきない》と呼ぶ若党が、たいそうのどが乾いたので、大きな茶のみ茶わんに手ずから茶を一ぱい汲んだ。さて、茶わんを手にとりあげて、ふと関内がなにげなく茶わんのなかを見ると、透きとおった黄いろい茶のなかに、自分の顔でない顔がうつっている。驚いて、関内はあたりを見まわした。が、自分のそばにはだれもいない。茶わんのなかにあらわれた顔は、髪かたちから見ると、どうやら若い侍のようである。ふしぎなことにその顔がいかにもありありとしていて、しかもなかなかの美男である。顔だちが女のようにやさしい。どうも生きている面輪《おもわ》のようである。その証拠には、両眼やくちびるがうごいている。怪しいものがあらわれたのに、関内は眉に唾でもつけたい心持で、その茶を捨てると、茶わんのなかをしさいに改めてみた。茶わんは、べつだん手のこんだ絵柄や模様などのついていない、ごくの安茶わんである。関内は、有り合う［ありあわせの］べつの茶わんをとって、もういちど茶を汲みかえた。すると、その茶のなかにも、やはりさいぜんの顔があらわれているのである。そこで関内は、こんどは茶を新規に淹《い》れかえてもらって、そしてその茶を茶わんについでみた。すると、見おぼえのない不思議な顔は、やはりその茶のなかにも現われている。しかも、こんどは何やら愚弄するような笑みを浮かべているのである。関内は、それでもじっと怺《こら》えて驚かずにいた。「何奴《なにやつ》かは知らぬが、もうその手には乗らぬぞ」関内は、そうつぶやくように口のうちでいうと、その茶を、顔ぐるみぐっと飲み干して、それから出かけた。みちみち、なんだか幽霊を一人嚥《の》み下してしまったような気がしないでもなかった。

おなじ日の宵の口のことである。関内が中川の屋敷の詰所に詰めていると、ふいにそこへ、見も知らぬひとりの客が、音も立てずにすっとへやのなかへはいってきたのに、関内はぎょっとした。客はりっぱな身なりをした若い侍である。それが関内の前にぴたりと坐ると、軽く辞儀をしてから、こういうのである。

「身ども［自分（たち）をさす語。同等以下に対して使った］は式部《しきぶ》平内《へいない》と申すものでござるが、今日初《こんにちはつ》にお目にかかり申した。お手前、それがしをば、お見知りなさらぬようでござるな」

いう声はごく低いが、それでいてよく通る声である。関内はふいとその顔を見て、あっと驚いた。目の前にいるのは、自分がきょう、茶わんのなかに見て嚥《の》み下した、あの薄気味のわるい、美しい顔をした幽霊なのである。かの幽霊がにやにや笑っていたように、今この客も、やはりにやにや笑っている。が、その笑っている唇の上にある両眼が、まじろぎもせずにじっと自分を見すえているのは、明らかにこれは挑戦であり、同時にまた侮辱でもあった。

「いや、拙者《せつしや》、とんとお見知り申さぬが」関内は、内心怒気を含んで、しかし声だけはつとめて冷やかに、そういってやり返した。「それよりも、お手前、当屋敷へはどうして忍び入られたか、その仔細を承りたい」

〔いったい、封建時代には、大名の屋敷まわりは、昼夜ともに備えが厳重であったから、警備方によほどの許しがたい怠慢でもないかぎり、案内もなく屋敷うちへ忍び入るなどということは、とてもできることではなかったのである。〕

「ほほう、それがしにお見おぼえないといわれるか」客はいかにも皮肉な調子で、そういうと、すこし詰め寄りながら、「いや、それがしをお見おぼえないとな。したがお手前、今朝《こんちよう》身どもに、非道の危害を加えられたではござらぬか」

関内はたちまち佩《は》いていた小刀に手をかけると、客の吭笛《のどぶえ》目がけて、烈しく突いてかかった。しかし、刃先には何の手応えもなかった。とたんに、闖入者《ちんにゆうしや》は音も立てずに、さっと壁ぎわに飛びのいたと思うと、その壁をすっと抜け出て行ってしまった。壁には、客の出て行った跡らしいものは、何も残っていなかった。幽霊は、ちょうど蠟燭の灯が行燈《あんどん》の紙をすかすように、壁を抜け出て行ったのである。

関内がこのできごとを報告したとき、朋輩《ほうばい》の衆はその話を聞いて、驚き、かつ、けげんな思いをした。事のあった時刻には、屋敷では、だれも人の出入りした姿は見受けなかったし、また、中川の家来のうちには、「式部平内」という名前を知っているものは、ひとりもなかったからである。

明くる晩、関内はちょうど非番に当っていたので、両親といっしょに家にいた。すると、夜もかなりふけたころ、だれやら客がきて、ちょっとお目にかかって申し上げたいことがあるといっていると、取り次がれた。関内が大刀《たち》をとって、玄関へ出て行ってみると、なるほど、侍とおぼしい帯刀の男が三人、式台〔玄関先の一段低くなった部分。客を送り迎えするところ〕の前に立っている。三人の男は、関内にていねいに辞儀をすると、そのなかのひとりがいった。

「われわれは、松岡文吾《まつおかぶんご》、土橋久蔵《どばしきゅうぞう》、岡村平六《おかむらへいろく》と申す、式部平内殿《しきぶへいないどの》の家来の者でござる。夜前主人がまかりたる節、貴殿は小刀をもって、主人に討ってかかられた。主人は深傷《ふかで》を負われたゆえ、余儀なくその傷養生に、今より湯治におもむかれるが、来月十六日には御帰館になられる。そのおりには、きっとこの恨みをお晴らし申すぞ」

関内はいうを待たせず、いきなり大刀を抜いて飛びかかりざま、客を目がけて左右に斬りなぐった。が、三人の男は、隣家の土塀のきわへさっと飛びのくと見るまに、影のごとく土塀を乗りこえて、そのまま……

＊

ここで、この話は切れている。これから先の話は、何人《なんぴと》かの頭のなかにあったのだろうが、それはついに百年このかた、塵《ちり》に帰してしまっている。

わたくしは、あるいはこうもあろうかという話の結末を、自分でいろいろに想像することはできるけれども、どうもしかし、西洋の読者に満足をあたえるようなのはひとつもなさそうである。わたくしはむしろ、関内が幽霊を嚥《の》んだそのあと、どういう次第になったかは、おおかたの読者の想像にまかせておいた方がよいように考える。

指貫きゲーム

O・ヘンリー
紀田順一郎訳

工場用品およびベルト用皮革製造の企業、カートレット・アンド・カートレット社への道順を、以下に記す。

ブロードウエイを行く人の流れに従い、市内横断鉄道の線路をまたぎ、施しパンにありつこうとする行列を通り越し、どん底の細民街を抜けたかと思うと、今度は黄金亡者たちの御殿のような邸宅が建ち並ぶ一帯に出る。そこを左折し、また右折し、手押し車を避け、四頭立ての二トン積み荷馬車が打ち鳴らす警鐘にヒラリと身をかわすと、傍らの石と鉄で出来た巨大な二十一階建てビルの花崗岩の石段まで三段跳び。その十二階に、カートレット・アンド・カートレット社の事務所がある。工場用品と皮革ベルトの製造場は、ブルックリンにある。とはいえ、そんなこまかな話は――ブルックリンについては言わずもがな――読者にとっては面白くもおかしくもあるまいから、この話は早々と一幕、一場の劇に仕立て、読者に面倒をかけないと同時に、版元の出費を減らすことにしよう。かくて、もし読者が十ページほどの活字を読む手間ひまと、カートレット・アンド・カートレット社の雑用係であるパーシバルと顔を合わせる勇気があるなら、事務所のなかのニス塗りの椅子にお坐りになるがよい。そこで年とった黒人と、両蓋の懐中時計と、真剣な質問のやりとりで構成されている小喜劇をのぞき見することになる——もっとも読者にいわせれば、これはほとんど故フランク・ストックトン〔『女か虎か』の作者〕からの借り物にすぎないといわれそうだが。

最初に伝記を（ただし無駄は省いて、実質的なものを）割り込ませてもらう。私はキニーネの錠剤でも、外側を苦くし、内側を甘くすればいいのにと思っている人間なのだ。

カートレット家はバージニアの古い一族、いや、古い一家である（コロンビア大学の教授たちを満足させるために、正確を期す）。遠いむかし、カートレット家の紳士たちはレースのひだの付いた服を着用し、鉄剣を帯び、大農場を所有し、奴隷を日焼けさせていた。

ところが、戦争がかれらの財産を激減させてしまった。

カートレット家の歴史を掘り起こそうにも、一六二〇年を遡ることはできない。この年、カートレット家の祖先二人が、船こそ異なっていたが、イギリスからアメリカに渡来した。ジョンという名の人物はメイフラワー号によって運ばれ、ピルグリム・ファーザーズ〔アメリカ植民地を建設したイギリス清教徒団〕の一人となった。よく雑誌の感謝祭特集号の表紙などに登場するので、顔はご存じであろう。彼が深い積雪の中、ラッパ銃で七面鳥を狙い撃ちしている図はおなじみのものだ。もう一人のブランドフォードという名の人物は、二本マストの帆船で、大西洋をあたかも池のようにスイスイと渡って、バージニアの海辺に上陸、同地の有力家系の始祖となった。ジョンはその信心深さと、ビジネス面での抜け目なさとで頭角を現し、ブランドフォードは高い気位と、ジューレップ［ハッカと砂糖を混ぜた水割りウイスキー］好みと、射撃の腕前と、それから大規模の奴隷農場とで名士の仲間入りを果たしたのだった。ところが、南北戦争が勃発した（その歴史は凝縮して語ることにする）。ストーンウォール・ジャクソン少将は戦死し、リー将軍は降伏し、グラント将軍は世界漫遊に出た。綿は九セント［一ポンドあたり］に値下がりし、オールド・クロウ・ウイスキーとジム・クロウ電車［黒人差別の車輛］が発明された。第七九マサチューセッツ州義勇軍がチェルシーの古道具屋で購入、スクチュンスキーという名の男が保管していたラーンディーズレイン［英米戦争のさい、両軍の戦いが行われたカナダの町］の戦闘におけるフランス軍旗を、第九七アラバマ州フランス人義勇軍に返還した。ジョージア州が特産の西瓜六十ポンドを大統領に贈った――以上のような具合で新時代がはじまり、この物語もはじまるのである。おやおや、これでは、いつまでたっても本篇までたどり着けまい。文章の博士アリストテレス先生の爪の垢でも煎じて飲まねばなるまい。

北部のカートレット一家は、戦争開始のはるか以前からニューヨークに出て、ビジネスの世界に入っていた。彼らの家は、工場用品と皮革ベルトに関するかぎり、ディケンズの作品に出てくるような東インド会社に劣らず、時代遅れで、尊大で、頑固だった。そのカウンターの陰では時折戦争の噂も出たが、何らビジネスに影響が出るものではなかった。

　戦中戦後にかけ、バージニアのブランドフォード・カートレットは農場を失い、ジューレップ酒にこと欠き、射撃の腕も落ち、自身の命をも落とす結果となった。彼が家族に遺したのは、気位の高さぐらいのものだった。その結果、十五歳のブランドフォード・カートレット五世は、皮革・工場用品製造の一族から、狐を狩ったり、落ちぶれた土地で先祖の自慢話なんかにうつつを抜かす生活から足を洗うため、一度北部に出てビジネスの勉強でもしたらどうだ、と誘われた。少年はそのチャンスに飛びつき、二十五歳になったときには、ジョン・カートレット五世の手堅い共同経営者として、事務所のデスクにおさまっていた。物語はここからはじまる。

　ふたりはほぼ同い年で、すべすべした顔と、機敏で人づき合いのよい、そして精神的にも肉体的にも恵まれていそうな点で共通していた。ふたりとも髭は剃っていて、金持ちか銀行の手形係のような、ニューヨーカーらしい青いサージのシャツを着こみ、麦わら帽をかぶり、真珠のネクタイ・ピンをつけていた。

　ある日の午後四時、ブランドフォード・カートレットは自分の事務所で、いま事務員がデスクに置いていった手紙を開いた。そして、読みおわると、一分近いあいだ声に出してクスクス笑っていた。ジョンは不審そうにデスクから身を乗り出した。

「おふくろからだよ」とブランドフォードは言った。「面白いところを読んでやろうか。

無論、最初に近所のニュースを残らず数え立ててから、やれ足を濡らさないようにしろとか、やれミュージカルなどは観に行ってはいけませんなどと続いている。それから、いまいる子牛と豚を数えあげ、今年の小麦の収穫高なんかを予想している。ここからはそのまま読んでみるよ。

「おまえはどう思う？　年寄りのジェイク小父さんは、先週の水曜日に七十六歳になったんだけど、旅に出さなきゃならなかったことを。でもね、ジェイクはどうしてもニューヨークへ行って、〝若旦那〟のブランドフォード坊ちゃまに是非会わなければ、と言ってきかなかったのよ。ジェイクは年寄りにはちがいないけれど、常識はある人だと思うので、行かせることにしたの。断ることができなかったのよ――ジェイクは一生に一度は広い世界へ出るという冒険に、希望や意欲を集中しているように見えたのよ。おまえも知っているように、彼はこの農場で生まれ育って、これまで農場から十マイル離れたところにさえ行ったことがないの。戦争中はおまえのお父さんの身の回りを世話した人として、以来この家のなかでは一番信用のおける召使だった。そのジェイクが、例の金時計を――おまえのお父さんのものだった上に、その前にはおじいさんのもので、さらにその前の曾おじいさんのものだったあの金時計を――始終取り出しては、じっと見入っているのよ。そこで私が、それはおまえのものになるんですからね、というと、ジェイクは、どうかあっしがこの時計を坊ちゃまのところに持参して、あっしのこの手から坊ちゃまにしっかり受け取ってもらう役をつとめさせて下せえませ、と懇願するのよ。

「それで、ジェイクは時計をバックスキンのケースに大事にしまって、それを手に、王さまの使いのように誇らしげに、威厳たっぷりな様子で、おまえに捧げるべく、いまやそちらへ向かっている最中なの。私は往復の旅費と、ニューヨークに二週間滞在するためのお金を渡してあります。ジェイクのために、気持ちのいい宿を見つけてあげて——なにも世話する必要はありません——ジェイクは、自分のことぐらい自分で出来ますからね。

「ジェイクには、おまえの会社への道順を念入りに教え、旅支度は私が整えました。ジェイクに持参させる時計を、どうか受け取ってください——それはもう勲章なんですからね。代々のカートレット家の当主が身につけたものだし、今もってキズひとつないし、ゼンマイも狂っていません。それをおまえに手渡すことは、年老いたジェイクにとっては、生涯で最高の誇りとなるのです。この小旅行と彼の幸せを、あまり遅くならないうちに、実現してやりたかったのです。おまえも何遍か私たちの口から聞いていたように、ジェイクは自分も重傷を負った身でありながら、チャンセラーズヴィル［バージニア北東部の南北戦争激戦地］の草むらのなかを這うようにして、やっとおまえのお父さんが心臓を射貫かれて倒れているところまでたどりつくと、ヤンキーに盗まれないようにと、あの時計をお父さんのポケットから抜き取ってきたのよ。

「そこで、ブランドフォードや、いま老人を見たら貧相に見えるかもしれないけれど、それは古き時代と私たちの家柄からの、尊敬に値する使者だと思ってもらいたいの。おまえがこの家から出て行ったのは、ずっと以前のことだし、私たちがよそ者と思ってきた人たちの間で暮らすようになって、ずいぶん長い年月になるから、ジェイクはおまえを見てすぐ分かるかどうか。でも、ジェイクは鋭いカンの持ち主だから、きっと一目でバージニアのカートレットの坊ちゃまが分かるものと信じています。ヤンキーの国で十年暮らそうとも、私の息子が変わるはずはないものね。いずれにせよ、おまえにもジェイクの人柄が分かっているでしょう。旅行カバンにカラーを十八本入れておきました。万一カラーが必要なときには、十五インチ半のを選んでやってください。どうか、ジェイクにはいつもピッタリのカラーを付けてあげて。おまえには、全然迷惑はかけないはずです。

「もし暇があったら、ジェイクのためにとうもろこしパンが食べられるような宿を探してやってください。また、おまえの事務所や道路で靴を脱がないように、気を配ってください。右足がすこしむくんでいるので、裸足になりたがるのよ。

「すこしばかり手の空いたときに、洗濯から戻ってきたハンカチの枚数を数えてください。彼が発つ前に、新しいハンカチを一ダースほど入れておきました。この手紙がおまえのもとに着くころには、ジェイクも到着するはずです。ニューヨークに着いたら、まっすぐおまえの事務所に行くように、いってあるからね」

ブランドフォードがこの手紙を読み終わるや否や、あることが起こった（小説では起こるべきで、舞台ではぜひ起きなければならないのだが）。

パーシバルという雑用係が、工場用品と皮革ベルトの生産高なんか問題にもしてないような顔をしながら、ドアから入ってくると、黒人の紳士が来てブランドフォード・カートレットさまにお会いしたいと言っていますが、と取り次いだ。「結構、お入りになってもらえ」と、ブランドフォードは立ち上がりながら言った。

すると、ジョン・カートレットが椅子のままぐるっと体を回転し、パーシバルに言った。

「いや、ほんの二、三分待ってもらってくれないか。入ってもいいときは、おまえに知らせるから」

それから、彼はカートレット家の人間特有の開けっぴろげな、ゆったりとした笑みを浮かべながらいった。

「ブランド、きみたち高慢ちきな南部人は、われわれ北部の人間とは違うのだと思っているようだが、その違いとは何なのか、ぼくはかねがね知りたくてたまらなかった。無論、きみたちがわれわれより上質の土壌から作られたので、アダムのごときは傍系にすぎないとみなしていることも知っている。しかし、ぼくが不思議でならないのは、なぜぼくにその違いが分からないのかということなんだ」

「そうだったか、ジョン」と、ブランドフォードは笑いながらいった。「きみに分かってないのは、違いはただの違いにすぎないということだよ。もちろん、われわれは封建的制度下で生活してきたために、権柄ずくな領主のごとき態度をとり、優越感をいだくようになったというまでさ」

「しかし、きみたちはもう封建制度下にはない」と、ジョンは続けた。「われわれ北部人がきみたちを打ち負かして綿やラバを盗んだから、きみたちもいわゆる『ヤンキー野郎』みたいに、働かねばならなくなった。にもかかわらず、きみたちは戦前とまったく同じように、プライドばかり高く、排他的で、上流階級風にしている。お金が理由じゃないはずだ」

「では、おそらく気候のせいだろうよ」と、ブランドフォードはあっさり答えた。「さもなければ、黒人たちがわれわれを甘やかしたせいかもしれんな。さあ、もうジェイク老人を呼ぼう。私を甘やかした悪者に、もういちど会ってみたい」

「もう少し待ってくれ」と、ジョンはいった。「ぼくのちょっとした仮説を試してみたいんだ。きみとぼくの外見はかなり似ているね。ジェイク老人はきみが十五歳のときに別れて以来、会っていないわけだ。彼を中に招き入れて、われわれが同じように応対したら、老人はどちらに時計を差し出すだろうか。きっと老人は苦もなく、自分の〝若旦那〟を見つけ出すだろうよ。〝旦那〟にはただちに、いわゆる、他の者を圧する貴族らしさを感じとるにちがいない。もちろん、ヤンキーに時計を手渡すような間違いを犯すはずはないだろう。負けた方が今晩ディナーをおごり、ジェイク老人のために十五インチ半のカラーを二ダース買うことにしよう。いいね」

ブランドフォードは快諾した。パーシバルが呼ばれ、黒人紳士を案内するよう命じられた。

ジェイク小父さんは用心深く、事務所の中に入ってきた。彼は煤のように真っ黒な、皺の深い、白いウールのように頭部を縁取る毛のほかはすっかり禿げあがった、小柄な老人だった。縮れ髪は品よく整えられ、耳にかかりながら頭部を巻いていた。〝小父さん〟という気配はどこにもなく、黒のスーツは身体にほとんどぴったりで、靴はピカピカ、麦わら帽子にはけばけばしい赤いリボンが巻いてあった。右手は用心深く握って、なにかを隠し持っている様子だった。

ジェイク小父さんはドアから数歩のところで立ち止まった。ふたりの若者は十フィートほど離れた二つの回転椅子から、彼に対して親しげな視線を送った。老人はゆっくりと若者の一方から一方へと、何遍も視線を往復させた。彼は自らが運命的に生涯を委ねた敬愛すべき一家の、少なくともその一人が、そこにいることを感じとっていたに相違ない。

ひとりは、いかにも人当たりがよさそうだが、横柄なカートレット家の雰囲気を備え、もうひとりは紛れもない、一族特有のまっすぐで長い鼻の持主だった。鋭敏そうな黒い目と、水平な眉と、いつも微笑を絶やさない唇は、『メイフラワー』号のカートレット家と二本マストのカートレット家双方の特徴だった。

ジェイクは、たとえ千人の北部人の中からでも、自分の若旦那ぐらいは一目で見分けることができると思っていたが、いまは少々戸惑っていた。そこで懸命に一策を編み出した。

「いかがお暮らしで、ブランドフォード坊ちゃん？　お元気でがすか？」と、彼はふたりの若者の中間を見つめながらいった。

「ようこそ！　ジェイク小父さん！」と、ふたりはにこやかに、声をそろえた。「さあさ、お掛け。時計を持ってきたのかい？」

ジェイク小父さんは遠慮勝ちに、すこし離れたところにある硬い椅子に浅く腰かけてから、帽子を注意深く床のうえに置いた。時計の入ったバックスキンのケースは、しっかりとにぎっていた。戦場でカートレットの〝大旦那〟の敵から命がけで時計を守ったのは、それを再び敵の手に渡すためではない。

「さようでがす。ここに持っておりやす、坊ちゃま。ただいま、坊ちゃまの手にお渡しできるでがすよ。大奥さまからは、お若いブランドフォードさまの手にしっかりと手渡して、家の誇りと名誉のために身につけるようにと、申しつかりやした。この年になって、一万マイルもの旅はどんなに心細いものじゃったか。バージニアに戻るときも、同じでがしょう。けど、坊ちゃまは立派に成人なされましたな。先代にこれほど似ていらっしゃらなければ、あっしも見分けがつかなかったでがす」

賞賛すべき外交戦術を駆使しながら、老人は二人の真ん中あたりに視線を泳がせていた。彼の言葉は、二人に向けられているようだった。相手に悪い感情や不快感を与えないようにしながら、様子を探っていた。ブランドフォードとジョンはたがいに目配せをした。

「坊ちゃまは、お母さまの手紙を受けとられなすったんで?」とジェイク小父さんはつづけた。「大奥さまは、あっしが何の用件で出向くかを、お手紙にしたと仰せでしたが……」

「うん、受け取ったとも」ジョンが活発にいった。「いとこも、ぼくもお前が来ることは承知していた。知っての通り、ぼくたちはどちらもカートレット家の一員なんだよ」

「ひとりは」と、ブランドフォードはいった。「北部で生まれ育ったんだけど」

「そこで、もしも時計を渡してくれるならば……」と、ジョン。

「ぼくのいとこと、ぼくは……」と、ブランドフォード。

「大事に扱うよ……」と、ジョンがいった。

「お前のために、気持ちのいい宿を探しておくよ」と、ブランドフォードはいった。洒落が賞賛に値する機転を発揮し、老ジェイクは高い声のゲラゲラ笑いをつづけた。酒落がわかったということを発作的に示そうと、膝を叩いたり、拾いあげた帽子のつばを折り曲げたりした。この発作的行為は、彼に仮面をかぶる余裕を与えた。その仮面に隠れて、自分を苦しめる二人の相手を公平に観察した。

「わかりましたぞ」ちょっと間を置いて、彼はくすくす笑った。「あなた方紳士は、この老人をからかっておいでだ。けど、老いぼれジェイクは笑い者にはなりましねえ。ブランドフォードの坊ちゃま、あっしはひと目見た瞬間に坊ちゃまだと分かったでがすよ。坊ちゃまが家を離れて北部へ行かれたときは、まだ十四歳になるかならずかの、小さなお子でがした。それでもあっしは、ひと目見た瞬間にお見通しでがした。坊ちゃまは、亡くなられたお館さまに、まるで生き写しでいらっしゃる。そりゃ、もうひとりの紳士も坊ちゃまによく似てらっしゃるけども、バージニアの一族の中にいるジェイクの目はごまかされませんぞ」

あたかもこの瞬間、ふたりのカートレットがニコニコしながら、時計をいただきたいというように、手を差しだした。

ジェイク老人のしわだらけの黒い顔から、作り笑いがむなしく消えた。彼は、自分が揶揄されているのを知っていた。おそらく安全という点では、いま差し出されているとちらの手に家宝を渡しても、それほど差し支えはあるまい。しかし、この件には自分自身の誇りと忠誠心のみならず、バージニアのカートレット家の名誉がかかっているように思われた。戦争中、南部にいた彼は、〝敵側〟の北部で戦っている一族の話をよく聞かされ、そのたびに忌々しい思いをしたものだ。さらに戦争のせいで、豪奢な生活から貧乏のどん底に突き落とされた〝大旦那〟の運命を、あらためて辿り直してみた。そして、いまやこの自分は〝老奥方〟が大事に大事に保管なすってきた〝老旦那〟の思い出の遺品の取り扱いをそれとなく任されたがゆえに、自らの身につけ、ねじを巻き、表面を磨きあげ、バージニアのカートレット家の代々を見守ってきた時を刻む神聖な音に聞きいる権利のある者に手渡すべく、一万マイルもの旅をしてきたのではなかったか。

彼自身の経験と認識から見れば、およそヤンキーなるものは、すべてを火と剣で憂鬱な荒地にしてしまう——〝卑しく下品な屑野郎〟——圧制者の集団にすぎなかった。彼はカートレット荘などの大邸宅に火がかけられ、その煙が南部の曇り空を高く上昇していくのを目撃したこともある。ところが、いざそのような連中のひとりと向かい合ってみると、王権の象徴ともいうべきもの——アーサー王の右手の魔法の剣エクスカリバーのごとく、〝純白で神秘的な、魔法の絹に覆われた〟武器に等しい——を捧げるためにはるばるやってきたにもかかわらず、いま自分の〝若旦那〟がどちらであるか見分けがつかないのだった。目の前の若者ふたりは、いずれも人懐っこそうで、親切そうで、礼儀正しそうで、自分を歓迎している表情をしている。老ジェイクは自分の判断力の弱さを思い知らされ、困惑し、戸惑って、忠誠心なんて役立たないものは放棄することにした。バックスキンのケースに入った時計を強く握りしめていたので、右手は汗ばんでいた。彼はすっかり自信を喪失し、まるで打ちのめされたような気分だった。そこで、いまや本気となった彼は、その大きな黄ばんだ目で、ふたりの青年をじろじろと観察しはじめた。その結果、ひとつだけ、相違点があることに気がついた。ひとりのネクタイは細い黒いネクタイで、それを白い真珠のピンで留めていた。もうひとりは細く青いネクタイで、黒い真珠のピンをつけていた。

ちょうどそのときである。とつぜん飛び込んできた出来事が、老ジェイクにとっては救いの神となった。ドラマの神が横柄な調子でドアをたたき、コメディーの神を舞台脇に追いはらった。そして、フットライトを浴びながら、にこやかだが固い表情の顔がのぞいた。

工場用品がお嫌いなパーシバルが、一枚の名刺を持って入場、まるで果たし状でも突きつけるかのように、青ネクタイに手渡した。

「オリヴィア・デ・オーモンド」と、名刺を見ながら青ネクタイがいった。そして、いとこの顔色をうかがった。

「入ってもらったら、いいじゃないか」と、黒ネクタイ。「そして、問題に決着をつけたらどうだ？」

「ジェイク小父さん」、若者のひとりがいった。「しばらく、その椅子を向こうの隅に持っていって、坐っていてくれないかな？　女の人が来たんだよ……ちょっとした用件でね」

パーシバルに案内されてきた女性は、若いがツンとした、強情そうで、はね返りの、自己主張型で、自分を美人と意識しているタイプだった。非常に高価だが飾り気のない服を着て、レースやひだ飾りなんかボロ布にすぎないという考えを示していた。とはいえ、彼女が被っている大きなダチョウの羽付き帽子は、ナバラの陽気な騎士団のように、いかなる美女軍団の中にあっても、ひときわ目立たずにはおかないものであった。

デ・オーモンド嬢は、青ネクタイのデスクの前の椅子をすすめられた。すると、紳士たちは革張りの椅子を話し易いように近づけて、天気の話から入りはじめた。

「そうよね」と、彼女がいった。「暖かくなってきたことぐらい、私だって気がついてるわ。でも、お仕事中、そんな話でお時間を取らせては申しわけありませんわ。つまり、私たちはビジネスの話をしなければ、ということよ」

彼女は魅力的な笑顔を見せて、青ネクタイに向かっていった。

「分かった」と、彼はいった。「ぼくのいとこが同席してもかまわんだろ？　ぼくたちは、なにごとも腹蔵のない関係なんだ……とりわけビジネスの問題に関しては」

「もちろん、かまわないことよ」と、デ・オーモンド嬢は楽しそうにいった。「むしろ、同席してもらいたいくらいよ。この人は、とにかく全部を知ってるんですからね。事実、この人は重要参考人よ。あなたが……いいえ、ああいうことがあった際、間近にいた人ですからね。で、私はあなたが私と話し合いたいのではないかと思っていたのよ――私が弁護士から入れ知恵される前にね」

「そちらに、何か提案がありますか?」と黒ネクタイがいった。

デ・オーモンド嬢は考え込むように、子ヤギ革のパンプスのつま先を見つめた。

「あれは私へのプロポーズですわ」と、彼女はいった。「あのプロポーズが生きているのなら、私の提案はなくなるわけです。まず、そこから決めてください」

「それについては……」と、青ネクタイがいい始めた。

「ちょっと失礼」と、それを遮った黒ネクタイは、「私が介入しても、よろしいですか」と、女性に対して善意の表情を示しながらいった。

「それでは、問題を要約してみましょうか」と、彼は快活にいった。「その場には、お互いの知り合いがたくさんいましたが、私たち三人だけは〝おふざけ《ヒバリ》〟の時を過ごしましたね?」

「あら、その鳥は、ほかの名で呼ばなければいけないんじゃない?」と、デ・オーモンド嬢はいった。

「分かりました」と、黒ネクタイは声を変えずに応じた。「つまり、私たちは求婚《プロポーズ》の話をするときには〝ヒヨコ〟といい、それをビジネスとして提案《プロポジション》するときには〝ヒバリ〟というんです。デ・オーモンドさん、あなたはたいへん頭の回転が速い方です。二ヶ月前、私たちは数人の仲間と郊外へドライヴに出かけましたね。私たちは街道筋の店で、昼食を取りました。そのとき、その場で、私のいとこはあなたにプロポーズしました。無論、あなたの美しさと魅力にひかれてのことです。あなたが美しい方であることは、だれにも否定できません」

「カートレットさん。私の広告エージェントをしてくださったら」と、美人はクラクラするような微笑を浮かべながら、いった。

「あなたは、舞台の人です。デ・オーモンドさん」と、黒ネクタイは続けた。「あなたには疑いなく数多のファンがいます。たぶんプロポーズなさる人も多いでしょう。もう一つ、あのときの私たちは浮かれパーティーの一団だったことも忘れないでください。沢山のコルク栓が抜かれましたね。私のいとこからあなたにプロポーズがなされたことは、否定できないことです。しかし、だれもが同意すると思うんですが、その手の約束は翌日の陽が昇れば、どこかに失せてしまうということなど、あなたにもご経験があるのではないでしょうか？　〝楽しみ〟に付きものの〝ルール〟のようなものではないでしょうか？　私は〝楽しみ〟を良い意味でいっているんですよ。そうであればこそ、前夜の愚行をチャラにすることができるんです」

「ええ、ええ」と、デ・オーモンド嬢はいった。「それはよく理解していますよ。私はいつも、おかげでその役を演じさせてもらっています。しかし、あなたは――黙っておられる被告の同意のもとで――この件を取りまとめようとしているようですので申しますが、まだあるのですよ。私は、この方からプロポーズのお手紙を何通もいただいております。それにはサインもありますのよ」

「わかりました」と、黒ネクタイは厳めしい表情になった。「その手紙の値段はおいくらでしょうか？」

「私は安売りの女ではありません」と、デ・オーモンド嬢は答えた。「けれど、私はあなたに見積もりを出す決心をしました。あなたがたは名家の出身でいらっしゃる。私が舞台に上がっている最中には、文句をいうような人は一人もありません。それに、お金が第一だなどというのではありません。私が求めているのは、お金ではありません、私は――私は、彼を信じています――そして、愛しています」

彼女は長い睫毛の下の、優しい、うっとりさせるような目で青ネクタイを見つめた。

「で、金額は？」と、黒ネクタイが動じない態度でたずねた。

「一万ドルです」と、女性は甘い声でいった。

「同意しなければ？」

「誓約の履行です」

「もう、いいかな」と、ここで青ネクタイが遮った。「二言三言、いわせてもらえるかい。きみとぼくはいとこで、格式が高い一族だ。きみは、ぼくの先祖が住んできた土地とは、まったく異なる場所で育った。それでも、ぼくたち二人は同じカートレット家の一員だ。生活や考え方がところどころ違っていてもね。おぼえているかい？　わがカートレット一族は、かつて一度たりともご婦人に対する騎士道にそむいたことはなく、いったんきめた約束を守らなかったこともないということを」

そういってから、青ネクタイは表情に率直な決意を示し、デ・オーモンド嬢の方を向いた。

「オリヴィア」と、彼はいった。「きみはいつ、ぼくと結婚してくれる？」

オリヴィアが答えられないでいると、黒ネクタイがまた割りこんだ。

「メイフラワーの着いたプリマスロックから、イギリスのノーフォーク湾までは、長い道のりです。地点ばかりでなく、約三世紀という時間によって生じた変化もあります。この三世紀の間に、古い社会秩序は全く変ってしまいました。もう魔女狩りはなく、奴隷を鞭打つこともありません。また、ぬかるみを渡る淑女に、マントを広げてあげることもないし、罪人を水に沈める責め椅子《ダッキング・ストゥル》に縛り付けるなんてこともしません。現代は常識と話し合いと調和の時代なんです。われわれみんなが――紳士淑女も、女も男も、北部人も、南部人も、ごろつきも、役者も、金物屋も、上院議員も、れんが運びも、政治屋も——みんな程度はよくなっています。騎士道なども、日々に意味あいの変化する言葉でしょうね。いったい家門の誇りなんていうものは、雑多なものから出来上がっているんでね——それは、植民地時代のクモの巣だらけの邸のなかで、蛾に食われながら、なんとか生き延びている尊大さみたいなものかもしれないし、借金をすぐさま返済するという程度のことなのかもしれません。

「以上、私のひとりごとを充分お聞きいただいたことと思います。私はビジネスを多少学びました。生活についてもわずかながら学びました。そして、わがいとこよ、われわれの偉大なる祖先、二人のカートレット家の開祖も、この問題に関する限り、私の考えを承認してもらえると信じるのだが、どうだろうか」

黒ネクタイは椅子をクルリと回してデスクに向かうと、小切手帳に数字を書き込んだ。小切手を切るピリッという音だけが、事務所内にひびいた。彼はそれを、デ・オーモンド嬢の手の届くところに差しだした。

「ビジネスは、ビジネスです」と、彼はいった。「私たちは、ビジネスの時代に生きています。ここに一万ドルの私の個人用小切手があります。いかがでしょう、デ・オーモンドさん——オレンジの花〔花言葉は〝花嫁の喜び〟〕になさいますか、それともキャッシュになさいますか？」

デ・オーモンド嬢は無造作に小切手を受けとると、無感動に折りたたみ、手袋の中へと押しこんだ。「これで結構よ」と、彼女は悪びれずにいった。「私は、ただちょっとお訪ねして、お話ししてみたいと思っただけなんです。あなた方はすべて正しいと、私は思ってます。けれども、女の子にはいろいろ感情というものがあるのよ。わかるでしょう？　かねてあなた方のお一人は、南部のご出身と伺っていましたけど――どちらのお方でいらっしゃいますか？」

彼女は甘美な頰笑みを浮かべながら立ち上がり、ドアのほうに歩いた。そして、白い歯をチラリと見せ、大きな羽をチョイと下げてから姿を消した。

こうしたあいだ、ふたりのいとこはジェイク小父さんのことをすっかり失念していたことを思い出した。いまや彼が隅の席から立ち上がり、ふたりのほうに向かって、足を引きずりながら絨毯のうえを歩いてくる靴音が聞こえた。

「若旦那さま」と、ジェイクはいった。「どうか、あなたさまの時計をお受けとりくださ い」

そして、彼は何らの躊躇もなく、その古めかしい時計を、正当な所有者に手渡したのである。

ジョコンダの微笑

A・ハックスリー
太田稔訳

一

「スペンスさまは、まもなく降りておいでになります」

「ああ、そう」

ハットン氏は、ふりむきもせずにいった。ジャネット・スペンスの小間使は、ひどく醜い娘だった。いつもハットン氏は思うのだが、これこそ、悪意をもって、わざといやな感じをあたえることをねがう、言語道断な醜さと呼ぶべきだ。できればかれとしても、見ないですませたい顔だった。

ドアがしまって、ひとりになると、ハットン氏は椅子をはなれた。室内の装飾は、見飽きるくらい見ているものだが、あらためてまた、瞑想的な眼つきで見まわした。

ギリシャ彫刻の写真、ローマのフォーラムの写真、イタリア名画の色刷りの複製、どれもみな有名なものばかりで、選択には非の打ちようがない。あわれなジャネット、なんという気どりや――なんという知的な俗物なんだろう！　彼女本来のこのみは、ここにある水彩画にあらわれている。街頭画家の手になるものだが、それを彼女は、半クラウン［一クラウンは五シリング］で買ってきた（額縁のほうには、三十五シリング支払っているのだ）。その話も、なんど彼女の口から聞かされたことか！　石版画を巧みに模したこの絵の美しさを、いつもくどくど説明されるのだった。《ああいう絵描きさんが、ほんとうの街の芸術家なんですわ》その芸術家ということばを洩らすとき、彼女の口調に、熱情がこもった。石版画の複製に半クラウンを提供したことで、画家の栄光の一部が、彼女自身にのりうつったといいたいのだ。それによって、彼女の趣味のよさと鑑賞力のふかさを知ってもらいたいにちがいない。古名画が半クラウン。気の毒なジャネット！

　長方形の小さな鏡のまえで、ハットン氏は足をとめた。かがみこんで、顔ぜんたいを映した。マニキュアのゆきとどいた白い指で、口髭を撫《な》でてみた。すこし巻きあがった鳶色《とびいろ》の髭。光沢は二十年まえとすこしも変っていない。頭髪だって、やはりおなじ色艶《いろつや》を保っている。生えぎわがいくらか抜けあがってはきたが、禿《は》げあがってしまうけはいは見られない。おれはシェイクスピア型というやつかな。広くなった前額部が、なめらかに光っているのをながめながら、ハットン氏は微笑を含んで、そんなことを考えていた。《もろもろの詩人は批評の餌食。されど、おん身のみは自由……大海を踏みしめ……その尊厳……シェイクスピアよ、いまこそおん身の生くるとき》［前半はマシュー・アーノルド、後半はウィリアム・ワーズワスからの引用］いや、ちがった。あとのほうはミルトンだった。クライスト学寮の淑女《しゅくじょ》ミルトンか。しかし、おれはちがうぞ。おれには、女らしいところなんかありはしない。女たちから、男らしいといわれている人間だ。だからこそ、あの連中に好かれるんだ——この、鳶色の巻毛の口髭、かすかに漂うタバコの香り。ハットン氏はまたしてもほほ笑んだ。こうして、自分自身にたわむれるのが、かれには愉快なのだ。クライスト学寮の淑女《レディ》か？　いや、いや、おれはレディたちの救世主《クライスト》だ。うまい、うまい。女たちのキリストか。あいにくここにはだれもいないが、だれかにこの洒落を聞かせてやりたいものだ。あのジャネットでは、残念ながら、わかりそうもないしな！

かれはからだをのばして、髪を撫でた。そしてまた、ぶらぶらと歩きだした。それにしても、ローマのフォーラムとは気に入らんな。かれはこうしたものさびしい感じの写真がきらいだった。

急に、ジャネット・スペンスの存在に気づいた。いつのまにか、彼女が戸口の近くに立っていたのだ。ハットン氏は、まるで悪事の最中を見とがめられたように、ギクッとした。こんなぐあいに、足音もたてず、幽霊のように出現するのが、ジャネット・スペンスの特技ともいえるのだった。ことによると、ずっと前からそこにいて、かれが鏡をのぞきこんでいるのを見ていたのかもしれない。まさか！　とは思うが、やはりそれが気になった。

「びっくりさせますな」

と、ハットン氏は微笑をとりもどして、握手の手をさし出した。

ミス・スペンスも微笑していた。ジョコンダの微笑［ダ・ヴィンチのモナ・リザのこと］。いつかかれは、なかば皮肉をまじえた世辞のつもりで、そう呼んだことがあった。するとミス・スペンスは、その世辞をまともに受けとって、それからは常住坐臥《ざが》、レオナルドのお手本にのっとることを心がけるようになった。ハットン氏と握手するあいだも、彼女は無言でほほ笑んでいた。これもまた、ジョコンダであろうとする心がけの一部なのだ。

「お元気ですね」とハットン氏はいった。「よいお顔色ですよ」

それにしても、なんというおかしな顔だろう！　小さな口が、ジョコンダの表情というやつで、前のほうにつき出ている。豚の鼻みたいな格好で、口笛を吹くときのように、まん中にまるい穴があいて――正面から見たペン軸といったところだ。口の上には、形のととのった鼻がある。みごとなかぎ鼻だ。大きな眼が黒く光っている。これだけ大きく、これだけつやがあって、そしてこれだけ黒い眼となると、とかくものもらいができがちだろうし、ときにはまっ赤に充血することもあるのではないか。美しい眼ではあったが、あまりにも生まじめすぎた。いくらペン軸のほうで、ジョコンダぶりを発揮したところで、眼がつねに、生まじめさを変えないのではどうしようもない。その眼の上には、くろぐろと大胆な弧を描いて、眉墨《まゆずみ》がくっきりと引いてある。これによって、古代ローマの貴婦人をしのばせる力づよさが、顔の上半分にあたえられている。頭髪は黒くて、これもまた、ローマ風である。眉から上はアグリピーナ［皇帝ネロの母親］だ。

「帰宅の途中でしたが、お寄りしてみたくなりましたので」ハットン氏はつづけた。「ここまでもどりますと、ほっとした気持になりますのでね」――かれは手で、花瓶の花、日光、窓外のみどりをさし示して――「都会で、息のつまりそうな仕事に、まるまる一日費やして、こうした田園までもどってきますと、なんともいえずよい気持になるものです」

ミス・スペンスはさきに腰をおろして、そばの椅子を指さした。

「いいえ、よろしいんです。ぼくは落ちついていられないのです」とハットン氏は辞退して、「エミリーがどんなぐあいか、はやく帰って見てやらねばなりません。けさはあまり、気分がよくないようすで」

そういいながらも、かれは腰をおろしてしまった。

「肝臓がわるいので、さむけがするそうです。エミリーはいつも、それに苦しんでいるのですが、女というものは――」

かれはことばを切って、咳きこんでみせた。うっかり口をすべらしかけたのを、あわてて隠そうとするのだった。消化器系統のよわい女とは、結婚するものでないといいかけたが、それはあまりにも残酷すぎたし、かれ自身、かならずしも同意見とはいえなかった。そしてまた、このジャネット・スペンスは、永遠に燃えつづける愛の炎、精神的恋情《れんじょう》の信奉者でもあったのだ。

「しかし、家内は」とかれはつけくわえた。「じきによくなるにきまっています。あすは、昼の食事にお眼にかかれるものと、愉しみにしているにちがいありません。いらっしていただけますね。ぜひ、どうぞ！」むりにでも承知させるように、微笑していった。

「もちろんおいでねがうことは、ぼくの希望でもあるのです」

彼女は眼を伏せた。ハットン氏は直感的に、相手の頰の赤らむのを知った。やはり、おれの勝ちか。かれは口髭を撫でた。

「ほんとうに、お客を呼べるまで、エミリーの気分がよくなるのでしたら、わたくし、よろこんでうかがわせていただきますわ」

「むろん、よくなりますよ。おいでいただければ、エミリーもよろこびます。ぼくたち二人ともよろこばせていただけるわけです。結婚生活では、二人きりより、三人のほうが愉しい場合が多いものでしてね」

「まあ、皮肉なことをおっしゃるのね」

ハットン氏はそうしたことばを聞くたびに、いつもきまって、ワン、ワンと吠《ほ》えてみたくなるのだった。それは、ほかのどんなことばよりも、かれをいらだたせた。しかし、吠えるかわりに、あわてて抗議をした。

「いえ、いえ、ぼくはただ、憂鬱な真理を述べているだけです。現実はかならずしも、理想と一致するものではありません。しかし、だからといって、理想にたいするぼくの信頼までが動揺しているわけではないのです。いや、それどころか、むしろぼくは、完全に調和した男女の結婚という理想に、情熱的な信頼を寄せているのです。かならず実現できると信じているのです。ええ、できますとも」

かれは意味ありげにことばを切って、ずるそうな表情で彼女を見た。三十六歳の処女だが、まだみずみずしさを失ってはいない。彼女にも彼女なりの魅力があった。そして、どこか彼女の周囲には、ほんとうに謎めいたものさえ漂っていた。ミス・スペンスは返事もしないで、いつまでも微笑をつづけていた。こうしてハットン氏も、ジョコンダに退屈させられることがしばしば起きるのだった。かれは立ちあがった。

「ほんとうに、おいとましなければならぬ時間です。では、明日。神秘のジョコンダさん」

微笑はさらに強度をまして、小さな鼻さきに凝縮したかに思われた。ハットン氏は十六世紀風の身ぶりをして、彼女のさし出した手にキスをした。かれがこのような動作に出たのは、はじめてのことだった。相手は怒ったようすもない。

「あすを愉しみにしております」

「まあ、ほんとう?」

返事のかわりに、ハットン氏はもう一度、彼女の手にキスをして、ふりむいて歩きだした。ミス・スペンスはポーチまで送ってきた。

「お車は？」

「車まわしの門のところにおいてあります」

「そこまで、お送りしますわ」

「いえ、いえ」とかれは、冗談めかしながらも、きっぱりといった。「そんなことをなさってはいけません。はっきりお断わりいたします」

「でも、わたくし、お送りしたいのです」

ミス・スペンスは、いそいでジョコンダの微笑を相手に投げて、いいはった。

が、ハットン氏は手をあげて、いいえ、いけませんとくりかえしながら、投げキスの格好をしてみせると、そのまま車まわしのほうへ走り去った。ぴょんぴょんと、子供が爪先で跳ねるような足どりで。この走り方は、かれ得意のものだった。そうした動作をするときのかれは、おどろくほど若々しく見えた。そのくせ、車まわしを通りぬけるのが、かれの年ではやっとのことだった。最後の曲り角、いよいよ邸《やしき》の建物が視界からはなれるところまでくると、かれは足をとめてふりかえった。ミス・スペンスは、いまだにポーチのステップの上に立って、彼女の微笑をほほ笑んでいた。かれは手をふった。こんどははっきりと、投げキスを彼女に送った。

それからまた、もう一度、例のみごとな駆け足にもどると、庭木が岬のように、こんもりと暗い茂みをつくっている角をまがった。もう邸は見えない。かれはすぐに、駆け足を速歩に変え、そして、さらにふつうの足どりにもどした。ハンカチを出して、カラーの下の汗をふきながら考えた。人間ってもののばかさかげん！　それにしても、あのあわれなジャネット・スペンスほどのものも少なかろう。いるとしたら、おれぐらいなものかな。たしかに、おれはそのひとりだ。しかも、ずっと肚《はら》ぐろいばかなんだ。はっきりそれを意識して、平気でばかをつづけているのだから、よほどの性悪といわねばなるまい。なぜ、こんな真似をつづけている？　それはおれ自身の問題さ。そして同時に、ほかの連中の問題でもあるんだが……

いつかかれは、門までたどりついていた。豪奢な感じの大型車が、道路わきに駐めてあった。

「帰るんだ、マクナブ」

運転手は帽子に手をやった。

「それから、いつものように、あの四つ辻でとめてくれ」

とハットン氏は、車の扉をひらきながらつけくわえた。そして、やあ、どうだい、と車のなかに身をひそめているうす黒いものに声をかけた。

「あたしの仔熊《テッディ・ベア》、ずいぶん手間どったのねえ！」

そういったのは、子供っぽくかわいい声だった。母音のひびきに、ロンドンの下町なまりが、かすかながらまざっていた。

ハットン氏は大きなからだをかがめて、棲家《すみか》の穴へもどったけもののすばやさで、車のなかにとびこんだ。

「そんなに長かったかい？」

扉をしめると、かれはいった。車は走りだした。

「そんなに長く感じたとすると、ぼくがいなくて、淋《さび》しかったんだな」

かれはひくいクッションに身を沈めた。いとしいと思う気持が、からだじゅうにひろがっていった。

「あたしの仔熊《テッディ・ベア》……」

満足しきった溜息といっしょに、かわいらしい頭が、ハットン氏の肩先にもたれかかった。かれはうっとりと、その子供っぽい顔を、横目でながめていた。

「ドリス、ほんとだぜ。きみを見ていると、ルイズ・ド・ケルーアイユ〔英王チャールズ二世の愛人〕の絵姿を思いだすよ」

そしてかれは、ふさふさした彼女の巻毛に指を走らせた。

「あら、だれなの？　その、ルイズ・ド・ケラなんとかいうひと？」

とドリスは、夢でも見ているような声を出した。

「その女かい？　なあに、《過去》のひとさ。ぼくたちはみんな、いつかは《過去》の人間になる。だから、いまのうちに……」

ハットン氏は相手の子供っぽい顔を、キスの雨でおおった。車はすべるように走っていた。前面のガラスのむこうに、マクナブのうしろ姿が、石のように無感動だ。その背中は、彫像を思わせる。

「この手、どかして」ドリスがささやいた。「さわっちゃ、いや。電気に触れたみたいに、ショックを感じるんだもの」

小娘らしく、あどけないそのことばが、ハットン氏にはたまらなくかわいかった。人間とは、自分の肉体を発見するのに、なんと手間どるものであろうか！

「電気はぼくのからだにあるんじゃない。きみのほうにあるんだぜ」

かれはもう一度キスをして、くりかえし、彼女の名をささやいた。ドリス、ドリス、ドリス。うみけむしの学名。さし出された白い喉。刃《やいば》の前のいけにえのように、のけぞらせた頸《くび》もとに口をつけ、かれはそんなことを連想した。このうみけむしは玉虫色のうぶ毛をもったソーセージ。とても変ったものだ。それとも、ドリスはなまこか？　驚かすと、とたんに内部をむき出しにするなまこ。水族館を見るだけでも、ナポリへはもう一度いってみる必要がある。ああいった海の生物は、なにかこう、うそのように突拍子《とっぴょうし》がなくて、信じきれないほど変っている。

「あたしの仔熊《テッディ・ベア》」

（ここでもまた、動物学か。おれのほうは陸上動物だな。いや、くだらん洒落さ！）

「テッディ・ベア！　あたし、幸福よ」

「ぼくだって、そうさ」

とハットン氏はいった。はたして、そうだろうか？

「だけどあたし、これでいいのかしら？　それが知りたいわ。ねえ、テッディ・ベア、教えてちょうだい。こうしていて、いいのかしら？」

「それはきみ、ぼくなんか、もう三十年も考えつづけていることだぜ」

「いやよ、テッディ・ベア。まじめになって。あたし、真剣なんだわ。こうしていて、いいのかしら？　あんたと、ここに、こうしていること、正しいことなの？　おたがいに愛しあって、あんたの手にさわられると、まるで、電気に触れたみたいに感じることがよ」

「正しい？　それはそうさ。電気に触れたみたいになるほうが、抑制して、性を圧迫するより、ずっといいことなんだぜ。フロイトを読んでみるんだな。性の抑圧は、悪魔なんだ」

「なんの話だか、ちっともわかんないわ。どうして、もっとまじめになってくださらないの？　こうやっているの、よくないことだと思って、あたし、ときどき、とてもみじめになるのよ。わかるでしょう、まるで地獄よ、ほんとうに。どうしていいのか、わかんないわ。あんたを愛するの、やめようと思うときもあるわ」

「やめられるかい？」

ハットン氏はいった。口説《くぜつ》と口髭に、かれは十分の自信をもっていた。

「ひどいわ、テッディ・ベア。やめられないのを知ってるくせに。だけど、逃げだすことならできるわ。あんたのまえから、姿を消してしまうの。身をかくして、二度とあんたに会わないようにするのよ」

「ばかだね、きみは！」

かれは抱きしめた腕に、力をこめた。

「ねえ、あんた。これ、わるいことではないわね？　そうあってほしいわ。でも、わるいことだって、かまうもんかって思うときもあるのよ」

ハットン氏はこころを打たれた。この小娘を、一生、面倒みてやりたい愛情を感じた。かれはかれの頬を、女の髪につけて、抱きあったまま、無言でいた。車はすこし揺れて、スピードをました。前方の白い道と、埃《ほこり》をかぶった生垣《いけがき》が、吸いこまれるように近づいてくる。

「さよなら、さよなら」

車は動きだし、スピードを加え、カーブをまがって見えなくなった。ドリスは残されて、四つ辻の標識柱のそばに立っていた。たくさんのキスと、やさしい手が触れたとき感じる電気に似たショックに疲れて、いまだにめまいがしている気持だった。ふかく息を吸いこんで、むりにからだをしゃんとさせた。それではじめて、家まで歩きだす力がついた。必要な言い訳を考えながら、半マイルの道を帰っていった。

ひとりになると、とたんにハットン氏は知った。われながら、どうにもならぬ退屈さに捕われていることを。

二

ハットン夫人は寝室のソファに横になって、ペイシェンス［トランプ・カードを使ったひとり遊び］のカードを並べていた。七月の夜で、あたたかすぎるくらいだったが、暖炉では薪《まき》の火が燃えていた。黒いポメラニヤ犬が、暖気と消化不良でぐったりとのびて、炎のまえに眠っている。

「これはひどい！　暑すぎやしないか？」

ハットン氏は、部屋へはいるなりいった。

「でもわたくし、あたたかくしていなければならないこと、ご存じでしょう？」その声は、いまにも泣きだしそうだった。「さむけがしますのよ」

「今夜はずっと、いいんだろう？」

「たいしてよくもありませんわ」

会話ははずまなかった。ハットン氏はマントルピースによりかかって、足もとのポメラニヤ犬を見下ろしている。右足の爪先で、その小犬をころがしては、白い斑点《はんてん》のある胸から腹へかけてこすってやった。小犬はうっとりとしたように動かなかった。

ハットン夫人はペイシェンスをつづけていた。手につまると、カードを一枚移動させて、べつのをもってくる。そのようにして、いつも彼女のペイシェンスは、まちがいなくできあがるのだった。

「リバード先生のお話だと、この夏はわたくし、ランドリンドッド・ウエルズ［ウエールズにある鉱泉地］にいったほうがいいそうですわ」

「では、そうしなさい――ぜひ、いくんだな」

ハットン氏はその日の午後のことを考えていた。ドリスとふたりで、丘の斜面にある森までドライブしたことを。車を木陰に待たせておいて、ふたりはいっしょに、森をぬけ、風のない白堊質《はくあしつ》［石灰石の土質］の台地の陽射しのなかを散歩した。

「わたくしの肝臓には、あの鉱泉を飲むのがいいんですって。それから、マッサージと電気療法も効果があるとおっしゃいました」

青い蝶が四つ、燃えあがる青い炎のように、まつ虫草のまわりにもつれあっていた。ドリスが帽子を手に、しのび足で近づいていくと、とたんに、青い炎はパッと舞いあがって、渦巻く火花となってとび散った。彼女は子供のように笑い、叫び、そして、蝶を追った。

「そうだろう。きっと効くにちがいないよ」

「あなたもいらしてくださいますわね」

「だってきみ、ぼくは今月の末に、スコットランドへ旅行することになっているじゃないか」

ハットン夫人は、訴えるような眼で、夫を見上げた。

「だって、大変な旅行ですもの。考えただけで、ぞっとしますわ。ひとりでは、自信がなくてよ。ご存じのように、わたくしって、ホテルでは眠れませんし、荷物だのなんだの、面倒なことがいっぱいありますもの。とても、ひとりでは行けませんわ」

「ひとりってわけでもないだろう。女中を連れていくんだから」

いらいらしながら、かれはいった。病身の女が、健康な娘の場所を奪おうとしている。日当りのよい丘と、溌剌《はつらつ》として笑いさざめく少女の記憶から、かれは一瞬のうちに、暑すぎて不健康な部屋と、愚痴《ぐち》ばかりこぼしている病人のもとへひきもどされてしまうのだ。

「わたくし、ほんとうに、行けそうもありませんわ」

「しかし、先生がそういうのなら、行かなければいけないよ。たしかに、転地は効果があるぜ」

「いいえ、そうは思いませんわ」

「しかし、リバードさんはそう思っているのだろう？　あのひとはまちがったことはいわないよ」

「でも、わたくしにはむりなんです。こんなにからだが弱っているんですもの。とても、ひとりではいけませんわ」

ハットン夫人は黒絹の手提げから、ハンカチをとり出して、眼にあてがった。

「ばかなことをいうんじゃない。よいことは、なんでもやってみなければ——」

「いいえ、死ぬまでここで、そっとしておいていただきますわ」

彼女はもう、ほんとうに泣いていた。

「しようがないな。しっかりしなけりゃ。さあ、よく聞きなさい」

が、彼女はさらにはげしく、泣くばかりだった。

「困るなあ！　どうしたらいいんだ？」かれは肩をすぼめて、部屋の外へ出ていった。

もうすこし辛抱《しんぼう》づよく、話してきかせるのがほんとうだった。それはハットン氏も承知していた。それでいて、意地にもそれができなかった。あれはまだ、おとなになったばかりのころだったが、かれは自分が、貧しい者だの弱い人たち、病人だとか身体障害者などに、ぜんぜん同情をおぼえぬばかりか、憎悪さえ感じているのに驚いた。一度、学生時代に、イースト・エンドのセッツルメントで、下層階級の人々を相手に、三日間すごした経験があった。そのときも、消しようのないほどふかい嫌悪の情を植えつけられて帰宅したのを記憶している。不幸な貧しい人々を前にして、憐憫《れんびん》を感じるかわりに、呪詛《じゅそ》のおもいを味わったものだ。むろんそれは、かれ自身にも愉快な経験ではなかった。それどころか、はじめのうちはそれが恥ずかしくて、かくしたい気持がつよかった。しかし、いつかそれを自分自身の性格に帰して、やむをえないことだと観念した。それと同時に、気がとがめることもなくなった。エミリーにしたところで、結婚した当時は健康で、美しかった。かれもまた、彼女を愛した。だが、いまは——彼女が現在のような姿に変ったのは、はたしてかれの罪であろうか？　ハットン氏はひとりきりで食事をすませた。料理と飲みものが、食事前よりはかれをやさしくした。怒った顔を見せたつぐないに、また、妻の寝室へのぼっていって、なにか読んであげようといった。彼女は涙ぐんで、その申し出を受けた。ハットン氏はフランス語の発音に自信があったので、大陸作家のかるいものではどうかといった。

「フランスのものですの？　ええ、けっこうですわ。わたくし、フランス語は大好きですの」

ハットン夫人はラシーヌのことばを、グリーンピースの皿と考えているようだ。

ハットン氏は書斎へ走っていって、黄いろい表紙の本を持ってきた。読みだすと、正しいフランス語を発音しようとして、いつのまにか夢中になっていた。どうだ、りっぱな発音だろう！　そのみごとさで、小説の内容までが、いちだんと質を高めるように思われた。

十五ページまで読んできたとき、ある種の音が耳にはいった。まちがえようのない音だ。眼をあげてみると、はたしてハットン夫人は眠っていた。かれはそこに坐ったまま、なんの感情もなしに、ただ好奇心から、妻の寝顔をみつめていた。かつてはこの顔も美しかった。かつては——といっても、ずいぶんむかしのことになるが——この顔を見ただけで、いや、ただ思いだしただけでも、ふかい感動にこころをゆすられたものだ。あとにもさきにも、それとおなじ感情は経験していないくらいである。それがいま、こうまでふかい皺《しわ》をよせて、死人のように青ざめている。皮膚は、小鳥のように尖った鼻柱から両の頬にかけて、下の骨が見えるほどぴったりとはりついている。とじた眼も、骨で縁どられた眼窩《がんか》の底に落ちこんでいる。電灯の光を横から受けているせいで、顔面の凹凸《おうとつ》が、光と影でひときわ際立ってみえる。モラレス［十六世紀スペインの宗教画家］描くところの死せるキリストそっくりだった。

異端の絵画はなやかな日は、しゃりこうべなど、眼につかぬ。

かれはちょっと身ぶるいして、足音をたてぬように部屋を出た。

つぎの日、ハットン夫人は、昼の食事におりてきた。ゆうべは夜通し、はげしい動悸《どうき》に苦しめられたが、きょうはずっと落ちついたと語って、お客のもてなしをしなくてはというのだった。ミス・スペンスは、ランドリンドッド・ウエルズ行きについての彼女の愚痴を聞いてやって、大きな声で同情のことばを述べた。そして、それにつづいて、いろいろと親切な忠言をあたえるのであった。ミス・スペンスのしゃべることばは、どれもみな熱がこもっていた。ちょっとこう、からだを前にのり出すようにして、いわば銃でねらいを定めるように、ことばを発射するのである。ポン！　魂のなかの火薬に火がついて、例のおちょぼ口の銃身から、ことばがひゅうひゅうと飛び出してくる。彼女という機関銃が、同情という弾丸をもって、女あるじのからだに、蜂の巣のような穴をあけるのだった。

むろんハットン氏が、おなじような砲撃をうけたことはたびたびあった。その多くは、文学か哲学の性質を帯びたもので、メーテルリンク、ベサント夫人〔イギリスの見神論者（一八四七―一九三三）〕、ベルグソン、ウィリアム・ジェイムズなどによる砲撃だった。ところが、きょうの彼女はがらっと変って、医学上の弾丸を駆使して、不眠症について語り、副作用のない薬とか、親切な専門医とかのことを、ながながと説明して聞かせている。そして、この砲撃を浴びせられるハットン夫人も、いつかその気持が、日光に恵まれた草木のように、花ひらく感じに変るのだった。

ハットン氏は無言のまま、そのようすを見まもっていた。ジャネット・スペンスの顔は、きまってといってよいくらい、かれの好奇心をかきたてた。もともとロマンチックなところのないかれは、すべての顔の下に、内面の美しさや奇異なものの姿を見いだすとか、かりそめのおしゃべりのうちに、神秘の淵《ふち》にたちこめるもやにも似たものを感じるとか、そういった能力には欠けていた。たとえばかれの妻にしろ、またドリスにしても、見ただけの女にすぎない。ただ、ジャネット・スペンスだけはべつだった。ジョコンダの微笑とローマ風の眉毛の奥に、なにかこう、一種不可思議な顔がかくされているように思われる。問題はただひとつ、それが、正確にいえばなにかということだが、ハットン氏にはかいもくわからなかった。

「ですけど、なにもランドリンドッドまでお出かけになることもないのじゃありませんか?」ミス・スペンスはいった。「はやくお癒《なお》りになりさえすれば、リバード先生だって、とやかくお指図はなさいませんわ」

「そうなれば、うれしいと思います。ほんとうにきょうなんか、ずいぶん気分がよくなっておりますのよ」

ハットン氏は恥ずかしく感じた。かれ自身におもいやりの欠けていることが、どれだけ妻の気分の回復を妨げていたことか。しかし、それもしょせんは気分だけの問題で、病気そのものがよくなりつつあるわけではない。それを考えると、かれは気がやすまった。肝臓の疾患《しっかん》と心臓の衰弱が、同情によって治癒するものではないのである。

「ねえ、エミリー、ぼくがおまえだったら、赤すぐりなんか食べないがね」かれは急に、心配そうな顔をして、「皮や種のあるものは食べていけないって、リバードさんからいわれているんだろう」

「でもわたくし、これが大好きなんです」ハットン夫人はいいはった。「それに、きょうはからだの調子が、とてもよろしいのよ」

「暴君ぶりはいけませんわ」とミス・スペンスが、最初はかれに、それからかれの妻にむかっていった。「お気の毒な病人には、好きなようにさせてあげるものです。それがけっきょく、いちばんからだに薬ですもの」

いいながら彼女は、ハットン夫人の腕を、やさしく二、三度叩いた。

「おかげさまで、いただけますわ」

ハットン夫人は、すぐりの砂糖煮に手をつけた。

「またわるくなっても、ぼくを責めるんじゃないよ」

「あら、これまで、あなたを責めたことがありまして？」

「責められるようなことをしないからさ」ハットン氏はわざと陽気にいった。「ぼくは完全な夫だからね」

昼の食事のあと、かれらは庭へ出て腰をおろした。糸杉の老木が小島のようなかげをつくっている下で、平らな芝生のひろがりを見わたすことができた。あちこちに散らばった花壇の花が、金属的な光を輝かしている。

そのあたたかく、かぐわしい空気を、胸のおくまですいこんで、ハットン氏はいった。

「生きているのは、いいことだね」

「生きているだけでもね」とかれの妻もくりかえして、骨の浮いた青白い手を、太陽のほうへさし出した。

女中がコーヒーを運んできて、銀のポットと青い小さな茶碗を、かれらの椅子の近くの折りだたみテーブルの上においた。

「ああ、お薬の時間でしたわ！」ハットン夫人が叫んだ。「クララ、いそいで持ってきてちょうだい。食器棚の上の白い罎《びん》よ」

「ぼくが行ってこよう」ハットン氏がいった。「どっちみち、葉巻をとってこなければならないんだ」

かれは邸のほうへ走っていった。部屋にあがりかけて、ちょっとふりかえった。女中が芝生を踏んでもどってくるところだった。妻はデッキ椅子《チエア》に起きなおって、白いパラソルをひらこうとしている。ミス・スペンスはテーブルの上にかがみこんで、コーヒーを注いでいた。かれはひんやりとうす暗い屋内にはいっていった。

「コーヒーに、お砂糖をお入れします？」とミス・スペンスがきいた。

「ええ、どうぞ。すこし多目にねがいますわ。お薬のあとで、口直しにいただきますから」

ハットン夫人は椅子にもたれかかって、目庇《まびさし》を眼の上まで下ろした。燃えるような空を視線からさえぎるためだった。

彼女のうしろで、ミス・スペンスが、コーヒー茶碗にかすかな音をたてていた。

「大匙《おおさじ》で三ばいお入れしましてよ。これでしたら、口直しになるはずですわ。ほら、お薬がきました」

ハットン氏がまた姿をあらわした。ワイン・グラスに、うす色の液体を半ばみたしたのを持っている。

「いいにおいがするね」

かれはそれを、妻の手に渡しながらいった。

「においだけですの」彼女はひと息にのみくだして、身ぶるいとともに顔をしかめた。「まあ、いやな味。コーヒーをちょうだい」

ミス・スペンスは彼女に茶碗を渡した。彼女はそれをすすった。

「まるで、シロップですのね。でも、あんなお薬のあとでは、とてもけっこうですわ」

三時半になると、まえほど気分がすぐれなくなったといいだして、横になりたいからと、屋内へはいりたがった。夫は彼女に、赤すぐりのことをいってやりたかったが、じっと自分を抑えた。勝ち誇った顔で、「だからぼくが注意したじゃないか」などというのは、あまりにも露骨すぎたからだ。そのかわり、同情的な態度をとることにして、彼女に腕を貸すと、屋内へ連れていった。

「休むことが肝心さ。それでよくなるよ」とかれはいった。「ところで、今夜の帰りは、食事のあとになる」

「でも、なぜですの？　どこへいらっしゃるの？」

「今夜は、ジョンソンのところへ行くことになっている。戦勝記念碑のことで、相談があるんだよ」

「いいえ、いかないでいただきたいわ」ハットン夫人はいまにも泣きだしそうだった。

「ここにいらしてくださいません？　邸に、ひとりだけになりたくありませんの」

「だって、おまえ、何週間かまえに、約束しておいたんだぜ」このようなうそをつくのは厄介なことだった。「それに、いまだって、ミス・スペンスのところへもどって、あのひとの相手をしなくては」

かれは妻の額にキスをして、庭へまた出ていった。ミス・スペンスは気負いこんで、かれを待ち受けていた。

「おくさんはよほどおわるいようですわね」と、かれの顔を見ると、さっそく砲門をひらいた。

「あなたがおいでになったときは、かなり元気が出ていたようでしたが」

「あれは、神経がたかぶっていたからで、それだけのことですわ。わたくし、よく観察していましたのよ。心臓があんな状態ですし、消化系統だってこわれているのですから――ええ、すっかりだめになっていらっしゃるわ――いつ、急にわるくなるか、わかったものでありませんわよ」

「リバードさんはかわいそうなエミリーの健康について、そんな悲観的な見方をしていませんがね」

ハットン氏は車まわしへむかう庭木戸をあけた。ミス・スペンスの車は、玄関まえに駐めてあった。

「リバードさんなんて、田舎医者にすぎませんわ。専門医の診察を受ける必要がありましてよ」

かれは笑いをおさえることができなかった。

「あなたって方は、こと専門医の話になると、おかしなくらい熱心になりますね」

ミス・スペンスは手をあげて抗議した。

「わたくし、まじめな話をしていますのよ。わたくしの見たところ、エミリーはとてもおわるいようよ。どんなことが起るか、ほんとにわかりませんわ――それも、急にそうなるかもしれませんのよ」

かれは手を貸して、彼女を車へ入れると、扉をしめた。運転手はエンジンをかけてから、運転席にもどって、走りだす身がまえをした。

「車を出すように、運転手にいいましょうか?」かれはそれ以上、彼女との会話をつづける気になれなかった。

ミス・スペンスはからだをまえにのり出して、かれのほうへジョコンダの微笑を放った。

「お忘れにならないでね。近いうちに、訪ねてきてくださいますわね」

機械的に、かれは笑顔を見せて、ていねいにうなずいた。そして、車が走りだすと、手をふってみせた。ひとりになれたのが、うれしかったのだ。

数分のち、ハットン氏自身も、車で出かけた。四つ辻で、ドリスが待っていた。邸から二十マイルはなれたところで、ふたりはいっしょに食事をした。街道筋にあるホテルだった。モータリストたちが立ちよる田舎ホテルだけが出す、値段が高いばかりで、おそろしくまずい料理だった。ハットン氏はいやな顔をしていたが、ドリスはよろこんで食べた。この女性は、なんによらず、よろこぶことができるのだ。ハットン氏は、あまりレッテルのよくないシャンペンを注文した。今夜は、書斎ですごせばよかったと考えていた。

その帰り途《みち》、ドリスはすこし酔っぱらって、極端なほど甘えかかった。車のなかは暗かったが、前方へ眼をやると、微動もしないマクナブの肩越しに、ヘッドライトが夜の闇からすくい出す色と形の小宇宙、せまいがあかるい世界がながめられた。

ハットン氏が邸についたのは、十一時をすぎていた。リバード医師とホールで出会った。医師は小がらな男で、華奢《きやしや》な手とととのった顔だちで、女性的といえるくらいだった。茶色の眼が大きくて、憂いをたたえていた。かれはいつも、患者の枕もとに坐りこんで、ずいぶん長いあいだ、その眼で悲しそうに患者をながめ、やはり悲しげなひくい声で、とりたててなんということもない世間話をするのである。そのからだからは、快いにおいが発散された。消毒薬とわかってはいるが、それでもそれが、どこかほのかにあまったるく、心地よいものであることに変りはなかった。

「リバードさんですね？」ハットン氏は驚いていった。「いらしてたのですか？　家内のぐあいがわるいのですか？」

「おさがししたのですが」憂いを帯びたものやわらかな声が答えた。「ジョンソンさんのところと聞きましたので、問いあわせてみましたが、ぜんぜんおいでにならなかったそうで」

「途中でひっかかりましてね。車が故障を起したのです」ハットン氏はいらいらして答えた。うそが発見されたので、うるさがっているのだった。

「おくさまが、しきりに会いたがっておいででした」

「すぐ行ってやりましょう」ハットン氏は階段のほうへ歩きかけた。

リバード医師は、かれの腕に手をおいて、

「おそすぎたようです」

「おそすぎた?」

かれは時計をいじりだしたが、なかなかポケットから出てこなかった。

「おくさまは三十分まえに、お亡くなりになりました」

その声はいぜんとしてものやわらかさを残していたし、眼の色の暗さも、いつも以上に濃くはなかった。リバード医師は死について、地方のクリッケット試合とおなじように話すのだった。あらゆることがおなじように空しく、おなじように哀れなのだ。

ハットン氏はジャネット・スペンスのことばを思いだした。いつ、急に――いつ、急に。彼女のことばはあまりにも正しかった。

「どうしたんです?」かれはたずねた。「原因はなんでした?」

リバード医師は説明した。猛烈な嘔吐におそわれて、その結果、心臓麻痺を起したのである。嘔吐の原因は、刺激性のものを食べたからと思われる。さっきの赤すぐりのせいか? ハットン氏はその事実を教えた。たぶん、それでしょう。あのはげしい嘔吐では、衰弱したおくさまの心臓にはむりなんです。慢性の心臓弁膜症ですからね。負担の重さで、どこかがだめになったのです。手の施《ほどこ》しようがありませんでした。でもおくさまは、それほどお苦しみにはならなかったはずです。

三

「葬式の日取りをきめるのに、イートンとハロウの対抗試合の日を選ぶなんて、ずいぶんと迷惑な話じゃないか」

老将軍グレゴウはそんなことを呟《つぶや》きながら、シルク・ハットを片手に、墓地門の屋根の下に立って、ハンカチで顔をふいた。

ハットン氏はそのことばを耳にすると、思わずカッとなった。このおいぼれめと、手ひどく痛めつけてやりたい気持におそわれたが、かろうじて思いとどまることができた。ばかでかい赤ら顔のまん中を、力いっぱい殴りつけてやりたかった。ぶつぶつと粉をふいて、桑の実の化物みたいな顔をだ！　こいつ、死人にたいする礼儀を知らぬらしい。もっとも理屈のうえでは、かれ自身にもそのかたむきがあった。しかし、いざこうして墓場まできてみると、そのかれ自身が、じっさいに涙を流しているのに気がついた。かわいそうなエミリー。かつて自分たちは、幸福なふたりだった。その彼女が、七フィート下の穴の底に横たわっている。そして、グレゴウのおいぼれが、イートンとハロウの試合見物を逃したといって文句をつけている。

ハットン氏は黒服の人々の群れを見まわした。その群れはゆっくりと墓地の門を出て、外の道路に並んでいる馬車や自動車のほうへ流れていった。きらきらと輝く七月の草や花や木の茂みを背景に、かれらの姿はまったく異質であり、不自然な外観を呈《てい》していた。この連中もまた、そのうちのこらず死んでしまうのだと思うと、かれはむしろ、愉快にさえ感じるのだった。

その夜ハットン氏は、おそくまで書斎にこもって、ミルトンの伝記を読んだ。なぜミルトンを選んだかという特別の理由はない。たまたまそれが、最初に手に触れたからにすぎない。かれは肘かけ椅子から身を起して、フランス窓のかけ金をはずし、小さなタイルばりのテラスに出た。夜はしずかに澄んでいた。ハットン氏は星をながめ、そのあいだの空間をみつめた。そしてその眼を、うす暗い芝生や、色彩を失った庭の花に落し、さらにその視線を、月光の下に、黒と灰の二色に統一された遠景にさまよわせた。

かれは混乱しながらも、思いつめた気持で考えはじめた。星もあるが、ミルトンもある。人間にしたところで、かならずしも星と夜に劣るわけではない。偉大であり、高貴である。しかし、高貴であることと卑賤《ひせん》であることとのあいだに、はたしてどれだけのへだたりがあるのだろうか？　ミルトン、星、死、そしておれ自身——おれ自身とのあいだのちがい。魂と肉体、より高級なものと低級なもの。おそらくそのあいだに、なにかの相違があることはまちがいない。ミルトンは神と正義をよりどころとしていた。おれにはしかし、なにがあるのだ。なにもない！　なにひとつない。あるのは、ドリスの小さな乳房だけ。それにいったい、なんの意味がある？　ミルトン、星、死、そして、墓に埋ったエミリー。ドリスとおれ自身――ああ、またしても、おれ自身か……

　おれは無意味な唾棄《だき》すべき存在だ。それをおれは、ことごとに思い知らされている。いまこそ、おれにとって、厳粛きわまりない瞬間なのだ。かれは声高く叫んだ。「やるぞ、おれは。かならず」自分自身の声が、闇のなかで凄《すさ》まじいものに聞えた。かれ自身の耳に、神々までも拘束する地獄の誓いとひびいた。「やるぞ、おれは。かならず」これまでも、新しい年のはじめの日や、なにかおごそかな記念日には、おなじような悔恨を感じて、おなじような決意を誓ったものだ。それでいて、そうしたいくつかの決意は、どれもみな、煙のように薄らいで、すべて無に帰してしまうのだった。しかし、いまはもっとも重大な瞬間で、よりおそろしい誓いをたてた。今後は、一変しなければならぬ。そうだ、おれは理性にもとづいて生活し、勤勉であり、欲望をおさえ、おれのこの生涯を、なにかよき目的のために捧げなければならぬ。かれはそう決意した。そして、そうあるべきなのだ。

　事実かれは、新しい姿の自分を頭に描いていた。毎日午前中を、農事に精励《せいれい》する。農場が近代的方法によって経営されているかどうかを、管理人と連れだって、馬で見まわって歩く――家畜用の飼料室《サイロ》とか人工肥料とか、あるいはまた、収穫を継続的に行うとか、そういった処理が必要なのだ。その後、あまった時間は、まじめな研究に費やしたい。ずっと以前から書きたいと思っていた書物がある――『文明におよぼす疾病《しっぺい》の影響』というのがそれだ。

ハットン氏は、悔恨に悩むみじめな気持で、ベッドにはいった。しかし、それと同時に、神の恩寵《おんちょう》が身に宿ったという意識もあって、七時間半眠った。眼がさめてみると、太陽があかるく輝いていた。じゅうぶんに睡眠をとったので、昨夜味わった暗い感情が、いつものかれの朗らかさにもどっていた。かれが前夜の決意と地獄の誓いを思い出したのは、はっきり眼がさめたのち、なおかなりの時間がたってからであった。ミルトンも死も、太陽の光のもとでは、どこかちがったものに思われた。しかし、あの決意はりっぱである。昼間、ふりかえって考えてみても、りっぱであることがわかる。朝食をすますと、馬に鞍《くら》をおいて、管理人といっしょに、農場をひとまわりした。昼の食事のあとでは、アテネの疫病《えきびょう》についてツキジデスが書き残したものを読んだ。夜は夜で、南イタリアにおけるマラリヤ病の覚え書をつくった。寝室で寝間着に着替えているとき、スケルトン〔十六世紀のイギリス詩人〕の笑話集のなかに、伝染性発汗熱病流行にともなう適当な話があったのに思いあたった。手もとに鉛筆さえあれば、さっそくメモをとったことであろう。

かれの新しい生活がはじまって六日目の朝、ハットン氏は郵便物のうちに、見おぼえのある稚拙な筆跡の封書を発見した。ドリスからのものである。かれは封を切って読みはじめた。彼女には、なんと書いてよいかわからなかったらしい。ことばも支離滅裂だった。おくさんがあんなふうにお亡くなりになって、それも、あんまり急で——ほんとに怖ろしいことですわ。ハットン氏は溜息をついた。が、読んでいくうちに、なにかこう、興味がまた湧いてきた。

「死ぬってことは怖ろしいことですね。いままでは、考えないでもすんできました。でも、じっさいにこんなことが起ったり、からだのぐあいがわるかったり、気が滅入《めい》ったりすると、考えないわけにもいきません。死はあたしたちのすぐそばにいるんです。そして、あたしが犯したわるいことを、いまさらながら思いだすんです。あんたとあたしのことです。どんな罰がくだるでしょうか？　それを考えると、怖ろしくてなりません。あたしは淋しいのよ、テッディ・ベア。そして、不幸なの。どうしていいのか、わかりませんわ。死ぬって考えを、追いはらうことができません。あんたなしでは、あんまりみじめで、どうすることもできない気持です。だからといって、手紙をさしあげるつもりはなかったんです。あんたの喪《も》があけて、また、会いにきてくださるまで待つ覚悟でした。でも、あんまり淋しくて、みじめすぎたので、つい書いてしまいました。テッディ・ベア、あたし、書かずにはいられなかったの。ごめんなさいね。あんたが、それほど必要なのよ。この世の中に、あんたのほかには、だれもいないんだわ。あんたって、とてもいいひとで、やさしくて、理解があるわね。あんたみたいなひとは、どこにもいないわ。あたし、あんたに親切にしていただいたこと、けっして忘れないわよ。あんたはとても賢くて、なんでも知っているのね。そんなりっぱな方に、どうしてあたしみたいな、ばかでぼんやりな女が眼にとまったのか、いまでもあたし、理解できないわ。まして、あたしが好きになって、愛してくださるなんて……ええ、あんた、すこしはあたしを愛してくださるわね、あたしの仔熊《テッディ・ベア》」

ハットン氏は慚《はずか》しさとうしろめたさにゆすぶられた。小娘を誘惑して、こんなにまで感謝され、尊敬されるというのは——あまりにもわりがよすぎた。それは浮気心の愚かしいあらわれといえた。愚かしい、ばかばかしいという以外には、いいようのないものだった。たしかに、かれがそれから得た歓《よろこ》びというと、あまりにも少なすぎた。収支計算してみて、愉しむよりは退屈するほうが多かったといえよう。ずっとむかしは、これでもおれは、快楽主義者をもって任じていた男だ。しかし、快楽主義者であるには、計算によるある種の処理が必要なのだ。快楽とわかっているものだけを意識して選び、苦痛とわかっているものを拒《しりぞ》けることを意味する。ところが、おれの行動には理性が欠けていた。理性に反していたともいってよい。むしろおれは、最初からこのわずらわしい情事が、なんの興味も快楽もあたえてくれぬのを知っていたのだ。それでいて、漠然とした衝動が生じるたびに、かんたんにそれに屈して、いつもおなじ愚かさの虜《とりこ》になるのだった。これまでも、妻の小間使マギー、農場で働く娘のイーディス、そしてまたプリングル夫人、あるいはロンドンのウエイトレス、そのほか、だれかれと――まるで何十人といたような感じだが、そのどれもが、おもしろおかしくもない女ばかりで、退屈のきわみだった。むろんかれは、それを予想していた。そうなるものと知っていた。そしてしかも、そしてしかも……経験はなんのたしにもならぬものだ。

かわいそうな小娘ドリス！　親切に、慰めの手紙を書いてやってもよい。しかし、二度ともう、会うことはよそう。召使がはいってきて、馬の用意がととのったと知らせた。かれはそれに乗って出かけた。もともと気のきかぬ老管理人だが、その朝はいつも以上に癇《かん》にさわった。

それから五日ののち、ドリスとハットン氏は、サウスエンドの突堤《とってい》に、肩をならべて腰をおろしていた。ドリスが白モスリンにピンクの飾りのついた服で、あたりいっぱいに幸福をまきちらしていれば、ハットン氏は足をつっぱって椅子をのけぞらせ、パナマ帽をあみだにするといった格好で、避暑客気分を満喫しようと試みていた。

その夜、ドリスが眠りにおちたとき、かれはふかい闇と肉体的疲労のうちに、またしても宇宙的感動といったものに心を奪われた。まだ二週間とたたぬあの夜、重大な決意をしたときとおなじ感情である。せっかく厳粛なその誓いも、それまでの数々の決意とおなじ運命をたどることになったのだ。無分別が凱歌《がいか》を奏したのだ。欲望の最初のうずきに屈してしまったのである。おれはだめな人間だ。どうにもだめな人間なのだ。

長いあいだ、かれは眼をとじたまま横たわって、屈辱のおもいをかみしめていた。娘は眠っていたが、身動きした。ハットン氏も寝返りをうって、彼女のほうをむいた。ほのかな光が、半ばひいたカーテンのあいだから洩《も》れているだけだが、それでも彼女の裸の腕と肩、その頸筋《くびすじ》、枕の上の黒い髪のもつれが見てとれる。きれいな娘だ。欲望をそそる女だ。そのそばに横たわって、なぜおれは罪の意識に悩むのだろうか？　かまったことではないじゃないか。おれは見込みのない男かもしれない。それならそれでいいではないか。おれの見込みのなさを、最大限に活用するだけのことだ。急に、責任を放棄した輝かしい感覚が、かれの体内をいっぱいにみたした。おれは自由なのだ。堂々と、自由でいられるのだ。歓喜のあまり、かれは娘をひきよせた。彼女は眼をさまして、とまどっていた。かれのあらあらしい愛撫のもとに、恐怖に近いものさえ感じていた。

欲望のあらしがしずまると、落ちついたよろこびがおとずれた。部屋の空気までが、無言の笑いに、大きく震えているようだった。

「あたしくらい、あんたを愛せるひとがいると思って、テッディ・ベア？」

そうした質問が、はるかの愛の世界から、遠くかすかに聞えてきた。

「ひとりはいるような気がするね」

ハットン氏は答えた。意識の下の笑いが、ふくれあがり、盛りあがり、無言の水面をつきやぶって、高らかにひびきわたるかと思われた。

「だれよ？　教えて。どういうことなの？」

声は、すぐ身近にひびいた。疑いと、苦しさと、そして怒りをこめて。たしかにそれは、この世界の声だった。

「あ——あ！」

「だれなのよ？」

「きみには、まず、わかりっこないね」

ハットン氏は、いつまでも彼女をじらしていたが、それにも退屈を感じてくると、はじめて、その名をいった。

「ジャネット・スペンスさ」

ドリスは信じなかった。

「まあ！　お邸のミス・スペンス？　あの、オールド・ミス？」

それはあまりにもこっけいだった。ハットン氏さえ笑いだした。

「だけど、ほんとうなんだ」かれはいった。「彼女、ぼくに夢中なのさ」

おかしな話だ！　しかし、帰ったらすぐに訪問しよう——会って、征服《せいふく》するのだ。

「きっと彼女、結婚したいといいだすぜ」とつけ加えた。

「でも、あんた、まさかそんなこと……する気なんかないんでしょう?……」

部屋の空気に、ユーモアがみちみちて、音をたてるかと思われた。ハットン氏は声をあげて笑った。

「ぼくはきみと結婚する気だよ」

かれはそういった。そのことばは、かれの口から洩れた冗談のうち、最大の傑作と思われた。

ハットン氏はサウスエンドをはなれるとき、もう一度、結婚した男になっていた。ただその事実を、当分のあいだ秘密にしておくことが、かれらのあいだで了解ずみだった。秋になったら、ふたりして外国へ出かける。それによって、世間にはじめて、その事実を知らせる。それまでのあいだは、かれはかれ自身の邸にもどり、ドリスは彼女の家に帰ることにするのだ。

帰宅した翌日、午後になると、かれは徒歩で、ミス・スペンスに会いにいった。彼女はかれを、あいもかわらぬジョコンダの微笑でむかえた。

「おいでを、お待ちしておりました」

「お会いしないではいられなくなりまして」ハットン氏はうれしがらせをいった。

ふたりはあずまやに腰をおろした。そこは気持のよい場所だった——ときわ木の茂みにかこまれて、古びた漆喰《しっくい》づくりのほこらといった感じである。ミス・スペンスは腰かけの上に、デラ・ロビア［十五世紀イタリアのテラコッタ彫刻家］作の青と白との飾り板を掛《か》けて、彼女らしさを示していた。

「この秋は、イタリアへ行くつもりでいます」

とハットン氏はいいながら、ジンジャー・エールの罎《びん》になった気持を味わっていた。ユーモアにみちた興奮が泡立って、いまにもポンと吹き出しそうなのだ。

「イタリア……」ミス・スペンスは、うっとりしたように眼をとじて、「わたくしもやはり、あの国にはひきつけられるような気がしますわ」

「では、なぜ、お出かけにならないのです？」

「なぜだかわかりませんけれど。でも、わたくしにかぎらず、ひとりで出かけるとなりますと、なかなかその気力が出ませんものよ。踏みきりがつきませんのね」

「ひとりで……」ああ、ギターの音としわがれた歌声！「なるほど。ひとりで旅行したのでは、あまり愉しくはありませんからね」

ミス・スペンスはなにもいわずに、椅子の背に身をもたせた。眼はいまだにつぶったままだ。ハットン氏は口髭を撫でている。沈黙が、長い長いあいだつづいたように思われた。

夕食をぜひにとすすめられて、ハットン氏は拒まなかった。目的のなぐさみは、開始の段階にも達していなかったからだ。食卓は涼み廊下《ロッジャー》に用意された。そのアーチ越しに、傾斜した庭園が見渡せる。そのさきは谷間をかたちづくり、さらにまた、はるかかなたの丘陵へとつづいていた。陽がかげりだして、暑熱としずけさが、重苦しいまでに高まった。大きな雲が湧きあがってきた。遠くでかみなりが聞えている。その雷鳴がしだいに近づいて、風が吹きはじめ、最初の雨が落ちだした。

ミス・スペンスは長い沈黙をやぶって、瞑想するような表情でいった。

「どんなひとにしろ、ある程度、幸福を愉しむ権利があるものですわね」

「それはそうです」

いったい、なにを彼女はいいだす気であろうか？　だれにしろ、こうして人生観を述べはじめるときは、自分自身について語りたい下心があるからとみてまちがいない。幸福か——かれはかれ自身の生涯をふりかえって、あかるく平静な生活が、大きな悲しみも不安も、驚きさえ味わわずにつづいてきたことを知った。かれはつねに、金と自由に恵まれていた。希望するところは、かならず思うままにみたすことができた。そうだ、おれは幸福だった——どんな男よりも幸福だった。そしていまは、ただ幸福であるばかりでなく、無責任な快楽の秘密さえ発見したのだ。かれがかれの幸福についてなにかいおうとしたとき、ミス・スペンスはことばをつづけた。

「あなたばかりでなく、わたくしのようなものでも、一生のうち、いつか一度は、幸福になる権利がありますのよ」

「ぼくが？」

ハットン氏は驚いていった。

「お気の毒なヘンリー！　運命はわたくしたちに、親切だったとはいえませんわ」

「ええ、しかし、まだましなほうだったかもしれませんよ」

「あなたは快活でした。勇気のある方と思います。でも、その仮面の下が、わたくしに見えないとお考えですの？」

ミス・スペンスの声は、大きくなる一方だった。雨脚《あまあし》がはげしくなってきたからである。断続的に、雷鳴が彼女のことばを妨げた。その音に負けぬようにと、彼女は声をはりあげてしゃべりつづけた。

「わたくしには、あなたのことがよくわかっておりました。それも、ずっと以前からですわ」

稲妻が彼女の姿を浮きあがらせた。じっとねらいをさだめて、かれのほうに身をのり出している。その眼はふたつの不気味な銃口に似て、威嚇するようにかれを見すえている。闇がまた、彼女の姿をのみこんだ。

「あなたという方は、いっしょに語りあえる魂を、たえずもとめていらっしゃる孤独な魂だったのです。わたくしは、あなたのその淋しさが、お気の毒でなりませんでしたの。

あなたのご結婚は……」

雷鳴が、一瞬、ことばを切った。ミス・スペンスの声が、もう一度、聞えてきた。

「……あなたのような性格の男性に、伴侶となるものをあたえてくれませんでした。あなたには、魂の配偶者が必要だったのです」

魂の配偶者か――このおれに、魂の配偶者！　とんでもないことを考えたものだ。

《かつてモーリス・メーテルリンクの魂の配偶者だったジョルジェット・ルブラン》二、三日まえの新聞で、そんな文句を読んだばかりだ。ジャネット・スペンスが胸のうちに描いているかれも、そんなものなのだ――魂の配偶者をもとめる男として。ところが、ドリスの眼には、おれはやさしい男性の標本であり、この世でいちばん聡明な男なんだ。だが、じっさいのおれはどんな男か？――そんなこと、だれにだってわかるものか。

「わたくしの心は、あなたにひかれました。わたくしには、あなたが理解できたからです。わたくしもまた、孤独な魂だったのです」

ミス・スペンスは、その手をかれのひざにおいた。

「でもあなたは、辛抱《しんぼう》づよくて」

また、電光。かれをねらう彼女の眼は、ますますきびしい。怖ろしいくらいのまなざしだ。

「一度も愚痴《ぐち》をお洩らしになりませんでした。でも、わたくしにはわかりました――推察することができました」

「すばらしい理解力ですな、ミス・スペンス」こんなふうだから、おれは《理解されざる魂》ということになるのだ。「女性の直感だけが……」

かみなりが、はげしい音をとどろかせて遠ざかっていった。あとには、雨音だけが残った。かみなりはかれの笑いだった。拡大され、具象化された笑い。電光と雷鳴が、もう一度おそいかかった。こんどは、かれらの頭上だった。

「お感じになるでしょう。このあらしに近いあるものが、あなたの体内に煮えたぎっているのを」そうしたことばを口にしながら、身をのり出してくる彼女が想像された。

「情熱は人間を、あらしとおなじにするものですわ」

さてと、ここでどういう手を打ったものか？　わかっているじゃないか。そうですとも、というべきだ。そしてそのあと、はっきりそれとわかる身ぶりを見せればよい。ところが、ハットン氏は急にこわくなった。ジンジャー・エールの酔いがさめはじめたこともある。この女は真剣なのだ――怖ろしいくらい真剣なのだ。かれはうす気味わるくなった。

情熱？

「いいえ」とかれは、夢中になって答えた。「ぼくには、情熱なんかありませんよ」

しかし、かれのことばは聞きとれなかったらしい。それとも、無視してしまったのか、ミス・スペンスはますます興奮して、早口にしゃべりつづけた。親しみを精いっぱいこめて、燃えるようなささやきを浴びせかけるのだが、なにをいおうとしているのか、ハットン氏は聞きわけるのに苦しんだ。かろうじてわかったところでは、それまでの彼女の生涯について語っているようであった。稲妻もようやく間遠になって、暗闇のあいだが長くなった。が、電光のきらめくたびに、彼女がまだ、かれにねらいをさだめ、いぜんとして怖ろしいまでのはげしさで、慕《した》いよってくるのが見てとれた。闇と雨と、そして電光！　彼女の顔がそこにあった。すぐ、眼のまえに。血の気のひいたマスク。青白い顔、大きな眼、銃口のような口、いかつい眉。アグリピーナだ。いや、それよりも、もっと適切にいえば、ジョージ・ロウビイ［イギリスの喜劇俳優］に似ている。

どんな無器用な方法でもよい、なんとか逃げだせないものか？　押込み泥棒の姿を見たと、急にとびあがったらどうか――とまれ、泥棒！　待て、泥棒！　叫びながら夜の闇に、姿を消してしまう手もある。でなければ、気持がわるくなったという。心臓の発作だというのだ。あるいはまた、庭に幽霊を見たという。エミリーの幽霊だ。そうした子供っぽい計画を、いろいろと考えていたので、ミス・スペンスのことばを聞くのをおろそかにしてしまった。いきなり、発作のように、彼女の手に握りしめられて、はっと、われにかえった。

「だからこそ、ヘンリー、わたくし、あなたを尊敬しますのよ」

彼女はそういっていた。なんのために、おれを尊敬するというのだ？

「結婚は神聖なきずなです。あなたはそれを尊重しておられる。たとえ結婚が、あなたの場合のように不幸なものであったにしても。それでわたくし、あなたを尊敬しますのよ。崇拝しているといってもよろしいわ。そして――あの――そのさきまで申しあげなければ、おわかりになりませんかしら？」

ああ、いよいよ泥棒だ、庭の幽霊だ！　が、ちょっと手おくれのようにも思われる。

「……ええ、だからこそ、ヘンリー、あなたを愛しますの。でも、もう大丈夫。わたくしたち、自由の身になれたのです」

自由の身か？　闇の動くけはいがして、彼女はかれの椅子のまえにひざまずいた。

「ヘンリー、ヘンリー、わたくしも淋しかったのよ」

彼女の腕がかれを抱いた。からだが震えているので、すすり泣いているのがわかる。泣いて、かれの愛をもとめるつもりでいるらしい。

「いけませんよ、ジャネット」かれはそのもとめを拒《しりぞ》けた。こうした涙は怖ろしい。とても、怖ろしいものだ。「いまはだめです。いまはだめ！　落ちつかなければいけません。落ちついて、おやすみなさい」

かれは彼女の肩を叩いて立ちあがり、抱擁《ほうよう》から逃れた。彼女は、かれがかけていた椅子のそばにうずくまったまま動かなかったが、かれはかまわず、部屋を出た。

手さぐりで玄関へ出ると、帽子をさがす手間も惜しんで、いそいで外へとび出した。ただ、玄関のドアは、音をたてないようにそっとしめた。雲は吹きはらわれて、すみきった空に、月が輝いていた。道はいたるところに水溜りができていて、どぶや溝を走る水音が高かった。ハットン氏はズボンのすその濡れるのもかまわず、水をはねかしながらいそいだ。

こころもはりさけんばかりに、彼女は泣いていた。それを思い出すと、憐憫《れんびん》と後悔の念が湧きあがったが、と同時に、なにかこう、腹立たしい気持にもなっていた。なぜ彼女は、こうした愉快なゲームを、おなじように愉しむことができないのか――情をはなれた愉快な遊びを。といっても、彼女にそれができないのは、はじめからわかっていた。ゲームを愉しむなど、彼女にできることでない。それを承知で、あえてかれはつづけていたのだ。

あの女、情熱とあらしについて、なんとかいっていたな。かびの生えた古くさい文句だったが、しかし、真理だった。ほんとうのことだった。たしかに、そうだ。まっ黒にふくれあがって、かみなりをはらんだ雲が彼女なんだ。そしておれは、ばかな小ベンジャミン・フランクリン。その怖ろしい胸をめざして、凧《たこ》をあげていたようなものだ。いまになって、凧が稲妻を起させたといって、愚痴をこぼすのがおかしいではないか。おそらく彼女は、涼み廊下の椅子のわきに、いまだに泣き伏していることであろう。

それにしても、なぜおれは、あのゲームを最後までやりとげなかったのか？　なぜ中途で、せっかくの無責任感を捨てて、つめたい現実世界に逃げもどったのか？　こうしたかれの質問には、ひとつとして答えがあたえられなかった。ひとつの考えだけが、かれのこころのなかに、はっきりと燃えていた――逃走という考えが。一刻もはやく、逃げださねばならぬということが。

四

「なにを考えてるのよ、あたしの仔熊《テッディ・ベア》」

「なにも考えてはいないさ」

それからまた、沈黙がつづいた。ハットン氏はしばらく動かなかった。テラスの手すりに肘《ひじ》をつき、あごを両手に埋めたまま、フィレンツェの街をながめていた。ふたりは、町の南につらなる丘のひとつに、別荘を借りているのだった。庭のはずれが、すこしせり出したテラスになっている。そこに立つと、肥沃な谷が脚下《きゃっか》につづいて、そのさきがフィレンツェの街になる。そのまた背後は、荒涼としたモンテ・モレロの山なみ。東には、点々と白い家を散らばせて、住宅地をかたちづくっているフィエソレの丘。あらゆるものが九月の陽光を浴びて、あかるく煌《きら》めいているのだった。

「なにか心配ごとがあるの？」

「いや、ないよ」

「話してちょうだい、テッディ・ベア」

「だって、きみ、話すことなんかないんだよ」ハットン氏はふりかえった。微笑して、女の手を叩いた。「さあ、家へはいって、昼寝をしたほうがいいんじゃないか。ここは、きみには暑すぎるようだ」

「じゃ、そうするわ、テッディ・ベア。あんたもきてくれるわね？」

「この葉巻をすいおわったらね」

「いいわ。でも、いそいで、すってしまってね」

ゆっくりと、気がすすまぬように、彼女はテラスの階段をおりて、家のほうへ歩いていった。

ハットン氏はフィレンツェの街をながめつづけた。かれにはひとりになる必要があったのだ。こうしてときどき、情熱的なドリスのそばをはなれて、片ときもやすまぬ彼女の心づかいから逃れるのもわるくはなかった。かれはそれまで、みたされぬ愛の苦痛を知らなかった。が、いまは、愛される苦痛を経験しつつあった。この数週間は、しだいに不快感が増大していく期間でもあった。ドリスがいつもはなれないからだ。固定観念のように、罪の意識のように——事実、ひとりでいられることはわるくないものだ。

かれは封筒をポケットからひき出して、いやいやながら封を切った。すべて手紙というものをかれはきらった。いつもそれは、なにかしら不愉快なことをしらせてくる――とくに最近、二度目の結婚以来、それがいっそうはげしくなった。これは姉からのもので、ざっとひろい読みしてみたが、はたしてそこには、耳に痛い真実が、侮辱的な文字をつらねて、痛烈に指弾してあるのだった。《見苦しいほど性急に》とか、《社会的な自殺行為》とか、《墓土もまだかわききらないうちに》とか、あるいはまた、《下層階級の女》とかいったことばが、むやみやたらに使われている。このごろ舞いこむ手紙というと、どれにもかならず、そうした文句が見受けられた。格別の悪意もなく、まともな常識をそなえた親戚連中のものでさえ、それはけっして例外ではなかった。いらだって、そのばかげた手紙をひき裂こうとしたが、ふと、三枚目の便箋《びんせん》の最後の行が眼にとまった。読んでいくうちに、心臓の鼓動が不愉快なほどはげしくなった。じつに、けしからぬ話だ！　ジャネット・スペンスが会うひとごとに、かれがドリスと結婚するために、妻を毒殺したといいふらしているそうだ。なんということだ。悪意にもほどがある！　元来、人あたりのよいほうではひけをとらぬハットン氏も、はげしい怒りにふるえていた。罵《ののし》ることによって、子供らしい腹癒《はらい》せをする――その女を呪った。

するとと、急にかれは、この話のこっけいな反面に気づいて吹きだした。妻とはかぎらぬ。人間ひとりを、ドリスと結婚するために殺したなんて、ばかばかしいことを考えだしたものだ！　現在おれが、どんなに退屈して、どんなにみじめなおもいを味わっているか、ちょっとでもそれを知ってくれたら。あわれなジャネット！　あの女は、おれに復讐しようとしているのだ。が、それはただ、自分のばかさかげんを吹聴《ふいちょう》しているだけのことだ。

足音がかれを、われにかえらせた。小さなテラスの下、庭園でこの家の女中が、果実を摘《つ》んでいるのだった。どういうはずみか、こんな北方まで迷いこんでいるが、これは生粋《きっすい》のナポリ女。すこしばかり品がない難はあっても、古典的顔だちというに恥ずかしくない。横顔にいたっては、シシリー貨幣――粗悪になった時代のものではあるが――からぬけだしたといってもよかった。眼鼻だちは偉大な伝統にしたがって、華やかに彫りあげられ、完全な白痴美《はくちび》を表現していた。彼女のものでは、口もとがいちばん美しかった。造物主の巧みな手で、ゆたかな曲線があたえられ、不機嫌なまでに片意地な表情を示している……

むさくるしい黒服の下に、ハットン氏は力づよい肉体を想像した。ひきしまって、肉づきのよいからだを。かれは以前から、彼女の姿を見るたびに、漠然とした興味と好奇心を燃やしていた。きょうは、その好奇心が明確な形をとり、欲望にまで盛りあがった。テオクリトスの牧歌。ここに、その女がいる。ただ遺憾なことに、おれはその相手として、火を噴く山の山羊飼《やぎか》いと呼ばれるのにふさわしくない。

かれは彼女を呼んだ。

「アルミダ！」

それに答えた微笑は、その浮気ごころを示して、さすがのハットン氏もしりごみしたほど挑発的だった。かれはまたしても、危機のせとぎわに立った――せとぎわに。ひきさがらなければならぬときだ。いそいで、大いそぎで。手おくれにならぬうちに。娘はいつまでもかれを見上げている。「お呼びになったかね？」しばらくして、娘はいった。かるはずみな行動？　それとも、思慮分別？　いや、いまはもう、選択の余地などない。いつもきまって、ばかな動きにむかうのがかれなのだ。

「降りていくよ」

かれは彼女にいった。テラスから庭まで、十二の階段があった。ハットン氏は数えた。ひとつ、ふたつ、三つ、四つ……かれの眼には、地獄の領域のひとつから、つぎの領域へと降りていくおのれが映った――みぞれまじりの風が吹きつのる暗闇から、悪臭たちこめる深淵の底へと落ちていくかれ自身の姿が。

五

それからしばらく、ハットン家の事件が各新聞の第一面をにぎわせる日がつづいた。

かつてジョージ・スミスが七人目の妻を浴槽で溺死させ、一時的にもせよ、ヨーロッパ大戦のニュースをトップ記事から退かせたことがあったが、これほど世間をさわがせた殺人裁判は、あれ以来はじめてのことだった。犯罪が行われた日から、数カ月も経過したあとで明るみに出たこの殺人物語は、かえって世人の想像を刺激した。めったに起る事件でないだけに、衆人の好奇心をそそると同時に、神のさばきのきびしさを示すよい機会という印象をあたえるのだった。不身持の男が、邪淫《じゃいん》に駆られて、その妻を殺害したのである。幾月ものあいだを、罪の意識とうわべだけの安全さのうちにすごしてきたが、けっきょくはいっそう怖ろしいおもいで、みずから掘った穴のなかへ落ちていくことになった。殺人はかならずあらわれる。これがその適例であるという。こうした神の手の動きを、新聞の読者はそのままにたどることができたのだ。

最初近所に、漠然としたうわさが立って、それが根づよくひろまっていった。その結果、警察が行動を開始する。死体発掘の命令が出て、解剖、検屍《けんしん》審、鑑定人の証言、陪審員の評決、判決の言渡しとつづき、こんどこそは神の意志が、露骨なほど教訓的に、メロドラマさながらの調子で、その任務をはたしてみせるのだった。各新聞がこの事件を、そのシーズンの全期にわたって、読者に知的な興味をあたえる主要記事としてえらんだのも当然のことであった。

ハットン氏が最初、検屍審における証言をもとめられて、イタリアから呼びもどされたとき、かれはもちろん、はげしい怒りに興奮した。警察ともあろうものが、悪意から出たにすぎぬたわいないゴシップを真剣にとりあげるとは、なんというけしからぬ行為であろう。検屍審の終了しだい、州の警察部長を相手どって、悪意による告発として訴訟を起そう。スペンスのやつも、名誉毀損でやっつけてやるんだ。

検屍審がひらかれると、意外な事実があきらかにされた。数人の検察医の手で死体を解剖した結果、砒素《ひそ》の痕跡が検出されたという。医師たちはそろって、故ハットン夫人の死は砒素中毒によるものと報告した。

砒素中毒……エミリーが砒素中毒？　さらにハットン氏は、氏の温室内から、一軍団を毒殺するに足る砒素殺虫剤が発見されたと聞いて驚いた。

こうしてかれは、事件がかれにとって、いちじるしく不利であることを、寝耳に水のように知らされたのだ。その不利な情勢が、巨大な熱帯植物を思わせて、むくむくと生長していくさまを、かれはただ、呆然と見まもるばかりだった。それに包まれ、とりまかれ、ついにはふかい森のなかに、まったく道を見失っている自分を見いだした。

毒を盛ったなんて、いつのことだろう？　検察医たちの意見は、死亡前八時間ないし九時間と一致した。では、昼の食事の時じゃないか。そうだ、ちょうどあの時間だ。

小間使のクララが証人に呼ばれた。彼女はそのとき、ハットン夫人から薬をとってくるようにいいつけられたのを憶えていた。そして、ハットン氏が、とってきてやるといって、その役を買って出たことも。

つぎの証人はミス・スペンス――ああ！　夕立の夜の記憶がよみがえった。じっとみつめて、青白く緊迫した顔！　あのときの恐怖――ミス・スペンスはクララの証言を確認して、ハットン氏は薬をもってもどってきたが、薬壜《くすりびん》のままではなく、ワイン・グラスに注いであったとつけ加えた。

ハットン氏の憤怒は消失した。かれは狼狽し、恐怖にふるえた。まじめにとるには、奇怪すぎる話だが、しかもその悪夢が現実なのだ――じっさいにそれが、現実化しつつあるのだ。

運転手のマクナブも、かれとドリスがキスしているのを、たびたび見たと証言した。ハットン夫人が死亡した日も、ふたりはかれが運転する車で、ドライブに出かけていた。フロント・ガラスに映るふたりの姿を見ていたし、ときどきは横眼で、直接に見たともいうのだった。

検屍審は翌日も継続して行われることになった。その日の夕方、ドリスは頭痛を訴えて、ベッドにはいった。食事がすむと、ハットン氏はその部屋にいってみた。ドリスは泣いていた。

「どうしたんだね？」

かれはベッドのはしに腰をおろして、彼女の髪を撫《な》ではじめた。ながいあいだ、彼女は答えなかった。かれは機械的に、ほとんど無意識のように、髪を撫でる動作をつづけていた。ときにはかがみこんで、裸の肩に口をつけることもあった。だが、かれにはかれで、考えねばならぬ問題があった。なにが起きたんだろう？　ばかげたゴシップが、なんでまた、現実と変ったのだろうか？　エミリーが砒素中毒！　そんなばかなことがあるものか。それではまるで、この世の秩序が破壊されたもおなじじゃないか。おれはいま、無責任なものの動きの意のままにされている。それにしても、なにが起きたのだろう？　このさき、どんなことが起るのだろう？……途中で、かれの思考は妨げられた。

「あたしがわるいんだわ――あたしの罪なんだわ！」急にドリスが、すすり泣きといっしょに叫んだ。「あんたを愛しては、いけなかったのよ。あんたに愛してもらうのも、いけないことだったのよ。あたし、生れてくるんじゃなかったわ」

ハットン氏はなにもいわなかった。黙って、ベッドに横たわるみじめなものの姿を見下ろしていた。

「このさき、あんたがひどい目に会うようなことになったら、あたし、自殺してしまうわ」

彼女は起きあがった。ちょっとのあいだ、いっぱいにのばした腕で男につかまり、つよい視線をむけるのだった。まるで、二度ともう、会うことがないといったまなざしを。

「あたし、あんたが大好きなのよ。あんたを――あんたを、愛しているんだわ」

彼女はかれを――無気力に、相手のするがままになっているかれを、自分のほうにひきよせて、つかんでいる手に力をいれると、こんどは自分のほうから、男の胸にからだをおしつけてきた。

「あたし、あんたがこんなに愛してくれてるとは、考えてもみなかったの。でも、どうしてあんなことをなさったの？――どうしてあんな、怖ろしいことをなさったの？」

ハットン氏は、抱きしめている彼女の腕をふりもぎって立ちあがった。その顔は、まっ赤に染まっていた。

「それではまるで、妻を殺したのはぼくだときめてるみたいじゃないか。ばかげたことを考えないでくれ。いったい、みんなはぼくを、なんだと思っているんだ？　映画の主人公かなにかのつもりか？」

激昂《げっこう》のあまり、かれは冷静を失いだした。きょう一日に経験したあらゆる腹立たしさ、不安、狼狽といった感情が、そのまま、彼女にたいする怒りに姿を変えたのだ。

「なにからなにまで、ばかげた話だ。きみは教養ある人間の心理について、考えてみたことがあるのか？　このぼくが、人殺しをする人間とみえるのか？　きみが好きになったあまり、非常識な行為に出たと思っているようだが、ぼくのような文化人は、いくら女が好きになっても、そう無我夢中になるものじゃない。それがきみたち女にはわからないんだ。ぼくたちがもとめるものは、落ちついた生活だ。ところがそれを、きみたちはあたえようとしない。どうしたはずみで、きみなんかと結婚する気になったのか、いまとなっては、見当もつかんよ。頭がどうかしていたんだな。冗談が現実化しただけのことだ。それだのにきみは、このぼくをつかまえて、人殺し呼ばわりをする。ぼくはどうにも、がまんできない」

ハットン氏は足音もあらあらしく、ドアへむかって歩きだした。歩きながら、ほかにもいろいろ、はげしいことばを投げつけた。かれにはわかっていた。それがあまりにもひどいことばであること、すぐにでも撤回しなければならぬような、あざとすぎることばであることを――しかし、かれはそれを、とり消そうとはしなかった。そのまま、部屋を出て、ドアをしめてしまった。

「あたしの仔熊《テッディ・ベア》か！」

かれはドアのハンドルをひねった。かけ金が音をたてておりた。

「テッディ・ベアか！」

とじたドアのなかから、もだえにもだえ、苦しみぬいている声が聞えた。もどってやるべきではないのか？　そうだ、もどってやったほうがいい。かれはハンドルに手をかけた。が、すぐにその指をひっこめ、いそぎ足にそこを立ち去った。

階段を半分ほど降りかけて、かれは足をとめた。ドリスがなにか、無分別な真似をするかもしれない――窓から身を投げるとか、そういったことをだ！　かれは耳をすましたが、物音は聞えなかった。それでもかれには、はっきりとドリスの姿を眼のまえに描くことができた。爪先立ちで部屋をよこぎり、窓をいっぱいにおしあげて、冷たい夜の空気のなかに、身をのり出しているところだ。雨がすこし降っていた。窓の下は、タイルを敷きつめたテラスになっている。そこまでの距離はどのくらいであろうか？　二十五フィート？　三十フィート？　いつか一度、ピカデリイの通りを歩いていて、リッツ・ホテルの三階の窓から、犬が飛び出すのに出会ったことがある。落ちてくるところを見た。舗道に叩きつけられる音を聞いた。やはり、もう一度、ドリスの部屋へもどってやるべきではないか？　いや、いやだ。そんなことはまっぴらだ。おれは、あの女が憎い。

かれは長いあいだ、書斎に坐りこんでいた。なにが起きたのだろう？　なにが起ろうとしているのだ？　その疑問を、くりかえしくりかえし、こころのなかで検討してみたが、答えは出てこなかった。かりにこの悪夢が、いつまでも醒めずにつづくとしたら、その果てには、死が待っているにちがいない。眼に涙があふれてきた。なんとしてでも、死にたくない。《生きているだけでもね》かわいそうなエミリーも、おなじことを望んでいた。《生きていくだけでいいの》このすばらしい世界には、まだまだ見のこした土地がいっぱいある。風変りで珍奇な人種の、いまだに見物してないのがいくらもいる。まだ会っていない美しい女たちも数多くいるはずだ。あいかわらずトスカナの街道では、白い大きな牡牛が荷車をひいているだろう。むかしのままの糸杉が、柱のようにまっすぐに、青空めざしてそそり立っているにちがいない。それをおれは、ながめに出かけるチャンスを失った。南の国のあまい酒——《キリストの涙》とか《ユダの血》といったぶどう酒も、ほかのやつらの口にははいるが、おれには二度と、その機会が訪れない。ロンドン図書館の、書棚と書棚にはさまれた、せまくてうす暗い通路で、よき日の文学の埃《ほこり》くさい匂いをかぎ、異風な表題をのぞき見し、未知の著者名を発見し、広大な知識の領域を垣間見《かいまみ》する愉しみをよそに、おれは地下の穴ふかく横たわることになるのだ。だが、なぜ？　なぜなのか？　混乱のうちに、かれは感じとった。なにか異常なつよさで、正義の力が作用していることを。過去においてかれは、あまりにも放逸《ほういつ》で、あまりにも無責任な愚行をつづけてきた。そうしたかれにむかって、こんどは運命の神が、同様に放逸、無責任な行為に出ようとしている。因果応報、神はやはり、存在していたのだ。

かれは祈りたい気持になった。四十年まえ、毎晩、ベッドのそばにひざまずいて祈ったものだ。子供のとき、夜ごとにくりかえした祈りのことばが、長いあいだひらくことのなかった記憶の一室から、もとめもしないのに舞いもどってきた。

——神さま、パパとママ、トムとシッシー、それから赤ちゃん、先生とばあや。ぼくの好きなひとたちみんなが、仕合せになりますように。そして、ぼくをよい子にしてください、アーメン。

そのひとたちも、のこらず死んだ――シッシーをのぞいたぜんぶが。

かれの心はやわらぎ、気持がなごやいだ。精神のうえに、ふかい平静が訪れた。ドリスにあやまる気になって、二階へのぼっていった。彼女は、ベッドの足もとの寝椅子に横たわっていた。そのわきの床に、塗り薬の青い壜がころがっている。《服用を禁ず》としてあるのだが、それを彼女は、半分程度、飲んでしまったらしい。

「あんたはあたしが好きじゃなかったのね」

眼をあけて、自分の上にかがみこんでいるかれを見たとき、それだけのことを、彼女はいった。

リバード医師が駆けつけてくれたので、重大な結果は防ぐことができた。

「二度と、こんなことをするんじゃありませんよ」

ハットン氏が部屋を留守にしたとき、医師はそういいきかせた。

「だって、あたしが死にたければ、だれだって、とめることはできないんじゃなくて?」とドリスは、つっかかるようにいった。

リバード医師は、大きな悲しげな眼で、彼女をみつめて、いった。

「それは、だれだって、とめられますまい。とめる力のあるものは、あなた自身と、あなたのベビーだけです。いくらあなたが、この世の外へ逃れたくなったといって、あなたのベビーが生れてくるのを、妨げる法はありませんよ。かわいそうとは思いませんか?」

ドリスはすこしのあいだ、黙りこんでいたが、

「いいわ」と小声でいった。「やめておくわ」

ハットン氏はその夜をずっと、彼女のベッドのわきに腰かけたままですごした。かれは胸のうちに、じっさいに人を殺した気持を感じていた。そして一時は、このあわれな女を愛しているのだと思いこもうとした。椅子にかけてうとうとしながら、眼をさますと、冷えきったからだがこわばって、感情のすべてが涸《か》れきってしまったかと思えた。

六時に、寝巻に着替えて、二時間ほどベッドにはいった。その日の午後も、前日とおなじような審理がつづいて、検屍審の陪審員たちは、《故意による殺人》の評決を下した。ハットン氏は公判にまわされることになった。

六

ミス・スペンスは気分がすぐれなかった。証人席で衆目の的になっているのが、なによりもつらいおもいだった。事件が片づいたときは、このまま患《わずら》いこむのかと感じられた。眠ることができなくなって、神経性の消化不良に苦しめられた。

医師のリバードが、一日おきに診察にきてくれた。彼女は医師をつかまえて、よくしゃべった――その大部分は、ハットン家の事件についてだった……彼女の道徳的な怒りは、いつまでも煮えたぎっていた。この邸にも、あの人殺しが出入りしていましたのよ。それを考えますと、いまだに身ぶるいが出てきますわ。あんなにも長いあいだ、あの男の性格がわからなかったなんて、ずいぶん不思議なことですわね。(でも、わたくし、はじめからおかしいとは感じておりました) それに、あの男がいっしょに逃げた娘――あれは先生、下層階級の出でして、売春婦とそれほどちがわない女だというじゃありませんか。

二度目のハットン夫人に、子供が生れてくるということが――罪の宣告をうけ、処刑されてしまった殺人犯の死後に生れた子供――そのニュースが、彼女の胸をむかむかさせるのだった。いやな話ですわね――汚らわしいと思いますわ。

リバード医師はおだやかな態度で、あいまいに応対しながら、臭化物の処方を書いた。

その朝も、おなじように彼女の攻撃が開始された。医師はそれを話の中途でさえぎって、

「それはそうと」とやさしく、しかし、憂鬱そうな口調でいった。「わたしにはこう思

えるんですよ。ハットン夫人に毒をあたえたのは、あなただとね」

ミス・スペンスは大きく眼をみはった。そして、二、三秒、医師の顔をみつめていたが、しずかにいった。

「そうですわ」

そしてそのあと、泣きはじめた。

「コーヒーのなかへ入れたんですね？」

彼女はうなずいたようにみえた。リバード医師は万年筆を出して、いつものきれいな、きちんとした書体で、睡眠剤の処方箋《しょほうせん》を書いた。

後をひく話

野原

ロード・ダンセイニ
原葵訳

ロンドンで春の花が散るのを見たとする、そして夏が始り、盛りを迎え、やがて凋落《ちょうらく》するのを見ても、――都市では季節の移ろいは早いのだ――、それでもきみがまだロンドンにとどまっているならば、田園は花を戴《いただ》く頭《こうべ》を上げてきみを呼び招くだろう。せかすような命じるような明るく澄んだその呼び声は、向こうの方から次々と湧きおこり、黄昏《たそがれ》の中で、賭博宿にいる呑《の》んだくれを呼ぶ天使たちの歌声のように響きわたるのだ。街の往きかう車の音がどれほど大きくても、その呼び声をかき消すことはできない、どれほどロンドンが魅力的だとしても、その呼ぶ力を弱めることはできない。それを一たび聞けば、人の心は田舎の小川の中できらきら光っているきれいな色の小石なんぞのところへ行ってしまい、とこしえに戻ってこない。またロンドンがもたらし得るいかなるものも、都のゴリアテ［旧約聖書の中でダビデに殺されたペリシテ族の巨人］のように突然打ち負かされ、人の心から一掃されてしまうのだ。

その呼び声は、遥か遠く場所を隔て、歳月を隔ててやってくる。なぜなら人を呼んでいる丘は、過去の丘であり、その声は、昔、妖精の王がまだ角笛を持っていた遠い時代の声だからだ。

幼いころに見た丘が、私には今でも見える（私を呼ぶのはその丘なのだ）、顔《かんばせ》を高く紫色にけぶる黄昏へ向け、ふもとのわらびの茂みの中からは、淡い色をした透明な妖精たちが、夜が来たかどうかと顔をのぞかせている。その立派な丘の頂きには、人が欲しがる館《やかた》や素晴らしい邸宅などは見えなかった。それらは最近になって、顧客より店子をのぞむ紳士たちのために建てられたものだからだ。

丘の呼ぶ声が聞こえると、私はよく自転車に乗って路づたいに丘へ行ったものだ。もし電車で行けば、少しずつ近づいていくという楽しみが失われてしまう。そしてロンドンを、古い許されぬ罪のように脱ぎ棄てていくことができない。また行きがけに丘についての言い習わしを知っているにちがいない小さな村々を通りかかることもできない。その上、今もまだ昔と変っていないかなどと思いわずらいながら、丘の広い裾野へ、そしてその足もとへとたどりつき、ようこそ来たといっているかに見える丘の聖なる顔《かんばせ》を高く仰ぎ見ることもできなかろう。電車などに乗ってくれば、突然カーブを描いて、丘が陽の中に座しているのが見えるだけだ。

思うに、もし熱帯の巨大な森などをぬけて出てくる場合なら、出るにつれて野獣たちの数は次第に少くなり、闇は次第に明るさを増し、その場所の恐怖はゆっくりと晴れ上り消えていくことだろう。しかし、ロンドンの中心からその周辺部に近づいて行けば行くほど、また丘の美しい支配圏に近づいて行けば行くほど、それにつれて家々は醜く汚くなり、通りは邪悪にみち、暗闇は色濃く深まり、文明の過誤がそこでは野原の侮蔑に裸でさらされている。

醜悪がその繁栄の高みに届くところ、その凝縮された悲惨の中、建設者がそこで「ここにおいて我全盛を極めたり、いざ我ら悪魔に感謝を捧げん」といっているかに思われる場所に、黄色い煉瓦《れんが》でできた橋がある。そしてそこを通って——あたかも妖精の国へと開かれた銀のすかし細工の門を通っていくかのように——人は田園へと入っていく。右も左も、見渡す限り、まだあの怪物じみた都市が広がってはいる。がしかし前方にあるのは、古い古い歌のような野原なのだ。

その野原にはきんぽうげが一面に咲きみだれている。野原の中を川が流れ、川に沿って小さな林がある。私は丘への長い道のりの前に、川のほとりのその場所でよく休んだものだ。

その場所で、私はロンドンを一街また一街と忘れていったものだ。時には、丘へ見せに持ってくために、きんぽうげの花を摘んで花束をこしらえた。

私はしばしばそこを訪れた。はじめは、その美しさと静けさのほかは何も気がつかなかった。

しかし二度目に来た時には、私はこの野原には何か不吉なものがあるような気がした。きんぽうげの中をぬって小さな浅い川のそばまで来た時、まさにこの場所で何か恐ろしいことが起るのかもしれぬと感じた。

私はそこに長くとどまってはいなかった。ロンドンであまりにも長く時を過ごしたせいで、そのような病的な陰気なことを考えるのだと思ったからである。そこで私は能《あた》うるかぎりの早さで丘へ向かって歩いていった。

自然の大気の中で何日かを過ごし、帰りがけに、ロンドンへ戻る前に、私はまた心穏やかな時を楽しもうと、野原のあの静かな場所へ行ってみた。しかし、いまだ何か不吉なものが、木々の間にあった。

そこを再び訪れる前に一年が経った。私はまたロンドンの影からまぶしい太陽の光のもとへとぬけ出した。輝く緑の草ときんぽうげが光の中で炎をあげ、小さな流れは幸せそうに歌っていた。しかし、私が野原へ足を踏み入れた瞬間、以前に感じたそこはかとない不安が私に戻ってきた。以前よりももっとひどく。まるでそこで影が恐ろしい未来の何かを抱き育《はぐく》んでいたかのように、一年のあいだにそれはもっと身近なものになっていた。

私は、自転車での遠出というのがよくないのかもしれぬと考えた。だから休息する時にこんな不安がやってくるのだと。

少したって夜の帷《とばり》が降りるころ、私はまた野原を通ってその場所へ戻ってきた。静寂の中で、川のうたう歌が私をそちらへ惹《ひ》きつけた。ふと、星空の下、そこは冷たく恐ろしい場所なのではないかという夢想が私を襲った。もしかすると何らかの理由で誰かがそこで深い傷を負い、動けずにいるのではないかと。

私はその地方の過去の歴史に精通している男を知っていた。私は彼に、あの野原で何か歴史的な事件が起きなかったかどうかきいてみた。なぜそんなことをきくかと、理由を迫るので、私はあの野原が野外劇などを行なうのに向いているようないい場所だからといった。が彼は、あの場所では興味をひくような出来事は起こったことがないといった。全くどんな出来事もなかった、と。

それでは、あの野原の苦しみがやって来るのは未来からというわけだ。三年の間、私は折にふれ野原を訪れたが、どの時もいっそうはっきりと、凶事の兆しが感じられ、美しい木々の下の涼しい緑の草の上で休息すべく惹きよせられていく度ごとに、私の不吉な胸さわぎはいっそう激しくなっていった。一度、私は自分の考えを信じまいとして、川の流れの速さを測ってみたりした。しかし気がついてみると私は、川が血よりも速く流れているかどうかなどと考えているのだった。

そこにいると気が狂いそうな恐ろしい場所だという気がした。声だって聞こえてきそうだ。

ついに私は、知りあいの詩人のところへ行き、壮大な夢から彼を目醒めさせ、彼に野原の事情をすべて伝えた。彼はその一年、まだロンドンから外へ出たことがなかったが、私と一緒にその野原を見に行き、そこでどんな変事が起ころうとしているのか話してきかせようと約束してくれた。

出かけたのは六月も終る頃だった。舗道、大気、家々、土埃は夏の日差しにすっかり乾ききり、乗り物の車輪は疲れたようにずるずると跡を引きずっていた。が、やがてどんどんと進むうちに、眠りの女神が翼を広げて舞い上り、ロンドンから漂い出て、田園へと美しく歩み入っていくのだった。

詩人は野原を見て、喜んだ。花々は川に沿って一面に咲きみだれていた。彼は楽しげに小さな林の方へ歩いていった。が、流れのすぐそばまで来ると、彼は立ちどまり、非常に悲しげな面持になった。一、二度、彼は苦しみに満ちて、天を見上げては地を見下ろした。それから彼は腰をかがめ、きんぽうげの花々を見た。一つずつ、次々とじっくり眺めてゆき、それから頭を振った。

長い間、彼は無言で立っていた。やがて私の以前からの不吉な胸さわぎが戻ってきた。そして未来の凶々しい予感も。

やがて私はたずねた。

「ここはいったい、どんな野原なのかね?」

するとで彼は、悲哀に満ちた様子で頭を振った。

「ここは、戦場なのだよ」

宵やみ

サキ
中西秀男訳

ノーマン・ゴーツビーはハイド・パークのベンチにかけていた。うしろは柵で仕切った狭い芝生で、ところどころ低い植込みがある。前は広々した馬車道、その向こうはロトン・ロウ［ハイド・パーク内の並木道で上流の人が乗馬に使う］だ。車馬の音や警笛のうるさいハイド・パーク・コーナーはすぐ右手になる。三月初めの夕方六時半ごろで、もうあたりはうす暗くなっていた。うすく月もさしているし街灯もたくさんあるが、とにかく宵やみである。車道も歩道もガランとして人影はないが、どうでもいいような人間がけっこううす暗い中を黙って歩いていたり、あちこちの椅子やベンチにひっそりかけたりしている。まわりの暗がりとほとんど見わけがつかない。

ゴーツビーはこの光景が気に入った。いまの心境にピッタリなのだ。彼は思った――宵やみは敗北者の時刻だ。男も女も、人生の戦いに破れ、零落した身の上と失った希望をせんさく好きな世間の目からなるべく隠そうという連中が、この夕やみの頃になると姿を見せる。みすぼらしい身なりもガックリ落ちた肩も悲しげな目つきも人目につくまいし、よし人目についても誰と見ぬかれる心配もないのだ。

王者も敗るればいぶかりの目を受く
世の人の心はかくもつれなし

宵やみをうろつく者はいぶかりの目を据えられるのを好まない。だからまるでコウモリのように、人気《ひとけ》のない夕やみの公園へ来て淋しい楽しみを求めるのだ。目の前の立木や柵の向こうはまばゆいばかりの光の国で、行き来する車馬の音がにぎやかだ。ずらりと何階にも重なる窓からは明るい光がさして、この夕やみまで薄れるようである。あれは他人の住家なんだ。人生の戦いに負けず、頑張っている連中や、まだ降参せずにいられる連中の住んでいるところだ。ゴーッビーはほとんど人足も絶えたベンチにかけたまま、あれこれと空想をめぐらせた。どうやら自分も敗北者のひとりらしい気分である。今すぐ金《かね》に困る身の上ではない。その気になればあの明るく賑やかな人生の表通りへ出て、繁栄を楽しんだり繁栄を求めて努力したり、押し合いへし合いしている人びとの仲間に入ることもできた。実はもっと高級な野心があったのだがそれに失敗して、悲しみと幻滅に沈んでいるところだ。だから、街灯と街灯のあいだの薄暗がりを自分のように当てもなく行き来する人びとを観察してあれはどんな人間だろうと見当をつけたりするのに、一種の皮肉な興味がないでもない。

同じベンチに並んで年配の男がひとりかけていた。いざ人生に立ち向かって、といった元気もなくなりかけた様子をしている。この人生に取り組んで頑張るのはもうやめたものの、自尊心の痕跡が残っているらしい。身なりも決して見すぼらしくはない。薄やみの中ではまず人並みで通る。しかし、半クラウン出してチョコレートを一箱買うとか、九ペンス出してボタンの穴にカーネーションを差すとか、そんなことさえ出来そうには見えない。まぎれもなく、せっかく演奏しても誰も踊らない孤独なオーケストラの一員なのだ。この世をどう歎いても一緒に泣いてくれる者は一人もないのだ。ベンチから立って行くその後ろ姿を見ながらゴーツビーは想像した――きっとあの男はわが家へ帰っても鼻であしらわれて相手にされないんだろう。もし帰って行く先がわびしい下宿なら、毎週の部屋代をちゃんと払ってくれるかどうか、それしか問題にされない人間なんだろう。後ろ姿はだんだん遠ざかって闇の中に消えた。ほとんど同時に今までその男がかけていた場所へ若い男が腰を下ろした。相当の身なりはしているが前の男に劣らずふさぎこんだ顔である。ドサリとベンチに尻を下ろしながら、大きな声で畜生とか何とかどなった。気にくわない世間だ、という心持を吐き出したらしい。

「あまりご機嫌じゃないようだね、君」とゴーツビーはいった。どなったのをまるきり知らんふりもできまい、と思ったのだ。

若い男はこっちを向いた。いかにも無邪気そうなあけすけの顔をしている。ゴーツビーは即座に用心した。

「ぼくみたいな羽目になったら、とてもご機嫌じゃいられませんよ。生まれて初めてのばかなことをやらかしたんです」

「はあ、それで？」とゴーツビーは落ち着いていった。

「今日昼すぎにロンドンへ着きましてね。バークレー広場のパタゴニアン・ホテルへ泊まるつもりだったんです」と相手はつづけた、「ところが行ってみるとホテルは何週間か前に取りこわされて、そのあとが映画館になってました。タクシーの運転手が少し離れた別のホテルを教えてくれたんで、そのホテルへ行きましたよ。すぐ家の者に手紙を出してホテルのアドレスは知らせました。そして石けんを買おうと外出したんです――荷物へ入れてくるのを忘れたしホテルの石けんは使うのがいやですからね。それから少しぶらついてバーで一ぱいやり、店をひやかしてホテルへもどろうとしてハッと気がつきました――ホテルの名前もその通りも覚えていないんです。ロンドンには友達もなければ親類もなし、これにはまったく困りました。もちろんうちの者に電報で問い合わせりゃいいんですが、出した手紙が着くのは明日でしょう。それまで一文なしというわけです。ホテルを出るとき一シリングばかりもってましたが、石けんを買って一ぱい飲むと飛んでしまいました。結局、ポケットにあるのはわずか二ペンスきり、それで今夜泊まるところもなくうろついてるんです」

そこで言葉を切るとしばらく黙っている。意味深長な沈黙だ。「とんだでたらめをい

う と思ってるんでしょう、あなたは?」とやがて相手はいった。少し恨みがましい口調である。

「でたらめじゃないね、その話は」とゴーッビーは意見を述べた、「覚えているがぼくも一度ある外国の首都でまったく同じことをやらかした。しかも二人連れだったからいっそうあきれるね。運よくホテルが運河か何かのそばだと覚えてたんで、どうにかその運河へぶつかるとホテルへもどる道がわかったものさ」

その思い出話を聞くと青年の顔は明るくなった。「これが外国の町ならそう困らないんですがね、領事館へ行って世話になれますから。ところが内地だとそれこそ困ります。誰かわたしの話を信用して親切に金《かね》を少し貸してくれる人でも見つけないと、今夜はテムズ河の河岸通りあたりで野宿でもしなけりゃなりません。とにかく、わたしの話をとんでもない大うそと取ってくださらなくてまずよかった」

ゴーッビーを親切気のある有望な男と見て取ったらしく、最後の言葉はたっぷり心がこもっていた。

「もちろん、その石けんとやらを出して見せられないのが君の話の弱点だがね」とゴーッビーはゆっくりいった。

青年はすぐかけ直してあわててオーバーのポケットを探ると、パッと立ち上がった。

「やあ、なくしたな」と彼はムッとしたようにつぶやいた。

「たった半日のうちにホテルもなくせば石けんもなくす、というのはうっかりもちょいと計画的という感じだね」とゴーッビーはいったが、相手はその言葉を終りまでは聞かなかったらしい。彼は小道をサッサと行ってしまった。頭を高くそびやかし、ふてくされた様子である。

「あいつ、惜しいところでしくじったな」とゴーッビーは思いふけった。「石けんを買いに出たというのがいちばんもっともらしい聞かせどころなんだが、そのちょいとしたところにひっかかって結局失敗に終ったわけだ。薬屋の店で買うと包んでよこす、丁寧に包装した石けんを用意するだけ抜け目ない用心さえあったら、あの商売の天才になれたろうに。あの商売じゃ用心の上にも用心する無限の能力がなくてはとても天才になれるものか」

そんなことを思いながらゴーッビーは帰ろうと立ち上がった。同時に、おや、という声が思わず出た。ベンチの横の地面に楕円形の小包があったのだ。薬屋の店で買ってきたように丁寧に包んである。たしかに中は石けんだ。あの若い男がドサリとベンチに腰を下ろしたときオーバーのポケットから落としたにちがいない。ゴーッビーはすぐさま宵やみの小道をかけ出して、あの明るい色のオーバーを着た青年のあとを一心に追いかけた。さんざん探しあぐんだ果て、ようやく馬車道の端にもじもじ立っているのを見つけた。まっすぐ公園を横切ろうかナイツブリッジの歩道の人ごみの方へ行こうかと、きめかねている様子だ。ゴーツビーに呼びとめられると、彼はパッと向き返って敵意むき出しに身構えた。

「君の話のたしかな証拠が見つかったよ」とゴーツビーは石けんを差し出した、「君がベンチへかけたときオーバーのポケットから落ちたんだね。君が出かけたあと、地面に落ちてたんだ。君の話、信用しないでわるかったが、どうも見かけがよくなかったんでね。ところで証拠に石けんを出して見せろといった以上、石けんがあったとなると知らん顔もできない。一ポンド貸してあげたら少しは役に――」

役に立つかどうかの疑問はたちまち氷解した。相手がすぐさまその金貨をポケットへ入れたからだ。

「これがぼくの名刺、アドレスも書いてある」とゴーツビーはつづけていった、「今週ならどの日でもいい、返しに来たまえ。これがその石けん。もう失くさないんだね、君の大事な味方だから」

「見つけてくだすって助かりましたよ」と青年はいった。それから何か咽喉に引っかかるような声で急いでひとことふたこと礼をいうと、ナイツブリッジの方へ一目散にかけ出して行った。

「かわいそうに、無一文だったんだな」とゴーツビーは思った、「きっとそうだったんだ。やっと助かってよほど嬉しかったろう。あまり気をまわして見かけで判断したりするもんじゃないんだなあ」

ゴーツビーがもどってきてもとのベンチのそばを通りかかると、年配の男が一人、ベンチの下をのぞいたりその廻りを探したりしている。見るとさきほど同じベンチにかけていた男だ。

「何かなくしたんですか?」と彼はたずねた。

「ええ、石けんをひとつ」

園丁

ラドヤード・キプリング
土岐知子訳

ひとつの墓が私に与えられ、
最後の審判の日まで寝ずの番となった。
しかし、神は天から見下ろし
墓石を倒して墓を開かれた。

長き年月《としつき》を経てのある日
まさにその日のある時刻に、
神の御使いは私の涙を見ると
墓石を倒して墓を開いた!

ヘレン・タレルが誰に対しても、とりわけ立派に、ただ一人の弟の不幸せな息子に対して、すべきことはしてやったということは、村の誰もが知っていた。皆は、ジョージ・タレルがほんの若い頃から、家族に辛い思いをさせどおしだったことも知っていたものだから、幾度も再出発と挫折を繰り返した後で、インド警察の警部補となった彼が、退役下士官の娘などと掛り合いになり、出産を控えた数週間まえに、落馬によって死んでしまったと聞いたときにも、さして驚きはしなかった。有難いことに、ジョージの父も母も共に亡くなっていたし、三十五歳にもなって今は独立した暮しをしているヘレンは、きれいさっぱり不名誉なことから手を引くほうが、よかったのかも知れなかったが、彼女は実に気高くも、それを我が身に引き受けた。当時自分にも肺病の怖れがあって、南フランスに転地させられていたにもかかわらずである。ヘレンはボンベイにいたその子と乳母の渡欧の手続きをしてやって、二人をマルセーユに出迎えたのだったが、赤子は乳母の不注意から、そのため乳母は即刻解雇となったが、乳呑み子にありがちな下痢に見舞われていた。そこで以後は自分で看護し通して、とうとう秋も深まった頃に、ヘレンは痩《や》せて困憊《こんぱい》してはいたものの、意気揚々と、全快したその男の子を連れて、ハンプシャーの自宅に戻ってきた。

これらすべての詳細は、土地のみんなの共有となっていた。というのは、ヘレンは真っ昼間のごとく明けっ放しで、醜聞はもみ消そうとやっきになればなるほどひどくなるというのが彼女の持論だったからである。どちらかと言えば、ジョージはいつだって黒い羊だったと彼女も認めてはいたが、もしこの子の母親が親権を主張すれば、ことはもっと面倒になっていたかもしれないと思っていた。よくしたもので、ああした階級の連中は、金銭のためならほとんど何でもやってしまうように見えたし、ジョージも追い詰められると、決って姉である自分のほうを振り向いて助けを求めたということもあって、下士官の縁故をすべて断ち、その子にあらゆる利益を与えることが――これは彼女の友人たちも賛同してくれたのだったが――正当なのだと、ヘレンは感じていた。マイケルと命名された、教区の司祭による洗礼が、この第一歩であった。ヘレンは、自分で自分を知る限りにおいては、子煩悩ではないと言っていたが、あれほどの欠点にもかかわらず、彼女は弟のジョージが大好きだったし、その息子のマイケルの口元は、父親にそっくりだと言ったりした。似ているということが、希望を繋ぐよすがとなっていたのだ。

実際、マイケルが最も忠実に再現していたのは、横幅があっても、けっしておでこではない、タレル家の額《ひたい》と、その下でさっぱりと距離を保っていた両眼であった。マイケルの口もとは、典型的なタレル家のものより、幾分かましなものだった。それでもヘレンは、美点が母方のものだと認めたくはなかったので、この子はどこをとってもタレル家の一員だと言ったが、そのとき誰も異議をさしはさむ者がなかったので、タレル家似だということが、ここでしっかり定着した。

二、三年もすると、ヘレンがかわらずそうであったように、マイケルも人々に受け入れられて、彼も自分の居場所を確保していた――ものおじせず、思索的で、ずいぶん整った顔立だった。六歳のとき、自分はどうして他の子と同じように、ヘレンを「お母ちゃま」と呼んではいけないのか、その理由を知りたがった。自分はあなたの伯母《おば》ちゃまなのだし、伯母ちゃまというのはお母ちゃまとは違うのよと説明したが、もしそうしたいのなら、お寝《やす》みを言うときにだけ、仲よし二人の間の呼び名として、「お母ちゃま」と言ってもかまわないわとも言ってやった。

マイケルは大変忠実にこの秘密を守ったが、ヘレンはいつものようにその事実を友人たちに説明した。それでそれがマイケルの耳に入ったとき、彼は激しく怒った。

「なぜ話してしまったの。なぜ話してしまったの」という言葉が激しい攻撃の後に発せられた。

「どんな場合でも真実を語るのが最上だからよ」と寝床の中で震えている彼を片腕で抱きながら答えた。

「わかったよ。でもシンジュチュがきたないときには、そんなことするなんてひどいと思う」

「そうなの、マイケル」

「そうさ、ひどいよ、それに」――ヘレンには子供の小さな体が硬くなるのが感じられた――「みんなに話しちゃったんだから――お寝みのときにだって――もう「お母ちゃま」とは呼ばないよ」

「でもそれではあんまり意地悪じゃないの」とヘレンは優しく言った。

「いいんだ、いいんだ、伯母ちゃまは、僕の心の内を傷つけたのだから、僕もお返しだ。

生きている限り傷つけてやるんだ」

「いけないわ、ああ、そんな口の利き方はいけないわ、坊や。あなたは分っていないのよ、自分が何を――」

「そうしてやるんだ。そうして僕が死んでしまったら、もっとひどく傷つけてやる」

「おやまあ、わたしは可愛い坊やより、ずっと前に亡くなっていますよ」

「フン、エマが言ってるよ。「人の運命なんてわからないものですからね」って」（マイケルは、のっぺりした顔の年かさの女中とよく話をしていた）「沢山の小さな子供たちが、あっけなく死んでしまうんだって。僕もだ。そのときになったら伯母ちゃまにも分るよ」


ヘレンは喘《あえ》ぎ、ドアに向かって歩き始めたが、「お母ちゃま、お母ちゃま」と泣き叫ぶ声が、再び彼女を引き返らせ、二人は互いに抱きあって泣いた。

十歳になり、小学校の二学期が終わった頃に、何かが、あるいは誰かが、マイケルに自分の出生にはかなり普通とは違ったものがあるという考え方を植えつけた。このことで彼はヘレンを追及し、家族に許されている率直さで、彼女のしどろもどろの弁解をやりこめた。

「ひと言だって信じないよ」と最後に彼は明るく言った。「両親が結婚していたなら、みんなはあんな話し方はしなかったと思う。でも伯母ちゃま、心配しないで下さい。僕も、英国史やシェイクスピアのちょっとした話などで、僕のようなやつのことはよく知っているのですから。まず始めに、征服王ウィリアムがいるでしょう——ああ、山のようにいますよ。そうしてみんなすごい人になっている。僕がそんなふうだったとしても、伯母ちゃまには変わりないでしょう——ね」

「まるでひどい違いがあるようにして——」と彼女は言い始めた。

「もういいですよ。このことがそんな風に伯母ちゃまを泣かせてしまうなら、もうぜったい二人の間でこの話はなしです」。その後彼のほうからこのことに言及することはなかったが、それから二年後に、彼がうまい具合に休暇中に麻疹《はしか》にかかったとき、熱が危険体温をしめす華氏百四度［摂氏四〇度］に達したとき、彼はそのことばかりぶつぶつ譫言《うわごと》にいい続けた。そうしてそれは、ヘレンの声がやっとのところで彼の朦朧《もうろう》とした意識をつき抜けて届き、現世であれ、来世であれ、二人の間では何もけっして変わることがないと請けあうまで続いたのだった。

パブリック・スクールの学期の後には、素晴らしい降誕祭や復活祭や夏の休暇がやってきて、それらはひと連なりの宝石のように多彩に輝いていた。そうしてヘレンもそれらを宝石のように大切にした。やがてマイケルは独自の興味を持ち始め、他には目もくれずそれを追求し、それらを一通り楽しむと、また別の興味へと移っていった。しかし、ヘレンに対する関心はいつも変わらず、増し続けたのだった。彼女は持てる愛情のすべてを注ぎ、可能な限りの忠言と金銭を用いて、それに報いた。そうしてマイケルは馬鹿ではなかったので、大いに有望と目される生涯が始まるはずだったが、その直前に戦争にとられてしまった。

十月からは奨学金でオクスフォードに行くことになっていた。そうして八月の末にはすんでのところで、前線に身を投じて全滅した最初のパブリックスクールの学徒の中に加わるところだった。ところが、将校訓練軍の指揮官が、そこで彼は一年近く軍曹として務めていたのだが、マイケルに前線への参加を思い止まらせて、直接ある大隊の将校にしてしまった。大隊とはいうものの、それは編制されたばかりで、兵士の半数は、陸軍の古い赤い軍服だったし、もう半数は、湿っぽい過密なテント暮しで、髄膜炎にかかってしまいそうな有様だった。ヘレンは直接入隊という考え方に愕然とした。

「でもそれは血すじの中にあるのでしょう」とマイケルは声をあげて笑った。

「あなたがあの旧い話を今までずっと信じていたっていうのじゃないでしょうね」とヘレンは言った。（女中のエマが死んでからかれこれ数年はたっていた。）「わたしは名誉にかけて請けあったでしょう――それを今また繰り返してもよいのだけど――大丈夫だって。本当に大丈夫だって」

「ああ、あのことは気にしてなんかいません。気にしたことなどありませんでした」と彼は勇ましく応えた。「僕が言ってるのは――お祖父《じい》さまのように――入隊していれば、もっと早くからはなばなしい働きをお見せできたのにということです」

「そんなこと言わないで。あなたはもうすぐ終戦になるって心配しているの」

「それほど幸運ではないですよ。Kが言っていることを御存じでしょう」

「ええ、でもわたしの銀行の人が、先週の月曜日に、おそらくは降誕祭過ぎまで続くことはありえないって言っていたわ――財政上の理由でね」

「その人の言っていることが当っているといいと思いますが、僕たちのところの大佐は――彼は職業軍人です――長いことになると言っています」

マイケルの大隊は、どうしたことか、休暇が数回も与えられ、ノーフォークの海岸の浅い塹壕《ざんごう》の中で沿岸警備に使われるという幸運にめぐまれた。それからスコットランドのある河口を警備するために北方に送られ、最後は遠隔地で任務に着くのだという根拠のない噂が流れてから数週間も足止めをくった。しかし、マイケルが鉄道のある乗換え駅で、たっぷり四時間はヘレンに面会できるはずになっていたその日に、ロース戦の損害を補うために彼の大隊が急遽投入されることになり、彼はかろうじて別れの電報を打つ時間を見出しただけであった。

フランスでも好運がこの大隊に味方した。戦線の凸出部の近くに派遣されて、そこで実に素晴らしい呑気な日々を過したが、その間ソンム川防衛地区では前線の配備が進められていた。そこでの戦いが始まったときには、この大隊はアルマンティエールおよびラヴァンティ防衛地区の平穏を享受していた。彼らが側面防御にしっかりした見解を持っていて、塹壕掘りができるということを知った抜け目ない司令官は、電信敷設のための援軍という名目で、マイケルの大隊をそれが属する師団からうまく連れ出して、大かたはイープルのあたりで働かせた。

一ヶ月の後、マイケルがヘレンに手紙を書いて、目下のところさしたる任務もないので心配ご無用ですと言ってやったすぐ後に、砲弾の破片が突然雨模様の暁の空から降ってきて、彼の命を奪った。次の砲弾が納屋《なや》の壁の土台とおぼしき部分を抉《えぐ》って、その屍《しかばね》のうえに被せてしまった。それは実に見事に覆ってしまったので、専門家でなければ、なにか不愉快なことが起こっていたとは思ってもみなかっただろう。

この頃までには村人たちも戦争の経験を積み、英国風にそれに対処する儀式を整えてきていた。郵便局長の奥さんは、公式の電報を自分の七歳になる娘に手渡して、タレルさんに届けるように言いつけながら、司祭館の園丁に向かって、「今度はヘレンさんの番だね」と言った。園丁は自分の息子のことを思って応えた。「そうさな、彼はもったほうだよ」。子供のほうはわあわあ泣きながら玄関までやってきた。生前マイケルおじちゃんによくお菓子を貰っていたからである。やがてヘレンはいつの間にか、ブラインドをひとつひとつ丁寧に降ろして、その度ごとに「行方不明はかならずしも死亡とは限らない」と熱心に言っている自分に気づいた。それから彼女はもの悲しい行列に参加したが、つまりそれは、実りのない感情を続けざまに無理やり経験させられるということだった。もちろんまず教区司祭が希望をと説教し、捕虜収容所から間もなく便りがあるだろうと予言した。何人か友人たちも、まったく本当にあった話だがと言って語ってくれたが、それはいつも決って他の女たちの話であって、何ヶ月もの間消息が途絶えていたあとで、女たちのもとに、行方不明の者たちが奇跡的に帰還したというものであった。また他の人たちは、各種の組織の頼りとなる秘書官と連絡を取るようにと勧めたが、そうすれば彼らが、善意の中立者に話をつけてくれるとか、どんなに口の堅いドイツの収容所の司令官からでも、正確な情報を引き出してくれるからというのである。ヘレンは人に勧められたことは何でも実行し、目の前に置かれたすべての書類に書き込み、署名をした。

以前マイケルが休暇のときだったが、ヘレンはある軍需工場に連れて行ってもらったことがあった。そこで彼女は空の鉄容器がほぼ完成された砲弾になってゆく過程を見た。そのとき突然、その不愉快なものから一秒たりとも人の目が離されることはないのだという思いが浮かんだ。そうしてヘレンは書類を整えながら、「わたしも悲しみの遺族に製造されてゆく」と独り言をいった。

やがて、すべての組織が追跡不能とかなんとか言って、衷心より遺憾に思うと伝えてきたときに、彼女の中で何かが崩れて、あらゆる感情に——解放に対する感謝の念は別だったが——終止符が打たれ、ヘレンはこれでよいのだとすべてを容認した。マイケルは死んで、彼女の世界は停止した。自分も同様に停止の衝撃を真向うから受けた。今や彼女は静止して佇《たたず》み、世間は動いてゆくが、彼女はいっこうに構わなかった——どんな具合にも、どんな意味においてもその影響を受けることはなかった。そうだと彼女が知ったのは、マイケルの名前をなにげなく話の中に織り込んだり、人が礼儀正しく同情の言葉を呟《つぶや》いてくれるときなど、なにげなく礼儀正しい角度に頭を傾《かし》げたりできるようになったからであった。

安堵の感じをしあわせに嚙みしめながら、休戦記念日はその鐘の音とともに彼女のうえに明けて、気に止めることもなく過ぎていった。次の一年が過ぎる頃には、無事に戻った若い帰還兵に対する肉体的厭悪感を克服して、彼らの手を取り、ほとんど心底から元気でいてほしいと言えるようになっていた。彼女は国家的なものにしろ、個人的なものにしろ、戦争の余波についてはまったく関心がなかったが、はるばる遠方まで出掛けて、各種の救援委員会に出席し、提案された村の戦没者記念碑の敷地についても——ふと気がつくと、それを主張している自分の声が響いていたりしたのだが——一家言あった。

それから、第一の近親者としての彼女のところに、消えない鉛筆で書かれたヘレン宛の便箋一枚の手紙と、丸い銀の身分証明票と、時計ひとつと一緒に、マイケル・タレル中尉の遺体は発見され、身元確認がなされた後で、ハーゲンゼーレ第三陸軍墓地に再び埋葬されたという趣旨の公式通知が届けられた——墓の所在を示す文字と番号とがきちんと記されて。

そこでヘレンは、自分が次の段階の製造過程に進められたことを知った——今度は、この世に愛を捧げるべき祭壇があることを確信した意気軒昂たる、あるいは失意に沈む親類縁者でいっぱいの世界へと進むのである。これらの人たちはすぐさま彼女に、明確な時刻表を示しながら、墓参はいともたやすいことであって、日常生活に支障なくできるものだと言うのだった。

「ずい分違いますよね」と教区司祭の奥さんは言った。「メソポタミアで戦死なんてことでしたら。ガリポリだって大変」

第二の人生のごときものに目覚めるときの苦しみを感じて、ヘレンは英仏海峡を渡ってしまった。そこは略記名称の新世界で、ハーゲンゼーレ第三は、午前の定期船で渡ると、午後の汽車に連絡していて、難なく到達できるし、ハーゲンゼーレから三キロと離れていないところには快適な小さなホテルもあり、そこで一夜を心地よく過ごして、次の朝に墓参りができるということもヘレンは知った。これらすべては中央の権威筋から得た情報だったが、とは言ってもその人物は、舞い上がる石灰の砂ぼこりと吹き飛ばされた紙くずの破壊された都市のはずれにある、板張りにタール紙を貼りつけた小屋の中に住んでいた。

「ところで」と彼は言った。「あなたはあなたの墓の番号をご存じですね、もちろん」

「ええ、ありがとうございます」と言ってヘレンは、マイケルが持っていた小さなタイプライターで打ち出された墓の列と番号を見せた。その役人は沢山ある名簿で照合してくれるはずだったが、そこで大柄なランカシャーの婦人が二人の間に入って、自分の息子はどこに行ったら見つかるのか、A・S・C〔陸軍航空部隊〕の伍長だったのだけれどと言った。本名はアンダソンというのだけれどと呟《つぶや》き、立派な血すじなものだから、もちろん息子はスミスの名前で入隊して、一九一五年の早い頃にディッキーブッシュで戦死したのと言った。彼女は墓の番号も持っていなかったし、息子がその偽名と一緒に、二つある洗礼名のどちらを使っていたかもわからない。それなのに、彼女のトマス・クックの旅行切符は、復活祭の週末には期限が切れるので、そのときまで息子が見つからなければ、気が狂ってしまうわと言った。そうして彼女はヘレンの胸に倒れ込んだが、その役人の奥さんが、事務所のうしろにある小さな寝室からかけつけて、三人はその婦人を簡易ベッドに運び上げた。

「よくこういうことがあるんです」ときつく結んだボンネットの紐《ひも》を解きながら役人の

奥さんは言った。「昨日は息子さんはホーゲで亡くなったって言ってらしたのですけどね。あなたのお墓の場所はほんとうにおわかりですね。わかっておいでだと、ずいぶん違いますから」

「ええ、どうも」と言ってヘレンは寝台で休んでいる婦人が、また嘆き始めないうちにと急いでそこを出た。

正面はこけおどかしで、モーヴ色と青の縞模様になっている木造の建物があって、混雑したそこでのお茶は、ヘレンをさらに深い悪夢へと誘った。彼女はがっしりした体格の不器量な英国婦人と並んで支払いをすませたが、その婦人はヘレンがハーゲンゼーレ行きの汽車のことを尋ねているのを小耳にはさんで、ご一緒いたしましょうと申し出た。「わたしもハーゲンゼーレに行きます」と彼女は説明した。「ハーゲンゼーレ第三《サード》ではないのですが。わたしのは砂糖工場で、今ではみんなそれをラ・ロシエールと呼んでいます。それはちょうどハーゲンゼーレ三《スリー》の南にあたります。あそこのホテルは予約してありますか」

「ああ、大丈夫。どうも有難う。電報を打ってあります」

「そのほうがよいでしょう。あのホテルは時々、満室に近くなり、また別の時にはほとんど宿泊者なしってこともあるんです。でも古いリオン・ドール――砂糖工場の西側にあるホテルのことですが――そこの個室に浴室をつけたので、それで有難いことに、ずい分多くの人たちが、あちらに投宿するようになったんです」

「何もかもわたしにとっては新しいことずくめです。今回こちらに初めて参りました」

「本当ですの。停戦の日以来これで九度目です。自分のためではないのです。有難いことですが、わたしは誰にも死なれてはいません――でも、皆さんと同じく、国には誰かに死なれてしまった友人が沢山います。こんなふうにしばしばやって来るのは、誰かちょっと見に来て――その場所をですよ、そうしてその後でどうなっているか話してやればよいと思うものですから。それに写真を撮ってあげることもできるし。頼まれた依託のリストはかなりのものですから」と言って神経質に笑い、肩から掛けていたコダックのカメラを叩いた。「今回は砂糖工場にも二、三見に行きますし、それにこの辺の共同墓地に他にも沢山あるんです。わたしのやり方はね、依託を貯めておいて、あるとき纏めるんですよ、おわかりのように。ある地域の依託がそれに見合うだけの数になったら、ひょいとこちらにやって来て、仕事をしてやるんです。ほんとうに人様の心の慰めになりますからね」

「そうでしょうね」とヘレンは応えたが、小さな汽車に乗り込むときに彼女の体は震えた。

「もちろんそうですとも。（わたしたち窓のある席で好運でしたね。）慰めになっているに違いありません。そうでなければ皆さんそんな依託なんかなさらないでしょう。わたしはここに十二ないし十五件のリストを持っています」――彼女は再度コダックを叩いた――「今度はこの整理をしなければ。あら、お聞きするのを忘れていたわ。どのような御用でいらしたの」

「わたしの甥《おい》なんです」とヘレンは言った。「でも大好きだったもので」

「ああ本当に。わたしはときどき死者は死後もわたしたちの気持がわかってくれるのかしらと思うことがあります。どうお考えですか」

「ああ、そんなこと――そんなことはあまりこれまで考えないようにしてきました」と言って、ヘレンは両手を挙げて、その女性を遠ざけるような仕草をしそうになった。

「おそらくそのほうがいいんでしょうね」と彼女は応えた。「寂しい思いをするだけでたくさんですものね。さて、もうお邪魔いたしません」

ヘレンにはそれが有難かったが、ホテルに到着すると、スカーズウァース夫人（二人はそれまでに互いに名乗り合っていた）は、同じテーブルで食事をとるようにと言い張り、食後には、低い声で話し合っている遺族たちでごったがえしている小さなひどいサロンで、ヘレンに「依託リスト」について、戦没者たちの生涯、彼らの親類にはどこで出逢ったか、一番の近親者についてのあらましなど一部始終を話して聞かせた。ヘレンはほとんど九時半頃までそれに耐えて、部屋に逃げ帰った。

ほとんどその直後に扉にノックの音がして、スカーズウァース夫人が入ってきた。恐ろしい例のリストを握った両手を前で堅く組んでいた。

「ええ、ええ、わたしわかってます」と彼女は話し始めた。「わたしなんかうんざりでしょうけれど、重要なことをお話ししておきたいんです。あなた――あなたは結婚していませんね。とするとおそらく……。でもそれは問題じゃありません。わたしが誰かに話しておかなければならないんです。わたしはもうこんなこと続けられません」

「でも、お願いですから――」スカーズウァース夫人は閉めた扉を背にして立ち、口だけが無表情に動いていた。

「すぐに済みますから」と彼女は言った。「ところで――階下で先ほどまでお話ししていた例のわたしの訪ねるお墓についてなんですけれど。あれはほんとうに依託なんです。少なくともあの中のいくつかはそうなんです」彼女の視線は定まらず、部屋の中をぐるりと見まわした。「ベルギーにはなんて変わった壁紙があるんでしょう。そうお思いになりません。……そうなんです。誓って申しますけれどああいったものは依託なんです。けれどただひとりだけ、おわかりでしょう、そうして――そうしてその人はわたしにとってこの世の何にもまして大切だったんです。わかっていただけますか」

ヘレンは頷《うなず》いた。

「誰にもまして。そうして当然、そうであってはならない人でした。わたしには無縁であるべき人でした。ところがそうじゃなかったんです。今も同じ。それがこうやって依託を受けている理由なんです。おわかりでしょう。話はそれだけ」

「でもどうしてわたしに話して下さるの」と絶望的な気持でヘレンは尋ねた。

「嘘にひどく疲れてしまったんだもの――嘘には疲れた――いつも嘘をつき通し――年がら年中。嘘をついていないときは、嘘を演じていなければならないし、絶えず嘘を考えていなければならないの。それがどんなことかあなたには分らないでしょう。あの人は生涯でわたしの身に起こった唯ひとつのこと――たったひとつの真実だったのです。そうであってはならなかったのに、あの人は、わたしにとって全てでした。それで、これまでずっと、そんなことはなかったみたいに装ってなければならなかったの。何年も何年も、口に出す言葉はみな注意をして、次にはどんな嘘をつくか、懸命に考えなければならなかったんです」

「何年間ですって」とヘレンは尋ねた。

「ことが起こる前に六年四ヶ月、その後に二年九ヶ月。あれから彼のところへは八回行っています。明日を入れると九回になります――それでもう駄目なんです――誰にも人に話さないでまた行くなんてもう駄目。行く前に、誰かに対して自分が正直になっていたい。分って下さるかしら。わたしが問題じゃないんです。ほんの若い娘の頃から、わたしは正直ではありませんでしたもの。でもそれではあの人に合わせる顔がない。それで——それでわたしは——打ち明けないわけにはいかなかったのです。もう黙ってはいられないの。おお、もう駄目」

彼女は組んだ両手をほとんど口の高さまで持ち上げたが、急に組んだまま腕いっぱいに伸して、腰の下まで降ろした。ヘレンは前に出て彼女の手を取り、その上に身を屈めて呟いた。「おお、お気の毒なこと、お気の毒なこと」スカーズウァース夫人は後ずさりしたが、顔は赤くまだらに染っていた。

「ひどいわ」と彼女は言った。「そんなふうにお取りになったの」

ヘレンが返答に窮していると、婦人は部屋を出て行った。だがヘレンは、なかなか寝付けなかった。

翌朝早くスカーズウァース夫人は依託巡回に出掛け、ヘレンはハーゲンゼーレ第三にひとりで歩いて行った。墓地は造成中で、砕石を敷いた道路から五、六フィート高いところにあり、道にそってずっと続いていた。深い溝に架けた短い橋《カルバート》がいくつかあって、未完成の境界の塀を通ってはいる入口の役目を果していた。彼女は材木を敷いた土の階段を数段昇り、そのとたん、いちめんに林立している墓そのものに対面し息をのんだ。ハーゲンゼーレ第三が、すでに総数二万一千の死者を数えていることを知らなかった。ただ彼女が見たものは、非情な海にも似た一面の黒い十字架であり、その正面には、刻印のある小さな細いブリキの板が、まちまちの角度で張り付けられていた。その集合にどんな秩序があるのか、どんな風に整列しているのか見当もつかなかった。ただ腰の高さまでもある雑草の茂る荒野が、突然枯死した雑草のように、彼女めがけて押し寄せてきた。彼女は前進し、右へ左へとやみくもに動きまわり、いったい何を手立てに目指すものにたどり着いたらよいのかしらと思った。遥かかなたに一本の白線があった。それは、すでに墓石が据えられた、およそ二、三百基の墓の区画だということが判った。花がすっかり植え込まれ、新たに播種された芝生も緑になっていた。ここでは各列の端に明瞭な文字が標されていたが、持って来た紙片れに照合して、彼女が捜しているのは、ここではないことが判った。

男がひとり一列に並ぶ墓石の背後で跪《ひざまず》いていた——明らかに園丁と思われたが、そのわけは、彼が柔らかい地面に若木をしっかり植え付けていたからである。手に書き付けた紙を持って彼女は近づいた。彼女がやって来るのを見て男は立ち上がり、前置きも挨拶もなく尋ねた。「どなたをお捜しですかのう」

「マイケル・タレル中尉です——わたしの甥ですわ」とヘレンは、生涯ずっと幾度となくそうしてきたように、ゆっくりと一語ずつ言った。

その男は視線を上げ、無限の同情をこめて彼女を見やったあと、播種された芝生から、立ち並ぶ黒い十字架の裸木のほうに視線を移した。

「わたしと一緒に来なさい」と彼は言った。「そうすれば、あなたの息子さんのいる処を教えてあげよう」

共同墓地を離れるとき、彼女はこれで見納めと振り向いた。遠くの方で例の男が、若木の上に身を屈めているのが見えた。彼は園丁〔『ヨハネ伝』第二十章第十五節参照〕なのだわと彼女は考えながら帰路についた。

重荷

ひとつの深い悲しみが私に課され
年々歳々、日々変わることなく、
誰の助けを得ることもできず、
誰に語ることもできない。

終わりとなる見込みとてなく
ただ繰返し深い悲しみにくれるばかり――
ああ、マグダラのマリアよ、
　これほどの悲哀がまたとあろうか。

愛しき恥辱を夢に見つづけ、
　くる日もくる日も絶えることなく――
為し、語るすべてのことを
　偽りの顔で隠す。
夜明けより暮れるときまで嘘で固める――
　嘘は虚しいと知りながら――
ああ、マグダラのマリアよ、
　これほどの悲哀がまたとあろうか。

執拗な私の恐れを見守るために
　私の振舞いのすべてを見ていてほしい
年々歳々、日々変わることなく――

くる日もくる日も絶えることなく。
熱と悪寒が交互に襲う——
震え、それからまた激昂する——
ああ、マグダラのマリアよ、
これほどの悲哀がまたとあろうか。

ひとつの墓が私に与えられ——
最後の審判の日まで寝ずの番となった——
しかし、神は天から見下ろし
墓石を倒して墓を開かれた!
長き年月《としつき》を経てのある日
まさにその日のある時刻に——
神の御使いは私の涙を見ると
墓石を倒して墓を開いた!

七階

ディノ・ブッツァーティ
脇功訳

列車でまる一日旅をしたのち、ジュゼッペ・コルテは、三月のある朝、その有名な病院のある町についた。少し熱があったが、それでもスーツケースを下げて、駅から病院までの道のりを彼は歩くことにした。

ごく軽い初期の徴候が見られるだけだったが、彼はその病気だけを専門に治療するその有名な病院に行ってみるように勧められたのだった。専門の病院だけに特に権威のある医者や、合理的で効果的な装置類もそろっているということだった。

遠くからその病院を見た時には――一度その病院の写真を広告用のパンフレットで見たことがあるのを思い出したが――ジュゼッペ・コルテはとてもいい印象を受けた。七階建てのその白い建物は壁面が規則的に張り出していて溝を刻んでおり、なんだかホテルのような外観をしていた。周囲はすっかり高い木立で囲まれていた。

簡単な診察がすんで、もっと精密な検査を受けるのを待つ間、ジュゼッペ・コルテは七階、つまり最上階の、気持のいい病室に案内された。調度類も壁紙も明るく、清潔な感じのする色だし、椅子も木製で、クッションは豊富な色柄のカバーにくるまれていた。眺望はその町のいちばんすばらしい界隈の上にひらけていたし、すべてがなごやかな、居心地のよい、落着いた雰囲気だった。

ジュゼッペ・コルテはすぐにベッドに横になって、枕元の明りをつけ、持ってきた本を読みはじめた。しばらくしてひとりの看護婦が入ってきて、なにか用はないかと彼にたずねた。

別に用はなかったが、ジュゼッペ・コルテはよろこんでその若い看護婦を話し相手にして、その病院のことをいろいろとたずねた。こうして彼はその病院の奇妙な特徴を知った。つまり患者たちはその症状の重さにしたがってそれぞれの階に配属されるというのだった。七階、すなわち最上階はごく軽い症状の者、六階は症状はたいして重くないがさりとてなおざりには出来ない患者たちに当てられ、五階ではかなり症状の深刻な患者の治療をしているといったような具合である。二階には重症者ばかり収容しており、そして一階にいるのはもはや望みのない者ばかりであった。

この奇妙なシステムによれば患者の世話がすこぶる円滑にいく以外にも、軽症患者が苦痛にさいなまれている重症患者と隣り合わせて悩まされるということもないし、また各階にそれぞれ同質の雰囲気を保つことも出来るのである。一方治療もこうして完全な方式で区分して行なえるというわけだった。

そこで患者たちは七段階の累進的なカーストに分類されることになる。各階はそれぞれ独自の規律、独特の習慣を持ったそれ自体ひとつの世界のようなものである。そしてそれぞれの階はそれぞれ別の医者に託されているので、院長は唯一の基本的な方針を病院全体に定めてはいるが、治療方法にはそれぞれ、ごく些細ではあっても、明確な相違が形成されていた。

看護婦が出て行くと、ジュゼッペ・コルテは、熱がひいたような気がしたので、窓辺に行って、外を眺めた。だが別に彼にとってははじめてのその町の眺めを見ようとしたのではなくて、窓越しに下の方の階の患者たちの姿がかいま見えはしないかと思ってであった。壁面が大きく張り出したりひっこんだりしているその建物の構造がそうした観察には具合がよかった。ジュゼッペ・コルテはごく遠くに思える、斜めにしか望めない一階の窓にとりわけ注意を集中した。だが興味をひきそうなものはなにも見えなかった。大部分の窓は灰色のブラインドを神秘的にぴったりと閉ざしていた。

コルテはとなりの窓辺にひとりの男がいるのに気がついた。長い間視線を合わせているうちに二人は次第に親しみをおぼえていったが、どう言葉をかけていいやらわからないでいた。ようやくジュゼッペ・コルテは思い切って、口を開いた。「あなたも最近ここへいらっしゃったのですか？」

「いいえ」その男は答えた、「もう二か月もここにいます……」その男はしばらくの間黙っていたが、どう話を続けていいかわからないままに、こうつけ加えた、「下にいる私の弟の方を見ていたんです」

「あなたの弟さん？」

「ええ」その知らない男が説明した、「私たちいっしょに入院したのですけど、妙なことに、弟の方は次第に悪くなっていきましてね、考えてもごらんなさい、今ではもう四番目にいるんですから」

「四番目ってなんのことです？」

「四階ですよ」とその男は説明し、哀れみと恐怖の混った表情でその二言を口にしたので、ジュゼッペ・コルテはほとんどおびえそうになった。

「でも四階じゃあそんなに重症患者ばかりなんですか？」彼は用心しながらたずねた。

「いえ」男はゆっくり首をふりながら言った、「まだそんなに絶望するほどではないんですが、でもとにかくのんきには構えていられないでしょうね」

「でもそれじゃあ」とコルテは、自分にはかかわりのない悲劇的な事件にでも言及する者のような冗談めかした気楽さで、なおもたずねた、「それじゃあ、四階にいる連中でさえそんなに重症だとすると、一体一階にはどんな連中を入れてるんですか？」

「一階にいるのはまさしく瀕死の連中ばかりですよ。そこじゃあ医者はもう手を拱いているよりしょうがないんです。忙しいのは坊主だけってわけでしてね。そしてもちろん……」

「でも一階には患者はあまりいないようですね」ジュゼッペ・コルテは急いで確認を求

めるように相手の言葉をさえぎった、「一階の窓はほとんど全部閉っているようですけど」

「今はあまりいませんね、でも、今朝がたまでは大勢いました」その知らぬ男はかすかに微笑を浮べて答えた、「ブラインドのおりているところはその部屋で少し前に誰かが死んだってわけですよ。それに、ごらんなさい、ほかの階では窓はみんな開いているでしょう？　じゃあ失礼します」ゆっくりと窓辺から身をひきながらその男は言った、「少し寒くなってきたようですから、私はベッドにもどります。せいぜいお大事に……」

男の姿が窓ぎわから消え、そして窓が勢いよく閉った。やがて部屋の中に明りのともるのが見えた。ジュゼッペ・コルテはなおも一階のブラインドの下りた部屋に目を釘付けにしたまま身動きもせずにじっと窓辺に立っていた。彼は患者たちが死の手に捉えられているその恐しい一階の暗い秘密を想像しようとして、病的な熱心さで一階の窓を凝視していた。そして自分がそこからはこんなに遠くにいるのだと思うとほっとした気持になるのだった。その間に町の上には夕方の影が下りていた。病院の無数の窓はひとつひとつ明りに輝いていた。遠くから見ると、夜会でも催している館かなにかのように見えることだろう。ただ一階だけは、下方の深淵の底では、何十とある窓に明りは見えず、闇に沈んでいた。

全体的な診察の結果はジュゼッペ・コルテを安堵させた。大抵の場合物事を悪い方にと予測しがちな彼はすでに内心ではきびしい診断を下される心構えをしていたので、医者からもっと下の階に移らなければならないと宣告されたとしてもそう驚きはしなかっただろう。実際、全体的な状態は良好ではあったが、熱はあいかわらずひきそうにはなかったからである。ところが医者は彼に優しい元気づけるような言葉をかけた。病気の初候はあるにはある——と彼に言った——だがごく軽いものだ。二、三週間もすればたぶん全快するだろうと。

「じゃあ七階にいてもいいんですね？」ジュゼッペ・コルテはこの点を気にしてたずねた。

「もちろんですとも！」医者は彼の肩を親しげに叩きながら答えた、「一体何階へ行かねばならないと考えていたんですか？　四階にでも？」医者はばかばかしい臆測でも口にするかのように、笑いながらたずねた。

「いえ、この方がいいんです、この方がいいんです」コルテは言った、「病気になるとどうも悪い方にばかり考えるもんですから……」

実際にジュゼッペ・コルテは最初に割り当てられた部屋にそのままいることになった。時たま床から起き上ることを許可されることのある午後などに、彼は病院仲間の何人かと知り合いになった。彼はきちんと治療にしたがった、早く治るように言いつけられたことはみんな守った、だがそれにもかかわらず彼の病状は停頓したままだった。

十日ほどたったころ、ジュゼッペ・コルテのところに七階の看護主任がやってきて、もっぱら友だちとしての頼みがあるのだがと言うのだった。翌日ひとりの夫人が子供をふたりつれて入院してくることになっている、ところがちょうど彼のとなりにある二部屋が空いているのだが、あと一部屋がない。それでコルテにここと同じように快適な別の部屋に移ってもらえないか、ということだった。

ジュゼッペ・コルテにはもちろん異存はなかった。この部屋だろうと別の部屋だろうと彼には同じことだった、ひょっとして別のもっと美人の看護婦の受持ちになるかも知れない。

「心からお礼申します」と看護主任は軽く頭を下げながら言った、「正直に申してあなたのような方ならこうした騎士道的な親切な行為を示していただけるものと思っていました。差しつかえなければ、一時間以内に部屋替えに取りかかります。一階下に下りていただくことになりますので」とまるでなんでもないことのように看護主任は穏やかな声でつけ加えた、「あいにくこの階にはほかに空いた部屋がないのです。でもまったく仮りの処置です」と、ジュゼッペ・コルテがあわてて上体を起こして坐りなおし、異議を唱えるべく口を開こうとするのを見て、急いで釈明した、「まったく仮りの処置なんですよ。部屋が空いたらすぐに、それも二、三日うちに空くと思いますけど、上にもどって来られますから」

「正直言って」ジュゼッペ・コルテは子供みたいにわからずやではないことを示すために、笑いながら言った、「正直言って、こうした類の部屋替えはあまりいい気持がしませんね」

「でもこの部屋替えにはなにも治療上の理由はないんですよ。あなたがおっしゃりたいことはよくわかります。もっぱら子供たちとは別々になりたくないというその奥さんに対する好意の問題なんです……どうかお願いですから」率直に笑いながらこうつけ加えた、「ほかに理由があるなどとかんぐったりしないで下さい」

「そうでしょうけど」ジュゼッペ・コルテは言った、「でもどうも縁起が悪いような気がしましてね」

　こうしてコルテは六階に移った。その移転は別に病気の悪化を意味するのではないことはわかってはいたが、それでも自分と正常な世界、つまり健康な人々の世界との間に障壁がひとつ置かれたのだと思うと落着かなかった。いわば外部からの到着港のような七階は通常の世界の延長と見なすことが出来た。しかし六階となればもうまさしく病院の本体の中に入ったわけである。もう医者や看護婦や患者自身の心の持ち方もわずかながらちがっていた。六階では、重症ではないにしても、正真正銘の病人たちが収容されているのだということをみんな認めていた。近くの病室の患者たちや、職員や、医者とかわした最初の会話から、ジュゼッペ・コルテはこの階では七階などはまるで趣味で病気になっているような連中、勝手に病気だと思い込んでいるような連中のためのお遊びのようなものだと考えられているということを知った。六階からはじめて、いわば本当に、始まるのだった。

ともかくジュゼッペ・コルテは、上の階に、自分の病状からして本来自分の属する場所にもどるためには、どうもいろんな困難に遭遇しそうだとさとった。七階にもどるためには、ごくわずかでも、病院の組織全体を動かさねばならないのだった。黙っていては、疑いもなく誰も彼を「ほぼ全快者」用の上の階にはもどそうと思いもしないだろう。

そこでジュゼッペ・コルテは絶対に自分の権利を放棄したり、習慣の誘惑に屈したりはしまいと決心した。同じ階の仲間たちには自分は彼らとはほんの数日しかいっしょにいないのだ、自分はある夫人への親切心からみずから望んで一階下ってきたのだ、病室が空き次第すぐに上にもどるのだ、ということを彼は大いに強調した。彼らは彼の話を関心なげに聞き流し、さして得心したふうもなかった。

ジュゼッペ・コルテの確信は新しい医者の診断によっていっそう固いものになった。その医者もジュゼッペ・コルテは七階に病室をあてがわれても当然だと認めた、彼の症状は絶・対・的・に・軽・症・だ、——医者はその見立てに重みを与えるために言葉を区切って発音した——だが結局のところジュゼッペ・コルテは六階にいる方がより効果的な治療が受けられるだろうとそう言うのだった。

「そんな話はやめて下さい」そこでコルテははっきりと口をはさんだ、「あなたは私の場所は七階だとおっしゃいましたね、私はそこへもどりたいんです」

「誰も反対してはいませんよ」と医者は言った、「私の言うのは医・者・としてではなく、真・の・友・人・としての単なる意見です。繰り返しますが、あなたの症状はごく軽いものです、あなたは病気にもかかっていないとさえ言ってもいいぐらいです。でも私の見るところでは比較的広い範囲に同じような症状が認められます。言いかえますと、病気の強度はごくかすかなのですが、その拡がりはかなり大きいというわけです。細胞の破壊過程は」ジュゼッペ・コルテはこの不吉な言葉をこの病院ではじめて耳にした、「細胞の破壊過程はまったくはじまったばかりです。まだはじまってないとさえ言えるぐらいです。でも肉体組織を広範囲にわたって同時におそう徴候がありそうです、徴候があるだけですよ。ただその点で、私に言わすと、あなたはここの方が、六階の方が、より効果的な治療を受けることが出来るというわけです、治療法もより典型的で強力ですからね」

ある日、病院の院長が、医者たちと長時間にわたって協議した結果、患者の分類を変更することに決定したという話が伝えられた。めいめいの患者たちの等級が——いわば——半階級だけ降等されるというのである。各階で患者たちはその症状の重さにしたがってふたつのカテゴリーに分類され（この分類は実際上はそれぞれの担当医によって決定されるのであるが、もっぱらこの病院内だけの処置だった）、そのふたつのうちの劣った方の半分は強制的により下の階に移されることになるのだった。たとえば六階の患者の半分は、より症状のすすんだ者は五階に移らねばならず、七階のうちでも症状のより重いものは六階に移るというわけである。この知らせはジュゼッペ・コルテをよろこばせた。なぜならこうした全体的な配置替えが行なわれることによって、彼の七階への復帰がすこぶるたやすくなるだろうからであった。

自分のそうした希望的観測を看護婦にほのめかしたところ、彼は苦い驚きを味わわされた。つまり部屋が替ることは替るだろうが、七階にではなくて下の階に移ることになるだろうと知らされたのである。看護婦では彼に説明出来ないような理由で、彼は六階の患者のうちで「より症状の重い」半分に入れられていて、したがって五階に下らねばならないというのだった。

最初の驚きの気持が過ぎ去ると、ジュゼッペ・コルテは腹が立ってきた。みんなして彼を欺しているんだ、下へ移るなんて話は聞きたくもない、もう家へ帰ってしまう、権利は権利だ、病院の当局がこんなにも鉄面皮に医者の診断を無視してよいものか、といったようなことを彼は怒鳴りたてた。

彼が怒鳴っていると、医者が彼をなだめにやってきた。そして熱が上るから落着くようにとコルテに忠告し、なにか、少なくとも部分的な手違いがあったのだろうと説明した。ジュゼッペ・コルテを七階に入れてこそ正当なのだということをもう一度あらためて医者は認めたが、彼のケースについては、まったく個人個人によるのだが、わずかに見解の相違があるのだとつけ加えた。要するに彼の病いは、その徴候の拡がり具合からかんがみて、ある意味では第六の段階とも見なしうるというのだった。だが彼自身はどうしてジュゼッペ・コルテが六階の悪い方の半分に入れられたのかわからない、多分その同じ朝ジュゼッペ・コルテの正確な症状段階を自分に電話でたずねてきた事務局の秘書が書き写す際に間違いを犯したのだろう、それとも自分は腕はいいが見立てがあまり慎重すぎると思われているので、事務局が自分の診断を故意に少し「点をからく」したのかも知れない、というようなことを述べ、そして結局は医者はコルテになにも心配せず、あまりさからわずに部屋替えを受け入れるようにと忠告した、大切なのは病気そのもので、病人が入れられる場所なんかではないのだから、と。

治療に関しては――と医者はなおもつけ加えた――ジュゼッペ・コルテは苦情をいうようなことはないだろう、下の階の医者は確かに経験がより豊富であり、少なくとも事務局では、階が下がるにしたがって、それだけ医者も腕のいいのがいるというふうに勝手に判断さえしている、それに病室も同じように快適でしゃれているし、眺めもまた同様に広々としている、ただし三階から下は視界はまわりの木立でさえぎられてはいるが、と。

ジュゼッペ・コルテは、夕方の熱にとりつかれて、こまごまとした言い訳けを聞いているうちに、次第に疲れてきた。最後には力が、とりわけその理不尽な部屋替えにそれ以上反対する気力が消え失せてしまうのを感じた。そこでもう抗議もせずに、下の階に移されるがままにまかせた。

五階に移ったジュゼッペ・コルテの小さいながらも唯一の慰めは、医者や看護婦や患者たちの一致した意見で彼がその階ではいちばん症状が軽いということを知ったことであった。要するにその階の範囲内ではいちばん恵まれていると大いにそう考えて差しつかえなかったのである。だが一方彼と普通人の世界との間にはいまや二段もの障壁が介在しているのだという思いが彼を苦しめもした。

春もたけ、そして大気も次第に暖かくなったが、しかしジュゼッペ・コルテは最初のころのようにもう窓辺に立ってみる気はしなくなった。そんな恐れはまったく馬鹿げたことだろうが、彼はずっと近くになってしまった、あいかわらず大部分が閉ざされたままの、一階の窓を見ると異様な恐怖にすっかり錯乱しそうに感じるのだった。

彼の病状は停滞しているみたいだった。と言うよりも五階に移ってから三日後に、右足に湿疹みたいなものが発生し、それが数日たってもひっこみそうな気配をみせなかった。その湿疹は彼の病気とはまったく関係のないもので、どんな健康な人間にだって出来るものだが、数日で消すにはディガンマ線の照射療法を集中的にすればいいだろう、と医者は言った。

「ここではディガンマ線の療法を受けられないんですか？」ジュゼッペ・コルテはたずねた。

「もちろん受けられますよ」医者は自慢げに答えた、「この病院にはなんでもそろっています。ただひとつ不便な点がありますがね……」

「どんなことですか？」コルテはなんとなくいやな予感を抱きながらたずねた。

「不便というとなんですが」と医者は訂正した、「その装置は四階に行かないとないということなんです。それで私としては日に三度もそんなに上り下りするのはお勧めしたくないんですよ」

「ではよしにするんですか？」

「そこでですね、発疹がとまるまであなたが四階に移って下さるといいんですがね」

「もう結構です！」ジュゼッペ・コルテは憤慨して怒鳴った、「私はもういい加減下に下りて来ているんです！　死んだって、四階なんかに行きはしませんからね！」

「お好きなように」医者は彼を苛立たせないよう妥協するように言った、「でも担当医として言っておきますけど、日に三回も下の階へ行ったりするのは禁じますからね」

厄介なことに、湿疹はよくなるどころか、逆に次第に拡がっていった。ジュゼッペ・コルテは安らぐ暇もなく、たえずベッドの中で身を反転しつづけていた。こうして、焦々しながら三日過したが、とうとう我慢しきれなくなった。そこで自分からすすんで医者にディガンマ線療法をしてくれるように、下の階に移してくれるように、と頼みこんだ。

四階でコルテは自分がまったく例外的な存在であることに気付いて、内心大いに気をよくした。その階の他の患者たちは明らかに症状がずっと重く、片時たりともベッドから離れることさえ出来ないでいた。それに対して彼は自分の病室からディガンマ線照射室まで、看護婦たちのお世辞や賞賛の言葉を浴びながら、歩いて行くという贅沢を享受することが出来た。

新しい医者に彼は自分の特別な立場をくどいほど念を押した。つまり七階にいる権利のある患者が四階にいるのであり、湿疹がおさまり次第上の階にもどるつもりだ、もう絶対にどんな新たな口実も聞き入れない、当然自分はまだ七階にいられたんだから、と。

「七階に、七階にね」とちょうど彼の診察をおえた医者は笑いながら言った、「あなたがた患者さんはいつも話が大げさすぎますね。あなたは自分の状態に満足していいでしょう、カルテから見る限り大きな悪化はいままでのところ見られませんからね。でもそれだからといって七階になんていうのは——率直に言ってお気にさわったらごめんなさい——それはちょっと話がちがいます！　あなたの場合はあまり心配いらないケースのひとつです、それは認めますが、それでもやはり病人にはちがいないんですから」

「では、では」ジュゼッペ・コルテは顔一面まっかにして言った、「あなたは何階ならいいと言うのですか？」

「ああ、それを言うのはちょっとむつかしいですね。まだほんのわずかしかあなたを診察していませんので、せめて一週間は診察を続けないとはっきりとは申せませんね」

「それはそれとして」とコルテは固執した、「大体の見当はつくでしょう？」

医者は彼を落着かせるために、しばらく考えこむようなふりをし、それから自分に言い聞かせるようにうなずいて、おもむろに答えた、「ご希望なら言いますが、さあ、六階に入れても大丈夫ですかね。ええ、ええ」彼はみずからを納得させるようにつけ加えた、「六階なら大丈夫でしょう」

医者はそう言えば患者がよろこぶと思っていた。ところがジュゼッペ・コルテの顔には恐怖の表情が拡がった。患者はいちばん上の階の医者たちが自分を欺していたことに気付いたのだった、なぜといって明らかにより見立ての確かな、より正直なこの新しい医者は心の中では彼を七階にではなく、五階に、それも五階の悪い方の部類に彼を分類しているにちがいないからだった。思いがけぬ幻滅がコルテを打ちのめした。その晩、熱が目に見えて上った。

四階滞在中は病院に入って以来ジュゼッペ・コルテが過したもっともおだやかな時期だった。医者はとても感じのいい、よく気のつく、親切な人物だった。何時間もいろんな話題について話し込むこともよくあった。ジュゼッペ・コルテも自分の弁護士としての日常生活や社会人としての生活に関する話題を探しては、よろこんで話をした。彼は自分がまだ健康な人々の社会に属し、まだビジネスの世界に結びつけられていて、本当に社会の出来事に興味を抱いているのだと思い込もうとした。彼はそう思い込もうとしたが、だめだった。結局話題はいつもきまって病気のことに移ってしまうのだった。

よくなりたいという願いはジュゼッペ・コルテの妄執となった。だがディガンマ線の照射も、皮膚の湿疹の蔓延を食いとめることには成功したが、消滅してしまうには至らなかった。毎日のようにジュゼッペ・コルテは長い間医者とそのことについて話をしては、その会話の中で自分の剛毅さを見せるため、皮肉さえまじえようとするのだが、うまくいかなかった。

「ねえ、先生」ある日彼は言った、「私の細胞の破壊過程はどうですかね？」

「なんて下らぬ言葉を口にするんです！」医者は冗談めかして彼をたしなめた、「どこでそんな言葉をおぼえたんです？　いけませんね、とりわけ患者さんの口にする言葉じゃありません！　そんな言葉をもう二度とあなたの口から聞きたくはないものですね」

「いいですとも」コルテは反論した、「でもそれじゃあ私の質問に答えたことにはなりませんよ」

「今すぐお答えしますけど」医者は慇懃に言った、「あなたのおっしゃるいやな表現を借りれば、その細胞の破壊過程はですね、あなたの場合はごく微々たるものです。でもしつこいと言ってもいいでしょうかね」

「しつこいとは、慢性的だということですか？」

「私が口にしなかったことまで私に言わせないで下さいよ。私はただしつこいと言っているだけです。それにこれは大抵の場合こうなんですよ。ごく軽い疾患も時には精力的な長い治療が必要なこともあるものです」

「先生、いつごろになったらよくなるでしょうか？」

「いつってですか？　この場合予言するのはむつかしいですね……でも」しばらく考え込むように間をおいてからつけ加えた、「あなたはよくなりたいという気持がとても強いように見受けますので……もしお怒りにならないなら、お勧めしたいことがあるんですが」

「どうか、先生、どうかおっしゃって下さい……」

「では、はっきりと申しましょう。もし私が、ごく軽い症状であれ、この病気にかかって、この病院に入院するとしたら、この病院はおそらく存在する限り最高のものですが、私なら最初の日から、いいですか？　最初の日から、自発的に、もっと下の階に入れてもらいますね、そうですね、なんらためらわずに……」

「一階に？」コルテは無理に作り笑いをしながら口に出した。

「いえ！　一階にではありません！」医者は皮肉っぽく答えた、「一階なんかじゃあありません。でも三階か、それとも二階にならきっと入れてもらいますね。下の階ほど治療がずっと行き届きますからね。保証します。装置もより完全で強力ですし、医者もよりすぐれていますから。それにあなたは誰がこの病院の中心的存在かご存知ですか？」

「ダーティ博士でしょう？」

「そう、ダーティ博士です。彼がここで行なわれている治療法を発明したんです。彼が全装置の設計をしたんです。さて、その名医の彼が、いわば一階と二階の間を担当しているんです。彼はそこからその指導力を発揮しているんです。でもあなたにははっきり申しますが、彼の影響力は三階から上には届かないんです。上に行くほど彼の命令が届きにくくなり、一貫しにくくなり、曲解されると、そう言えましょう。病院の中枢は下の方にあり、よりよい治療を受けようと思えば、下の方にいる必要があるわけです」

「要するに」ジュゼッペ・コルテは声を震わせながら言った、「じゃあ、あなたは私に……」

「もうひとつつけ加えますと」医者は落着いて続けた、「あなた固有のケースにおいては湿疹にも注意を払う必要もあります。大したことではないことははっきりと申せますが、いささか厄介ですし、長い間にはあなたの〈気力〉を弱めることになるかも知れません。あなたは病気の克服には精神の安定がどんなに大切かご存知でしょう？　私があなたに行なっている照射療法は半分だけしか効果が上りませんでした。その理由ですか？　それはまったく偶然そうなのかも知れませんし、また光線が充分に強力ではなかったのかも知れません。ところで三階じゃあ光線の装置がずっと強力です。あなたの発疹を治す可能性がいっそう大きいでしょう。それに、いいですか？　ひとたび快方にむかうと、厄介な峠は越えたというわけです。上の階へと昇りはじめたら、もう下へとおりて来ることはないでしょう。あなたが本当によくなったと感じたら、そうすれば、あなたの〈成績〉次第で、誰もあなたが私たちの担当のこの階に、いやもっと上の階に、五階や、六階や、強いて言えば七階にだって、上ることを妨げたりはしません……」

「でもそれが治療を早めるとあなたはお思いなんですか？」

「まちがいありませんよ。私があなたの立場だったらどうするか、もうあなたに言ったでしょう？」

こうした類の話を医者は毎日のようにジュゼッペ・コルテにした。下に降りることに本能的に抵抗を感じていたにもかかわらず、湿疹に悩まされてほとほと疲れ果てた彼は、とうとう医者の勧めにしたがう決心をした。そして彼は下の階に移った。

三階で彼は、医者にしろ、看護婦たちにしろ、はなはだ憂慮すべき状態の患者を治療しているにもかかわらず、一種特別な陽気さがその部局を支配していることにすぐ気付いた。その上にその陽気さが日ごとにつのっていくのがわかった。彼は不思議に思って、看護婦と少し親しくなるとすぐに、一体どうしてみんなそんなに陽気なのかとたずねた。

「あら、知らないんですか？」看護婦は答えた、「三日したら休暇になるんですよ」

「なんだって？ 休暇だって？」

「そうですわ、二週間ね、三階は全部閉まってしまい、みんなそれぞれ休暇に出かけていくんですよ。休暇は各階順番制になっているんです」

「で、患者は、一体どうするの？」

「比較的数が少ないですから、二つの階をいっしょにするんです」

「なんだって？ 三階の患者と四階の患者をいっしょにするの？」

「いいえ」看護婦は訂正した、「三階と二階をいっしょにするんです。ですからこの階にいる患者さんは下の階におりることになるんです」

「二階におりるだって？」ジュゼッペ・コルテは死人のように蒼い顔をして言った、

「じゃあ私は二階に移らねばならないのかね？」

「もちろんですわ。別に不思議はないでしょう？　二週間して、私たちが帰ってきたら、あなたはこの部屋にもどるんですよ。驚くにはあたらないと思いますけど」

だがジュゼッペ・コルテは激しい恐怖にかられた。彼は神秘的な本能でそれを感じたのだった。しかし医局の連中が休暇に出かけるのを引きとめるわけにもいかないので、彼はより強力な光線による新しい治療が効果をもたらすことを信じて――湿疹はほとんど完全にひいていた――この新たな移転にあえて正式に反対は唱えはしなかった。しかし彼は看護婦たちがからかうのも気にせずに、新しい病室のドアに「ジュゼッペ・コルテ、三階から仮り移転」と書いた貼紙を貼るように主張した。そんなことは病院開闢以来前例のないことだったが、医者たちはコルテのような神経質な性格では些細なことに反対しても大きなショックを与えるかも知れないと思って、それに異議は唱えなかった。

要するにかっきり二週間待てばよいのだった。ジュゼッペ・コルテは何時間もじっとベッドに横になり、調度類を見つめたまま、飽きもせず執拗に、日を指おり数えはじめた。二階では調度類ももう上の階のようにモダンな明るい感じのものではなく、もっと大きくて、もっと重々しく厳しい輪郭のものになっていた。時々彼は耳をすませた。下の階、瀕死の病人のいる階、「死を宣告された者」の階から、断末魔のうめきがかすかに聞こえてくるような気がしたからである。

当然こうしたことは彼の気持を滅入らせた。そしてこのような気持の動揺が病いを助長するみたいだった、熱は上り出し、全身的な衰弱はいっそうひどくなった。窓からは――もう夏の盛りでガラス窓はほとんどいつも開け放たれていたが――もう家々の屋根も町並も見えず、病院を取り囲む木々の緑の壁が見えるだけだった。

七日後に、午後の二時ごろ、不意に車のついた移動式寝台を押した三人の看護係をしたがえて、看護主任が入ってきた。「部屋替えの準備は出来てますか?」主任は機嫌のよい冗談めかした口調でたずねた。「部屋替えだって?」ジュゼッペ・コルテは弱々しい声でたずねた、「なんの冗談だね? 三階の人たちはまだ一週間しないともどって来ないんだろう?」「三階ですって?」主任はけげんそうな顔で言った、「私はあなたを一階に移すよう命じられているんですよ。ほら、ごらんなさい」そう言って、ほかならぬダーティ博士の署名の入った階下への移転を指示した書類を見せた。

ジュゼッペ・コルテの恐怖とすさまじい怒りとは長い怒声となって爆発し、その階全体に反響した。「落着いて下さい、どうか落着いて」看護係たちは嘆願した、「具合のよくない患者さんたちがいるんですから!」だが彼をなだめることは出来なかった。ついにその階の責任者の医者が駆けつけてきた。親切な、礼儀正しい人物だった。話を聞いて、書類に目をやり、コルテから説明を求めた。それから怒ったように看護主任の方をふりむき、なにかの手違いだ、自分はこんな処置を命じたおぼえはない、しばらく以前からなにもかもひどく混乱していて、自分はまったくかやの外に置かれている……というようなことを口にした。そして部下にむかってそう言うと、最後に、患者にむかい、丁寧な口調で深く詫びた。

「でも」医者はつけ加えた、「あいにくダーティ博士はちょうど一時間ほど前に短い休暇を取って出かけて行きました。二日しないと帰ってまいりません。まことにお気の毒ですが、彼の命令に違反することは出来ません。ダーティ博士がまず最初に遺憾に思うでありましょう、そうにちがいありません……こんな手違いがありましては！　一体どうしてこんなことになったのかまったく理解に苦しみます！」

今やもうジュゼッペ・コルテは悲嘆のあまり身をわななかせていた。自分を抑える力をもうすっかりなくしていた。恐怖が彼を幼児のように打ちのめした。彼の嗚咽は長く絶望的に部屋に反響した。

こうして、その呪うべき手違いのために、彼は最後の場所に来たのである、病いの重さでは、もっとも厳しい医者の判断でも、七階とは言わないにしても、六階にはとどまる権利のある彼が、瀕死の患者を収容する部局に！　このあまりにも奇怪な自分の立場にジュゼッペ・コルテは思いきり嘲笑してみたい気持にさえかられた。

暑い夏の午後がゆっくりと大都会の上に過ぎていく間、彼はベッドに横たわり、消毒したタイルの不条理きわまる壁と、冷やかな死の通路と、魂のないうつろな人間の白い姿からなる非現実的な世界の中に自分はやってきたのだという印象を抱きながら、窓越に木々の緑を眺めていた。窓越にかいま見える木々もまた本物の木ではないように思えるのだった、というよりも木々の葉がまったく動かないのに気付いて、そう信じこんでさえしまった。

そうした考えがひどくコルテを動揺させたので、彼はベルで看護婦を呼んで、ベッドではかけないことにしている眼鏡を取ってもらった。そうするとようやく気持が少し落着いた。眼鏡をかけてみると木々はまさしく本物で、その葉も、かすかながら、時折り風に揺らいでいるのを確かめることが出来たからである。

看護婦が出て行ったあと、十五分ほどの間、完全な静寂の時が流れた。今や六つの階が、恐しい六つの障壁が、手続きの間違いのためとはいえ、今やジュゼッペ・コルテの上に容赦ない重さでのしかかっている。何年、そうまさしく年を単位に数える必要があった、何年たてば彼はこの深淵から上まで浮び上ることが出来るだろうか？

だが一体どうして部屋が急にこう暗くなったのだろう？　まだあいかわらず昼下りのはずだが。異様なけだるさで身体が麻痺したように感じるジュゼッペ・コルテは、やっとの思いで、ベッドのわきの小机の上にある時計に目をやった。三時半だった。反対側をふりむいた、すると彼は、まるで神秘的な命令にでもしたがうように、窓のブラインドが、光の流れを遮断しながら、ゆっくりとおりていくのを見た。

解説　リドル・ストーリーの真実

紀田順一郎

公開闘技場へと一歩を踏み出した青年は、強烈な日差しと、どよめきに気圧されたように、思わず表情を歪める。目に入るのは大桟敷に鈴なりになった見物人の顔、顔、顔。そのどよめきには、半裸の美丈夫への賛嘆も混じっているのだが、追い詰められた青年はそれに気づく余裕もない。一瞬、恋人たる王女の顔をとらえた彼は、魂を通じ合った者同士のみに通じる直観によって、彼女が真相を摑んだことを知る。もはやわずかな躊躇も許されない。彼が義務として、同時に権利として開かなければならない扉は、右か、はたまた左か？　女か、虎か？

——短篇小説史上まれに見る興趣は、公開闘技場という刺激的な舞台装置によって増幅され、読者は乗せられていると知りながら、最後の一行まで目を離すことができない。しかし、まさにその一行で読者は前代未聞（少なくとも当時の読者にとっては）の背負い投げを食わされることになる。結末が作者によって明示されず、読者の想像に任せられているのである。

リドル・ストーリー（謎物語）と呼ばれるこの形式は、厳密には『女か虎か』の作者フランク・R・ストックトンが創始したものではないが、発表時点での話題性や後世への多大な影響という点において、先行作家は善哉のことばを送らなければなるまい。当初「王の闘技場」"In the King's Arena"という、パーティー用(学者の集まりともいわれる)の話題として考案されたストーリーが、思いがけず好評を博したため、小説化して雑誌(「センチュリー」一八八二年十一月号)に寄稿した。その際、編集者の意見をいれて題名を現行のものとした。周知のようにアメリカではパーティーを盛り上げるためのジョークや小ばなし集がハウトゥー出版物の一ジャンルとして確立しているほどだから、器用な短篇作家のストックトンなどは重宝視される存在だったのかもしれない。ストックトンの経歴は解題で述べるが、メソジスト派の非常に厳格で、論争好きな牧師の父親の影響下に育ったにもかかわらず、むしろそれとは正反対の性格で、権力や世間の常識を逆手に取るかのような、風刺的かつ幻想的な作品の書き手となったのは興味深い。彼にとって、「女か虎か」は最初から〝茶化し〟をねらった、今日風にいえばゲーム感覚の産物であったとする方が正確かもしれない。

この作品は読者ないしは聞き手の意表をつくことを目的に、綿密な計算により構成されている。元来ストックトンはユーモア小説、児童文学(それもファンタジックな童話)を得意としていたようだが、「いまを去る遠い昔」というきわめて大まかな時代設定といい、ローマ帝国の公開闘技場を模した舞台装置といい、「半未開」"semi-barbarian"

の国王とその娘という単純化した人物像といい、いかにも〝人を食った〟アイディアを総動員し、余計な心理描写よりも大人のお伽噺の枠内でのスリルとサスペンスを追求した手腕には、いまなお瞠目に値するものがあるといえよう。

結末を読者の判断に委ねる趣向が、必ずしもストックトンの創案とはいい難いことは、この十二年前にマーク・トウェインの「恐ろしき、悲惨きわまる中世のロマンス」（一八七〇）があることでも自明である。トウェインが三十五歳の一八七〇年、「バッファロー・エクスプレス」紙の一月一日号に発表した新年読物である。前年『赤毛布外遊記』を上梓して人気作家となったトウェインは、この年に妻帯したという事情もあって、生活費かせぎに多くの短篇を矢つぎ早に発表した。その一つが本篇であるが、領邦国家時代のドイツ（一二二二年）という設定と、クルーゲンシュタインという架空な背景のもと、冷血な封建領主のために人生を翻弄され、窮地に陥れられる跡継ぎを描き、結末を読者の想像に任せている。しかし、その突拍子もないアイディアは、古い、あいまいな時代設定と、話の発端が半未開の権力者の恣意に発するという構成において、ストックトンに影響を与えたのは確かであろう。

双生児のようによく似た両作品ではあるが、どちらかといえばトウェインのほうに暗い情調が感じられるのは、作者の経歴を考えれば別段意外でもない。十代のころから兄の新聞社を手伝い、南北戦争時代から地方都市を中心に記者生活の修羅場を経験した彼は、このような小品にも政治的不正への激しい怒りや風刺をこめるようになっていた。現にこの「中世のロマンス」という作品は、単行本化にあたり、当時の政界を風刺したヘンリー・ルイス・スティーブンスの漫画と、自身の「バーレスク風自叙伝」という喜劇的な経歴談とを併収するという強引な方法を用いることで、権謀術数に明け暮れる政治家へのあてこすりを意図している。

しかし、『金めっき時代』（一八七三）、『ミシシッピー河上の生活』（一八七五）から『ハックルベリー・フィンの冒険』（一八八五）への実り多き長篇時代に入ったトウェイン自身には、このような形式を発展させる気はなく、リドル・ストーリーの元祖という自覚すらなかったであろう。片やストックトンの「女か虎か」は社交界などで大いに話題となり、アメリカ以外の各国に紹介されたが、要望に応じて続篇「三日月刀の督励官」を発表するにとどめ、その中においても用心深く前作の結末を明示しなかったのは賢明であった。物語の感銘が一に結末の不確定性そのものにかかっていて、もし結末を記せば安っぽいメロドラマに過ぎなくなることを、作者は十分に承知していたのである。

しかし、このリドル・ストーリーという形式が、当時社交界の話題になったとはいえ、今日の私たちが思うほど読者には魅力的に映じなかったことは、その後有力な後継作品が現れなかったことでもわかる。

十九世紀から二十世紀前半までの小説は、結末が重視されている。作者の思想にせよ、アイディアにせよ、意図にせよ、その表現や主張は結末に凝縮される。つまり、作者は小説という空間の中で、彼の決定的な世界観を表現しようとする。一方の読者は、作品から本能的に統一された意味や一定の価値観を探し求めようとする。作者の苦心して創作した結末に〈自由の勝利〉や〈愛の不確定原理〉などの、たとえルーティン的にせよ決着を求めたいと考え、それが完全に空白と知ると、非常な不安に陥る。

しかし、その後急激に発達した新聞・雑誌ジャーナリズムによって、一般読者向けに、短いが気の利いた、刺激的な読物が要求されるようになると、読者の意表をつく物語、すなわち直前までの期待と予想をくつがえす〝落ち〟や意表をつく〝ドンデン返し〟、〝不気味な結末〟などが重視されるようになり、常態化する。ビアスやO・ヘンリー、サキ、ルヴェルなどを名手とするこの傾向が、推理小説、SF、幻想怪奇小説そのものの市場拡大と符節を合わせているのは当然であろう。一方、現代の歪んだ社会機構がつくり出す、名付けようのない暴力に抗しきれない人間を描くカフカやブッツァーティの実存的な不安を描く作品群も、同じく結末は明示されないが、けっして読者に選択を迫っているわけではない。単に明示されていないだけで、自明なのである。

無論、例外的な作品もあるが、全体としてこのような傾向の中で、純粋なリドル・ストーリーが無視され、忘れられていったのも無理はない。第一に、これは労多くして功の少ない作業である。生か、死か、主人公をほとんど生存の可能性のない、ぎりぎりの選択に追い込むシチュエーションは、ある程度思いつくにしても、それを未解決とし、あるいは未解決そのものに意義があるような作品性をもたせるのは、非常に困難ではないだろうか。

現実に、リドル・ストーリーに対し、戦前から戦後にかけて、日本の読者はさほど反応を示さなかった。トウェインの「中世のロマンス」は大正初期にユーモア作家佐々木邦により「逸話伝説」という邦題で紹介されているようだが、戦後間もないころの仙花紙による再刊を含めても、話題になった形跡はない。完訳は一九五〇年代末期に鍋島能弘訳『マーク・トウェーン短編全集』中に「中世伝説」の邦題で紹介されたものが最初だが、文学研究者に読まれたに過ぎないのか、比較的近年の新訳出現まで、話題にものぼらなかった。

ストックトンの「女か虎か」のほうも大同小異の経過をたどり、昭和のごく初期の円本『世界大衆文学全集』に翻訳紹介されていたにもかかわらず、独立した書名となっていなかったこともあって普及せず、せいぜい旧制中学校の英語教材として紹介された程度で、続篇にいたってはまったく紹介されなかった。しかし、戦後は高校・大学の副読本にかなりの頻度で採用されたので、ストーリーだけは知られていたといえよう。本格的には一九五八年になって、推理小説誌「エラリー・クイーンズ・ミステリ・マガジン」日本語版にクイーンの紹介文とともに全訳され、以後徐々に短篇ミステリの定番として、各種アンソロジーに頻出するようになる。クイーンは傑出した推理小説の書誌学者であったから、同時期までの短編ミステリの山の中から、スタンリー・エリンの「決断の時」やC・モフェットの「謎のカード」、B・ペロウンの「穴のあいた記憶」ほかの傑作を発掘し、紹介した。

日本のリドル・ストーリーとしては、周知のように芥川龍之介の「藪の中」（一九二二）がある。大枠は『今昔物語』にある丹波国は大江山中に起こった事件を、検非違使庁での七人の証言によって綴られるが、そのうち加害者と被害者の証言には大きな矛盾や食い違いがあり、真相不明のまま終わる。芥川の人間観を色濃く反映させた作品で、明快な解決がないというところにこそ意味があるわけだが、正答を求めて現在までに百篇を超える論文が書かれているということは、そのうちかなりの部分がリドル・ストーリーとして読まれていることを示す。芥川は犯罪事件の証言を列挙する形式のヒントを、ロバート・ブラウニングの『指輪と本』（一八六八〜九）やアンブローズ・ビアスの「月明かりの道」（一九〇七）などから得た。

戦後の例としては、五味康祐の「柳生連也斎」がある。「オール讀物」一九五五年十月号に掲載され、サラリーマン読者層に大反響を呼び、剣豪小説ブームの発端となった。連也斎（柳生厳包《としかね》）は江戸時代前期の剣術家。将軍家若君付きの指南役を経て、尾張藩指南役の柳生家をついだ名人である。たまたま藩主義直が采配をとる調練の場で、一人の家士が誤って外した矢が、義直を直撃しようとした。このとき走って矢を鷲掴みにしたのが、近習の鈴木綱四郎である。連也斎も同時に走ったものの、それは幔幕にある葵の紋を守ろうとしたのであった。連也斎には徳川宗家に弓を引く者ありとする誤解を防ぐため、という理由はあったのだが、直接主君を守ろうとしなかったことで、綱四郎をはじめ家中から非難を浴びる結果となった。両者はライバルの兵法家同士であることから、互いに引っ込みがつかなくなり、郊外の天白ヶ原で真剣の試合による決着を図ることになる。

綱四郎は藩の重職を父親に持ち、早くから剣の才能を見込まれ、少年時代に仕官の道を求めて来藩した宮本武蔵から指導を受け、「見切の術」を授けられる。真剣勝負に際し、常に相手の太刀先とわが身との間に一寸の間を測っていれば、傷つけられる恐れはない、というのが見切りである。この呼吸を会得すれば、かえって相手が太刀を立て直そうとする一瞬の隙に打ち込むことが可能だという。綱四郎はこれを武蔵から伝授され、師と仰ぐまでになるが、その師は連也斎の父兵庫助の妨害で、ついに尾張藩への仕官が叶わず、ために綱四郎は弟子として柳生家に敵意を抱くようになった。

試合当日、綱四郎が早くから天白ヶ原に現れ、遅れてきた連也斎に対し、朝日を背にして剣を構える。しかし、連也斎は現地に駆けつける途中で、前夜の父親の「影を斬れ」という謎の一言の意味を翻然と悟り、わざと迂回路をたどって遅延し、逆光の相手と対峙する。長い静止時間。気がつくと綱四郎の影は少しずつ、少しずつ短くなっていく。その自然の流れに乗って、連也斎は徐々に敵に接近していた。
綱四郎は青ざめる。影は縮まる。勝負は太陽が隠れる一瞬しかない。事実、雲が近づいている。運命の鍵を握るのは天体である。雲が太陽に追いついた瞬間、二つの太刀が閃いた。綱四郎と連也斎は、長い間にらみ合いながら立っていた。「やがて、一人の顔から鼻唇にかけてすーっと一条の赤い線が浮上がった。線からぷつりぷつりと泡が吹き出した。するとその武士はニヤリと笑い、途端に、顔が二つに割れ血を吹いて渠はどうと大地に倒れた」(『五味康祐代表作集』第一巻)

要約を詳しく記したのは、日本ではめずらしいリドル・ストーリーだからではない。柳生連也斎は実在人物だが、鈴木綱四郎は架空人物である。それに作者は前半の文中に「連也斎厳包の名が漸く世間に知られたのは、鈴木綱四郎との血戦以来である」などと、さりげなく伏線を張っている。つまり、事実としては連也斎が勝ったことは自明なのであるが、それではなぜ結果を明示しなかったのだろうか。

五味康祐がストックトンの作品を知っていたかどうか、定かではないが、最初からリドル・ストーリーを構想したのではないように思われる。この小説のねらいは、死に直面した二人の剣客の行動——師や肉親や最愛の女性への決別などを日を追って述べた後、最後の大舞台に純粋な勝負空間を現出させることにあった。そこにいたるまで、作者はどちらが善玉で、どちらが悪玉であるなどということは全く念頭になく、死にものぐるいの人間の姿を平等に、淡々と描き出す。結末は人事を超越した要素で決定しているので、作者としてはいずれにも軍配を上げたかった。少なくとも、勝者敗者の固有名詞を記すのは、美学に反するという考えがあったことは確かで、ここに従来の時代小説と一線を分かつ境地が生まれたのである。

いずれにせよ、「柳生連也斎」という作品は、結末を伏せることで深みを増し、あるいは伏せることで成り立っている。その一点において「女か虎か」と共通したリドル・ストーリーの傑作であることはたしかであるが、この手法が当時の日本の読者に多大の感銘を与え、剣豪ものが読書界を席巻することになったばかりではなく、肝心なことはリドル・ストーリー自体への関心を生んだということではないかと思われる。

このような関心が呼び水となって、日本語版「エラリー・クイーンズ・ミステリ・マガジン」における「女か虎か」の新訳と続篇の初訳掲載へと結びついたという推測も可能であるが、リドル・ストーリー以外にも、一九六〇年前後には主としてアメリカを中心に、ミステリや怪談、SFに属する、新しいタイプの巧緻な短篇小説が陸続として出現した。さしずめロアルド・ダール、スタンリー・エリン、レイ・ブラッドベリ、ロバート・ブロックなどが代表選手で、都会的な題材を主に、奇妙なシチュエーションや異常心理、結末の意外性などを特色とする作者たちである。彼らの〝異色短篇〟は作品集として積極的に紹介され、ブームとなったが、リドル・ストーリーとしては前述のエリン「決断の時」一作しか見当たらず、その高い評価によってエリンは作家としての人気を獲得したものの、同傾向の後続作はついに発表しなかった。一つには、純粋な謎物語のアイディアは簡単に出てくるものではなく、作家はその形式に拘泥するよりも、結末の意外性をストレートに演出するほうが、作品としても充実したものになると考えるからであろう。

異色作家自体のブームはその後半世紀ほどの間に落ち着きを示し、一定の評価も確立しているといえるが、それにしたがってリドル・ストーリーの位置づけも、風変わりなシチュエーションを扱ったミステリの一部として、読者を拡大しているように見える。内外でアンソロジーの試みの絶えないことが、隆盛を裏付けているが、全体の傾向としては結末の解釈を全面的に読者に委ねる純粋の謎物語と、一定の小説的な効果を追求するために、あえて結末をぼかす（明示しない）作品――じつは作者自身にも読者にも、結論は自明である――を、アンソロジーという共通の場で扱う傾向が一般的となってしまっている。

それは純粋な謎物語のやむをえない宿命と考える向きもあろう。極端な設定と、信じ難いような展開によって、主人公に非現実的な苦悩を強いる。それは文学というよりは、一種のスペキュレーションを伴うゲームのようなもの、と思われたとしても不思議ではない。しかし、だからといってトウェインやストックトンのような天才が開拓した折角の領域が衰弱するのは、いかにも惜しい。

しかし、世の中は捨てたものではないようだ。最近の約十年間に、謎物語に関する考察が、少数ではあるが出現している。その最も注目すべきものが、中川千春（詩人・文芸評論家）の「『女か虎か』考——架空の国を創造する欣びについて」（『言葉という果実』）である。「三田文学」二〇〇〇年秋季号に発表されたこの論考は、すでに百数十年の歴史があるといえる謎物語を、はじめて文学として扱ったものとして注目に値しよう。

論じられているのは「女か虎か」に限定されるが、中川は物語のプロットを詳細に紹介した後、作品の内容と形式に関して、「女性の嫉妬をめぐっての、ひとかたならぬ考察を読者に喚起させるところに、そのゴールを置いて書かれた」作品であり、それを永く生かすための工夫の細部、つまり単語の選択に非常に神経を払い、簡単な結論を出させないための「じつに巧みな状況設定」を行っていると分析する。

「作品に巧妙に仕込まれた種の面白さに気がつけば、女か虎かは、言わば、手品師が最後に見せるハンカチの色に過ぎないとも言える。どちらでもそれなりに納得でき、どちらでもそれなりに失望する。想像力にとっては凡庸な答えは見ないに越したことはない」

中川は、謎物語の真骨頂はその過程や職人芸を楽しむにあり、結論を見ようとするのはヤボであるとする。そもそも恋愛の危うさや博奕性は、別に半未開の国家だけに特有のものではないが、この物語では王女がその別れ方を決める権利と義務とを握ってしまっており、その点にユーモアと悲劇性が込められている。「短篇のもつ力、殊に、その簡潔なるプロットの効きめについて、作者は熟慮し、過不足なく単語を模索したのである」

なお、中川はなぜこの作品を論じたかという理由を、文芸批評のアナロジーという面から説明している。偶然にも珠玉を目にしたとき、人はどのような行動をとるか。対象への愛を全うするためには、珠玉の価値を理解するであろう他人に、それを紹介し、自らは傍観者となるか。あるいは独占愛を満足させるため、対象をズタズタに切り刻み、敢えて蹂躙してしまうか。「然様、文芸批評こそは、『半未開』の『王国』の、『公開闘技場』のようなものではないだろうか」

ストックトンは、二十一世紀の日本に知己をもったというべきであろう。

解題

「恐ろしき、悲惨きわまる中世のロマンス」マーク・トウェイン

マーク・トウェイン(一八三五〜一九一〇)としては、異色の作品である。舞台を中世ドイツに求め、世襲の権利を得るためにわが子を犠牲にする、封建領主の悪辣さが生む悲劇を、あたかも伝説や昔話のような語り口で展開したものだが、それを一種の謎物語としたところがアイディアである。もっとも、結末をこのような形で投げ出すことは前例がなく、必ずしもトウェインの読者に理解されたとはいえないようで、反響については全く語られていない。それに、作品の意図は自ずから別のところにあったと見るべきだろう。

トウェインがこの作品にこめたメッセージについては、前述の解説をご参照いただきたいが、最初この作品はニューヨークの日刊紙「バッファロー・エクスプレス」一八七〇年一月一日号に掲載され、翌年単行本化された。その際、作者の意図がより明確になるよう、風変わりな工夫がほどこされたことを記しておかなければならない。

それは本篇のほかに、自分の先祖がバイキングで縛り首になる者も輩出したとする「バーレスク風自叙伝」というほら話《ホークス》を併収、さらに金メッキ時代の悪徳政治家、虚業家を諷刺した時事漫画を多数挿入したことである。

トウェインは二十代の後半から、ヴァージニア市の新聞を振り出しに寄稿家ないしはジャーナリストの道に入り、前述の「バッファロー・エクスプレス」の記者兼ライターとなることで、確実に作家となる道をつかんだ。したがって、初期の多くの作品には下積みの記者時代に観察した悪徳政治家や、利益のために手段を選ばない成金への痛烈な批判が含まれている。実際、有名なブラックフライデーやエリー戦争をひき起こした同時代の役人や財界人の、腐敗というだけでは足りない、あまりにも無法かつ破廉恥きわまる行為はトウェインならずとも怒りを表明したくなるようなものだった。

『恐ろしき、悲惨きわまる中世のロマンス』所収原書（初版）

「マーク・トウェイン」

つまり、本篇の勝手気ままな悪徳領主は、ジャーナリストとしてのトウェインの不倶戴天の敵である政治家と、諷刺漫画を介してリンクしているわけで、そのことを念頭に置けば、物語の奇妙かつファンタジックな設定も、むしろリアリティーを帯びてくるように感じられるであろう。なお、全訳として大久保博訳『マーク・トウェインのバーレスク風自叙伝』（一九八七）があるので、一読をおすすめしたい。

「女か虎か」　F・R・ストックトン
「三日月刀の督励官」　F・R・ストックトン

リドル・ストーリーの代表的存在「女か虎か」（一八八二）に関しても、解説に詳しく記したが、「三日月刀の督励官」は、その四年後に刊行の短篇集『クリスマスの難船』に収録された。多くの読者から真相を問われるので、煩わしくなり、軽い〝お愛想〟のつもりで執筆したのであろう。これはこれで、奇想天外かつスマートな、よく練られた話となっている（邦題は従来「三日月刀の促進士」として親しまれてきた）。

『女か虎か』初版原書

フランク・リチャード・ストックトン（一八三四〜一九〇二）はペンシルバニア州フィラデルフィアに、牧師の三男として生まれたが、幼いときには身体が弱く、足も不自由だったため、戸外で遊ぶよりも家の中で読書に没頭する

F.R.ストックトン

ことが多く、後年「私は現実の世界よりも空想の世界に住む、風変わりな子どもだった」と回顧している。

高校時代は創作コンテストに入賞するなど、文才を発揮したが、卒業後の十四年間は生活の資を得るため、彫刻技師としてクラフト工房で働かなければならなかった。その間に執筆した短篇小説が認められ、やがて一流誌にも採用されるようになった。手がけた分野はユーモア小説、SF、怪奇小説、児童文学など多岐にわたるが、最も作品数の多いのは児童文学で、アメリカの児童雑誌「セント・ニコラス」の副編集長をつとめたこともある。

日本では戦前（明治中期）から「恋の青年」「淑女か猛虎か?」「幽霊の引越」など四篇ほどが紹介され、戦後は「女か虎か」「三日月刀の督励官」「戦争請負います」などが、散発的に紹介されている。童話は老人の自分探しの遍歴を描いた『みつばちじいさんの旅』や『木の精のふしぎなキス』など幻想的な作品を絵本化したものが二、三知られている。

なお、「女か虎か」と続篇「三日月刀の督励官」は、中村能三氏による先訳（日本版「エラリー・クイーンズ・ミステリ・マガジン」一九五八年一月号初出）があるが、今回このアンソロジーを編むにあたり、謎物語の構想を知る意味もあって、私の新訳を試みた。中村訳を参考にさせていただいたことを記し、感謝の意を表したい。

「女と虎と」　J・モフィット

ジャック・モフィット（一九〇一～六九）の本業はハリウッドの脚本家で、戦前は『つばさの天使』（一九三三）や『写真の殺人』（一九三六）ほか十一作品が日本でも公開されている。戦中から一九五〇年代にかけては、ハンフリー・ボガート主演の『渡洋爆撃隊』やケーリー・グラント主演の『夜も昼も』などが有名である。

とくにミステリ映画と関係が深いわけではないようだが、ストーリーを考え出すトレーニングとして、名作の続篇を考えることを常としていたという。その一環としてモーパッサンの「首飾り」の続篇を発表したところ好評だったので、ストックトンの「女か虎か」解決篇に挑戦、これがエラリー・クイーンの目にとまり、「エラリー・クイーンズ・ミステリ・マガジン」本国版の一九四八年九月号に掲載された。数ある「女か虎か」の続編——ストックトン自らによるものは省いて——の中では傑作とされる。

「謎のカード」　C・モフェット
「続・謎のカード」　C・モフェット

クリーブランド・モフェット（一八六三～一九二六）の「謎のカード」は、ストックトンの「女か虎か」と並んで、リドル・ストーリーの代表的な作品と評価されることが多い。

ニューヨーク生まれの劇作家で、それ以前には新聞社のヨーロッパ方面への派遣記者として活躍した。最初の作品は『壁を抜けて』（一九〇九）という長篇ミステリで、当時のパリの雰囲気を濃厚に漂わせている。しかし、モフェットの名が記憶されているのは、「謎のカード」と「続・謎のカード」（一八九六）であろう。

なお、モフェット自身の解決篇とは別に、独自の解決を考え出した作家に、『サム・ホーソーンの事件簿』や『怪盗ニック登場』で知られるエドワード・D・ホックがある（「謎のカード事件」村社伸訳、『山口雅也の本格ミステリ・アンソロジー』所収　角川書店）。

C．モフェット

「穴のあいた記憶」B・ペロウン

バリー・ペロウン（一九〇八～八五）はイギリスのミステリ作家で、本名をフィリップ・アトキーといい、パット・ミリアムの筆名がある。一九三〇年代に長短篇あわせて二十二作ほどの作品を発表しているが、ほとんどがE・W・ホーナングの人気作『義賊ラッフルズ』を、原作者の了解を得て書き継いだものである。

この「穴のあいた記憶」は情報局に勤務していた第二次大戦中、ノルマンディ上陸作戦に加わる直前に執筆、義父に「エラリー・クイーンズ・ミステリ・マガジン」に送るよう託したもので、戦後同誌の一九四五年十一月号に掲載されて好評を博し、各種のアンソロジーに収録され、リドル・ストーリーの定番となった。

「ヒギンボタム氏の災難」N・ホーソーン

清教徒のきびしい掟と自由の問題を追求した『緋文字』（一八五〇）や『七破風の家』（一八五一）で知られるナサニエル・ホーソーン（一八〇四～一八六四）は、マサチューセッツ州セイレム（現在のダンバース）の厳格な清教徒の家に生まれた。セイレムといえば、一六九二年の魔女裁判事件であまりにも有名だが、この集団心理の暴走を象徴するような事件において、彼の先祖が判事役をつとめていたということは、ホーソーンの心に暗い影を落とした。『七破風の家』は、先祖の罪が子孫にまで及ぶという話である。

ここに収録した「ヒギンボタム氏の災難」は、短篇集『いい古された話《ツワイス・トールド・テールズ》』（一八三七、一八四二）に含まれる初期作品だが、このころのホーソーンは独身で、両親とともに引きこもりのような生活を送りながら、作家修業に打ち込んでいた。そのような日常から生まれた異様な、しかしどこかユーモラスな物語だが、ある程度開拓期のアメリカのイメージを伝えている点も興味深い。

「茶わんのなか」　小泉八雲

小泉八雲（一八五〇～一九〇四）といえば怪談「耳なし芳一」や「雪女」などの作者として知られているが、ほかに伝統的な日本文化に関する論考、紀行、さらにはフランス文学の翻訳などの分野でも業績を残している。

日本国籍を取得する前の名はラフカディオ・ハーンで、当時イギリス領のレフカダ島に生まれた。父はイギリス軍の軍医、母はイオニア諸島中のキティラ島出身のギリシャ人である。アイルランドのダブリンで幼少時代を過ごすが、両親が離婚したため、フランスの神学校で学ぶうちに左目にけがをし、視力を失う。二十歳のとき移民船で渡米、

小泉八雲

いくつかの新聞社を転々としたが、ニューオーリンズの万国博覧会で知り合った日本人服部一三（当時、文部省普通学務局長）を通じて日本に興味をいだき、一八九〇年（明治二十三年）「ハーバーズ・マガジン」の通信員として来日した。

服部のあっせんで島根県松江尋常中学校（現在の島根県立松江北高等学校）と島根県尋常師範学校（現在の島根大学）の英語教師となった八雲は、翌年士族の娘小泉セツと結婚、五年後日本に帰化した。精力的に日本文化研究にいそしみ、古来の怪異伝説のいくつかを、洗練された語り口で紹介、『骨董』（一九〇二）と『怪談』（一九〇四）の二冊に収めた。本篇「茶わんのなか」は『骨董』に収録された作品だが、結末を想像にまかせたことで、かえって日本の怪談にありがちな因縁話から解放され、モダン・ホラーに通じる作品となっているところが見所といえよう。翻訳は怪奇小説の名翻訳家、作家として知られた平井呈一（一九〇二〜七六）によるものである。

「指貫きゲーム」　O・ヘンリー

オー・ヘンリー（一八六二〜一九一〇）は、アメリカの小説家で、短篇小説のみ約二百八十篇を残した。なかでも「最後の一葉」「賢者の贈り物」「警官と賛美歌」「赤い酋長の身代金」ほか、市民の哀歓を描いてユーモラスな、時には皮肉なオチ（どんでん返し）を利かせた短篇によって、サキと並ぶ名手として不動の地位を獲得している。わが国においても大正時代から紹介され、英語の授業にもテキストとして頻繁に利用されている。

ちなみに表題の「指貫き（シンブル）ゲーム」とは指貫きや椀のようなもの三個のいずれかに豆粒を一つだけ隠して、それを当てさせる手品もしくは詐欺のことで、ここでは〝巧妙な詐術〟の意味と思われる。

O・ヘンリーは、文中ストックトンに言及している通り、謎物語を意識して執筆したが、「ハンプトンズ・ブロードウェイ・マガジン」一九〇八年十二月号に発表当時は編

O．ヘンリー

ハンプトンズ・ブロードウェイ・マガジン

集部に、「黒ネクタイ」と「青ネクタイ」のいずれが南部人かという問い合わせが殺到したので、急遽懸賞にしたという。正解は「黒ネクタイ」で、理由を明示している四人の当選者が出たが、〆切りに間に合わなかったニューヨークの女性読者の回答が、ハーバード大学図書館に保存されている。それによると「古い社会制度」が変わって騎士道も名家の誇りも変質し、「借金をすぐさま返済すること」ぐらいが取り柄となってしまったという認識や、「北部人も、南部人も」というように北部人を先に挙げる礼儀感覚が、南部人らしいとしている。これらの指摘に対し、O・ヘンリーは「あなたは正解です」と返信し、カクテル用の酒を贈ったという。

百年以上も前には、このような反応があったとしても、今日の読者の判定は必ずしも一致しないようで、「青ネクタイ」を南部人と見る読者もあるようだ。やはり、リドル・ストーリーなのである。

「ジョコンダの微笑」　A・ハックスリー

オルダス・ハックスリー（一八九四～一九六三）はイギリスの作家で、後にアメリカに移住した。著名な科学者を輩出したハックスリー家の一員で、『恋愛対位法』『ガザに盲いて』『すばらしき新世界』など、二十世紀英文学を代表する作品を多数発表している。

短篇の名手としても知られ、なかでもこの「ジョコンダの微笑」（一九二二）は英文学の選集のみならず、推理小説の各種アンソロジーにも頻繁に採られている。理由は、ミステリアスな結末の余韻が、強い印象をのこすからであろう（ここからは結末について触れるので、ぜひ本篇の読後に参照されたい）。作者の意図はヒロインのジャネット・スペンスを、当時の知的スノッブの典型として描くことにあるわけだが、しかし、ミステリを読み慣れた読者からすれば、彼女を犯人とするのは医師の直観だけである点が物足りない。ハットン氏とその愛人の共謀による殺人としておかしくないわけである。

じつはこの小説は（ほとんど指摘されることがないのは不思議だが）、一九二一年にウエールズ州ポーイスのヘイ・オン・ワイという小さな町（現在は古書店街で有名となっている）で、現実に起こった殺人事件を下敷きにしている。退役軍人で弁護士のハーバート・アームストロングが、長年連れ添った妻に砒素を盛って殺害した容疑で、巡回裁判にかけられ、絞首刑となった。ハーバートは犯行を否認し、砒素は庭の除草用に入手したと主張したが、愛人がいたこと、近所の弁護士仲間にも砒素を盛った（殺人未遂）という状況証拠から有罪となった。動機は病弱な妻が邪魔になったことと推測されたが、肝心の愛人

A.ハックスリー

については、法廷では終始「マダムX」と仮名で呼ばれ、海外に脱出したきり、ついに召喚されることはなかった。

この事件は、当時から愛人が真犯人で、ハーバートは事情を知りつつ黙秘を貫き、絞首台に上ったとする説があった。一九三六年になってアメリカの作家ローリー・ヨーク・アースキン（一八九四〜一九七六）が、ハックスリー作品のパロディー版として、「二人でお茶を」という短篇を発表した。内容はアームストロング事件を追う「オールデン・バックストリー」という作家が、自著の中で愛人「マダムX」こそが真犯人だと結論する。彼女はアメリカに出かけると称してシェルブール港からニューヨーク行きの汽船に乗り、途中で船がサウサンプトン港に寄港したとき密かに下船し、男の不在中に妻に会い、紅茶に砒素を入れて殺害した後、船に戻ったというのである。

バックストリーはこの著書で作家として売り出すが、ファンの一人であるエンダービー夫人なる魅力的な女性から誘惑され、アパートでお茶を供されながら、愛人犯行を裏付ける証拠について得々と語るが、帰宅直後に激しい腹痛に見舞われる。薄れ行く意識の中で、彼は最前のお茶の相手こそ「マダムX」だったという、取り返しのつかないミスに気がついたのだった。

この作品も実証性が弱いが、現在なおアームストロング冤罪説が取り沙汰されているという背景を知れば、意義がないわけではあるまい。ハックスリーの作品も、新しい観点から読み直すことができるのではないだろうか。

「野原」ロード・ダンセイニ

ロード・ダンセイニ（一八七八〜一九五七）は、アイルランドの北ミーズ州の名門貴族ダンセイニ家に生まれた幻想作家、詩人、戯曲家である。イートン校とサンドハースト王立陸軍士官学校に学び、ボーア戦争および第一次世界大戦時には軍隊に加わった。一方、イェイツらのアイルランド演劇運動に参加、一幕劇『光の門』（一九〇九）によって劇作家としての才能を認められた。「忘れてきたシルクハット」「光の門」など戯曲は日本でも森鷗外や松村みね子（片山広子）によって紹介され、新劇運動に影響を与えた。

しかし、ダンセイニが今日知られているのは幻想作家としての側面で、今世紀はじめから創作活動を開始し、とくに『ペガーナの神々』（一九〇五）をはじめとする短篇集（一九〇五〜一六）および長篇『エルフランドの王女』（一九二四）によって、欧米の幻想作家に大きな刺激をもたらした。ミステリの領域でも「二瓶の調味剤」（一九三二）という名短篇がある。

ダンセイニの得意とするのは、濃密な幻想的色彩をほどこした自然描写にあるが、この「野原」は第七短篇集『夢見る人の物語』(一九一七)に収録されたもので、彼の特色を発揮した作品の一つといえる。現在、彼の住んでいたミーズ州には、ダンセイニ家の紋章の入った城門の残骸が残っているだけだが、周辺の広大な緑の原野には百年後のいまもなお野の花が咲き乱れ、小川が幸せそうな歌をうたっている光景が見られるのである。

「宵やみ」サキ

サキ(一八七〇〜一九一六)はスコットランド人の作家だが、父がビルマ(現在のミャンマー)で警察長官をしていたため、生まれてから二歳までは現地のアキヤブで育てられた。母親が死亡したためイギリスの二人の伯母のもとで、きわめて厳格に躾けられた。本名はヘクター・ヒュー・マンロウで、筆名「サキ」の由来は十二世紀ペルシャの詩人ウマル・ハイヤームの詩「ルバイヤート」中の酌をする少年の名とされるが、南アメリカ産の「サキ」という名のサルからとったという説もある。

学業を終えると、退職した父親に従ってドイツやオーストリアなどを旅してまわり、新聞記者を経て作家となったが、少年時代の厳しい教育の後遺症から、作品に鬼のような伯母を登場させ、サディスティックに描いたりしたものが目立つ。全体に残酷で皮肉な結末が売り物である。第一次世界大戦に従軍、フランスで戦死した。

生涯に二長篇と百三十五の短篇、それに戯曲四篇を発表したが、本領は「開いた窓」「二十日鼠」「狼少年」「スレドニ・ヴァシュター」「アン夫人の沈黙」などの短篇にあり、O・ヘンリーと並び称される名手との評価は不動である。「宵やみ」はサキの傑作の一つで、ブラックユーモアが印象に残る。

「園丁」　ラドヤード・キプリング

ジョゼフ・ラドヤード・キプリング（一八六五〜一九三六）は、イギリスの小説家である。イギリス統治下のインドで、建築彫刻のデザイナーを父として生まれた。五歳のときに親元から離され、本国でホロウェイ夫妻の貸別荘に預けられ、六年間を過ごしたが、そこで日常的に受けた精神的な虐待から逃れるため、読書を逃避の手段とするようになった。

成人してからインドに戻り、水を得た魚のようにジャーナリズムで活躍、広く日本や中国を含む世界中を旅した。インドを舞台に怪談や在留イギリス人の生活を描いた短篇集『高原平話』（一八八八）を出版、好評を博した。以後、『ジャン

キプリング

グル・ブック』『少年キム』、詩集『マンダレー』などで人気作家となり、一九〇七年にノーベル文学賞を、四十一歳の史上最年少で受賞した。

キプリングには「イギリス帝国主義の伝道者」（ジョージ・オーウェル）という一面があるため、第二次大戦後は『ジャングル・ブック』などの児童ものを除いては評価が下落したが、近年は短篇小説の技巧の革新者として、再評価が行われている。ここに収録した「園丁」などはその好見本で、「マッコール・マガジン」の一九二五年四月号に発表されたもの。ボルヘスは『バベルの図書館』シリーズの一冊『祈願の御堂』の序文で「本巻のために選んだ短篇のうちで、おそらく私が一番心を動かされるのは『園丁』である。その特徴の一つは作中で奇蹟が起こることにある。主人公はそのことを知らないが、読者は知っている」（土岐恒二訳）と述べている。単なるオチではなく、女主人公の人生に一瞬見事な逆照明をあてることによって、宗教的な感動を生み出している。

『園丁』挿絵（ストランド・マガジン 1926 年5月号）

「七階」　ディノ・ブッツァーティ

ディノ・ブッツァーティ（一九〇六～七二）はイタリアの作家、ジャーナリスト、画家で、北イタリアのサン・ペッレグリーノという小村で生まれ、ミラノ大学法学部に在学中、二年間の兵役を体験した。卒業後は「コリエーレ・デラ・セラ」紙の記者となったが、本来は作家志望で、一九三三年に深山の森番を主人公とした第一作『山のバルナボ』を、二年後に『古い森の秘密』を出したが、注目を浴びたのは『タタール人の砂漠』（一九四〇）と短篇集『七人の使者』（一九四二）からで、人間を取り巻く不可解な状況、不条理さを追求した、カフカ的な作風が評価された。その後も同種の短篇を書き続け、イタリア文学最高のストレーガ賞を受賞している。ほかに『シチリアを征服したクマ王国の物語』（一九四五）は、自身の挿絵を豊富に加え、児童文学のクラシックとなっている。

ブッツァーティ

ここに収録した「七階」は当初『七人の使者』に収められたもので、戯曲化もされている。一九七二年、癌のため死去した。

原題　Mark Twain "Awful, Terrible Medieval Romance"

F.R.Stockton "The Lady, or the Tiger?"
F.R.Stockton "The Discourager of Hesitancy"
J.Moffitt "The Lady and the Tiger"
C.Moffett "The Mysterious Card"
C.Moffett "The Mysterious Card Unveiled"
Barry Perowne "The Blind Spot"
Nathaniel Hawthorne "Mr. Higginbotham's Catastrophe"
Lafcadio Hearn "In a Cup of Tea"
O.Henry "Thimble, Thimble"
Aldous Huxley "The Gioconda Smile"
Lord Dunsany "The Field"
Saki "Dusk"
Joseph Rudyard Kipling "The Gardener"
Dino Buzzati "I Sette Messaggeri"

本書に収録したテクストは左記のものを使用しました。

恐ろしき、悲惨きわまる中世のロマンス――『マーク・トウェインのバーレスク風自叙伝』(旺文社文庫)
女か虎か――新訳
三日月刀の督励官――新訳
女と虎と――新訳
謎のカード――『謎の物語』(ちくまプリマーブックス)をもとに改訳
続・謎のカード――新訳
穴のあいた記憶――『謎の物語』(ちくまプリマーブックス)
ヒギンボタム氏の災難――『謎の物語』(ちくまプリマーブックス)
茶わんのなか――『謎の物語』(ちくまプリマーブックス)
指貫きゲーム――本邦初訳
ジョコンダの微笑――『ハックスレー短篇集』(新潮文庫)
野原――『ヤン川の舟唄』(国書刊行会)
宵やみ――『ザ・ベスト・オブ・サキⅠ』(ちくま文庫)
園丁――『祈願の御堂』(国書刊行会)
七階――『七人の使者』(河出書房新社)

本書は一九九一年三月に筑摩書房から「ちくまプリマーブックス」の一冊として刊行された『謎の物語』を再編集したものです。本書に収録した作品の訳者のうち、稲井嘉正様に関してはご連絡先不明のためご了承をいただいておりません。関係者の方がいらっしゃいましたら、編集部にご一報いただきたくお願い申し上げます。

ちくま文庫

謎《なぞ》の物語《ものがたり》

二〇一二年二月 十 日 第一刷発行
二〇二一年十月二十五日 第三刷発行

編 者 紀田順一郎（きだ・じゅんいちろう）
発行者 喜入冬子
発行所 株式会社 筑摩書房
東京都台東区蔵前二―五―三 〒一一一―八七五五
電話番号 〇三―五六八七―二六〇一（代表）
装幀者 安野光雅
印刷所 明和印刷株式会社
製本所 株式会社積信堂

ISBN978-4-480-42905-6 C0197